防《ぼ》鴨《う》河《が》使《し》異《い》聞《ぶん》

西野　喬

郁朋社

防鴨河使異聞／目次

【平安京図】

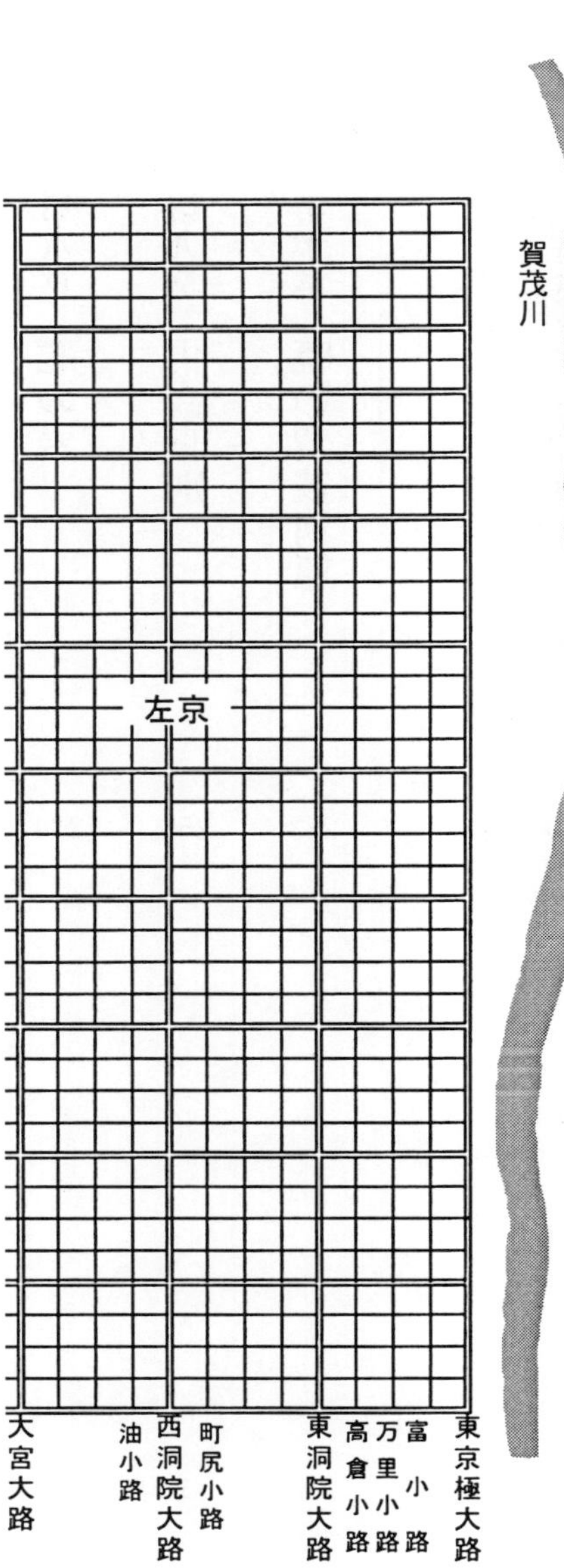

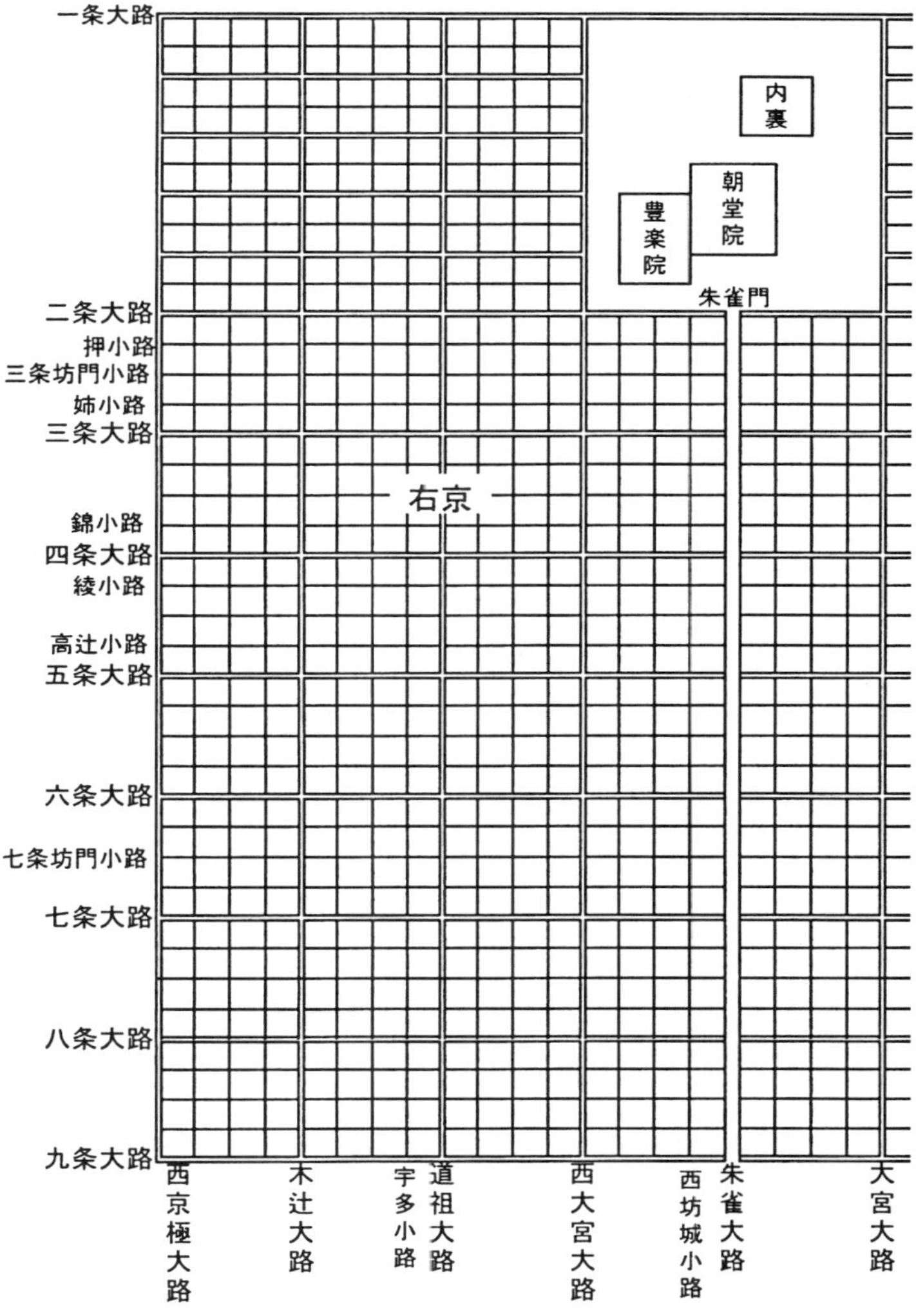
一条大路
二条大路
押小路
三条坊門小路
姉小路
三条大路
錦小路
四条大路
綾小路
高辻小路
五条大路
六条大路
七条坊門小路
七条大路
八条大路
九条大路
内裏
朝堂院
豊楽院
朱雀門
右京
西京極大路
木辻大路
宇多小路
道祖大路
西大宮大路
西坊城小路
朱雀大路
大宮大路

装丁／根本　比奈子

防鴨河使異聞

第一章　賀茂河原

その音は獣が獲物の骨をしゃぶっているように聞こえた。

若者は音に惹かれて五条大路を逸れた。小径を進むと小さな祠があり、その前に薄布で覆われた筐《かたみ》が置いてあるのに気づいた。音はどうやらそこからしているようだ。筐は野の若菜などを摘んで入れる籠で細く割り割いた竹で造られている。音の正体を見極めようと若者は薄布をおそるおそる剥ぎ取った。筐の中で赤子が親指を口にくわえてチュウチュウと音を発てて吸っていた。赤子の目と若者の目が合った。赤子は指を口から離し、両手を若者に向けて笑いかけた。

しまった、と若者は思ったがその時はもう遅かった。無視して通り過ぎようとしたが、すでにそれが難しいのを苦々しく感じていた。

目が合っても笑いかけられなかったらと思ったが赤子は両手を差し出して笑ったのだ。見なかったことにして通り過ぎてもあとから誰かが来て拾ってくれるだろうと周囲を見渡したが人影はどこにもない。薄布で筐を覆ったのは蚊や虫から赤子を守るための親心であろうか。そのような思いがあってもなお捨てなくてはならない境遇を若者は推し計ることはできなかった。

さて、と呟いてどうしたものか思案したがこのまま祠の前に放置するわけにもいかず、筐を脇に抱えると五条大路に戻り、東進して賀茂河原に行き着いた。

五条大路は東京極《ひがし》大路と交わると急に寂れ、一町（約百十メートル）程進むと賀茂河原に突き当たり、川中に置かれた飛び石を伝って対岸へと続く。飛び石は水量が増せばたちまち水没するのだが今は川面から突き出て数珠のように連なっている。

若者は飛び石を三つほど渡って立ち止まると上流の川中にそびえる岩に目を向けた。

岩はトグロ巻いた龍が天に登っていく姿に似ていることから『龍の岩』と呼ばれている。南へ流れ下る川筋は龍の岩に阻まれて西（市街地）に向う。その川筋を遮り再び南流させるための長い堤が北から南に築造されている。五条堤である。岩と堤に挟まれた流れは隘路《あいろ》となって深く速くなる。

「なりませぬ。お戻りなされ」

岸辺から女の声がした。

「早まったことはなされますな」

片手を挙げ岸に戻るよう促す女は墨衣を纏い頭部を白布で覆っていた。尼だと気づいた若者はなぜ声を掛けられたのか分らぬままに岸辺まで戻った。

「先ほどから、なにやら思案気。筐の中は乳飲み子でございましょう」

尼僧は若者に近づくと筐に目をやった。

「申されるように赤子です」

そう言って若者は薄布の覆いを取った。

「おお、よく眠っておいでだこと」

尼僧から甘やかな香《こう》の匂いが香り発った。

「川に流すなど罪なことですぞ」

「そのように見えましたか」

「男《お》の子が持ちつけぬ筐を抱えて川中にたたずんでおればお子を流すとしか思えませぬ」

若者は尼僧の言葉にやっと思い至った。

「あの岩、龍の岩と呼ばれていること、尼殿はご存じか」

若者は上流を指さす。

「京に住する者ならば誰でも存じておりましょう」

「あの岩に見入っておりました」

「我が子より岩にとは親としての心が足りませぬな。思いに任せ子を作り、育てられずに捨てる。よくある話です」

赤子の親は若者だと思いこんでいるらしく厳しい口調だ。

「五条と富小路の辻に捨ててあったのです。思わず拾い上げてしまったが少しばかり手に余る拾い物。吾の手元におけば飢えて死ぬるは必定。どこか預る所があったら教えてくだされ」

見知らぬ尼僧に赤子の始末を押しつけようとしていることに幾分かの後ろめたさを感じながら乞うた。

「拾われた方が八方手を尽くして育て親を探すことが肝要ですぞ」

「家人とて居ない独り身、己ひとりをもて余している。拾い子を育ててくれる奇特な知人《しりうと》など皆無」

「ならば悲田院《ひでんいん》にお行きなされ。今、院は病人と捨て子であふれるばかりですが理を尽くしてお頼みなされば預かって頂けるでしょう。かならずこのお子のことを第一に思い、軽挙は謹んでくだされ」

尼僧は、きっとですよ、と念を押すと軽く会釈して背を向けると京内へ向かった。

悲田院は貧窮者、病者、孤児を救うための施設で天平二年（七三〇）光明皇后が平城京（奈良）に設置したと伝えられている。平安京（京都）に遷都してから後も細々と維持されているからすでに二百七十年余りは続いていることになる。

尼僧が五条堤外に消えるまで見送った若者は岸辺伝いに龍の岩の間近まで行き、赤子の眠りを破らぬようそっと筐を置いた。

「あの龍の岩の川底を調べるのでしばらく待っていてくれ」

話しかけながら着物を脱ぎ捨てふんどし姿になると勢いよく流れに入った。両腕を巧みに使って上体を水面に浮かせ奔流に乗り、龍の岩と五条堤に挟まれた急流に達すると躊躇せず川底に潜った。百を数え、さらに百を数えたあと潜った箇所とほとんど変わらぬ水面に顔を出した。急流に流されずにとどまるのは至難だが若者には容易いことのようであった。それから龍の岩に泳ぎ着くと切り立つ岩肌に取りついて頂きによじ登り足場を確保して佇立した。そこからは賀茂川の流れが手に取るように俯瞰《ふかん》できる。上流の四条、三条河原は陽光が川面に映えて穏やかな風情だ。身体をよじって下流に目を転じると河原一面を埋め尽くした葦《あし》小屋を東西に分けて南へ流れ下る川筋が望めた。葦小屋の数は三千余軒、そこに住する者は一万余人とも言われているが、その数は定かではなかった。

岸辺に戻った若者はおそるおそる筐の薄布を取って中を覗いた。赤子は眠っていた。急いで着物を着付けると筐を小脇に抱え上流へ向かう。悲田院へは川に沿って歩くのが近道なのだ。院は四条河原の先、姉小路と三条坊門小路に挟まれた賀茂川縁にある。近辺は草深い原野で大屋根が四条河原からでも望めた。

悲田院に着くと門はすでに閉まって人気もない。

「院司預《あずかり》はおられるか」

大きな声である。それに驚いたのか急に筐の中で赤子が激しく泣き出した。しばらく待ってみたが応ずる気配はない。待ちきれず門を手で押すとわずかに揺れたのでさらに力を加えると古木材のきしむ音とともに大きく揺れた。

「何をする」

門を外す音がして門がわずかに開くとつくね頭の男が顔を覗かせた。

「手荒なことは慎め、門は朽ちておる」

「まだ陽があるというのに、なぜ門を閉めるのだ。赤子を届けに参った」

泣き止まぬ赤子に辟易しながら男の前に筐を突きだす。

「うるさいほどの泣き声、耳に届いているが閉門は酉の刻が決まり。酉の刻は過ぎた」

「乳の手当もままならぬのだ」

「ならば施薬院にでも行って引き取ってもらえ。あそこなら真夜中でも応じてくれるはず」

出ていけと言わんばかりにつくね男は手のひらを大きく振って門を閉めようとする。プッツンと若者の頭の中で何かが切れる音がした。若者はゆっくりと筐を足下に置いた。

「ならん、持ち帰れ」

居丈高に怒鳴るつくね男の顔面を若者の一撃が襲った。門内にすっ飛んだつくね男は頬を押さえて立ち上がると恐怖を露わにし、大声を挙げながら院の奥に駆け込んでいった。

どうせ仲間を連れて戻ってくるだろう、そう呟いて若者は門柱を背にして座り込んだ。赤子は火がついたように泣き続けている。両手を赤子の前にさらしてあやしてみたが泣きやむ気配はない。手をやいているところへつくね男が数人の男を伴って戻ってきた。やっと話の通じる者が来た、そう思って若者は立ち上がった。

「恐れ入るが捨て子を届けに参った」

「明日出直してこい」

中の一人が上から下へ若者を値踏みするような視線を送る。どうやら話が通じると早合点したようだと舌打ちしながら若者は男達を仔細に見る。つくね頭の男、錫杖《しゃくじょう》を携えた男、その後ろに二人、さらにその奥、壁際に小山のような大男、五人である。

「明日でなく今引き取ってもらいたい」

「預かるにはそれなりの手続がいる。それにまず、おぬしが名を明かすことが先であろう」

錫杖を携えた男が一歩前に出る。

「明かせだと。まるで罪人扱いだな」

「院ではただ預かるのではない。拾い親にしっかりと後見を頼むことになっている。犬の子を育てるのではない、帰れ」

錫杖を構えて門外に押し出そうとする。プッツンと若者の頭の中で再び何かが切れる音が響いた。

「引き取らぬなら帰りがけに四条河原に捨てていく。明日の朝には犬にでも食われてきれいさっぱり骨だけじゃ」

言い終わらぬうちに若者は眼前の男から錫杖を奪い取ると苦もなくへし折った。仰天した男が腕を振り上げ殴りかかった。体を沈めて避けた若者は男の懐に飛び込み両袖を掴むとねじ上げて門扉に叩きつけた。後方の二人が間髪を置かず左右から同時に殴りかかる。飛び退って一撃をかわしながら左側の男の腹部をしたたかに蹴り上げる。男がくの字になって倒れた。だが右側の男の一撃は避けきれず、若者の胸ぐらにボコッと鈍い音を残して強烈に打ち込まれた。だが若者は動ずることなく逆に一歩踏み込むと大きく腕を振り回し男を薙《な》ぎ払った。男が後方に飛んで尻から落ちた。その時、壁際に立っていた大男が一足飛びに間合いを詰めると若者の顔面をしたたかに殴りつけた。避ける間もなく昏倒した若者に態勢を立て直した男たちが殺到し、抱きついてねじ伏せた。大男は何もなかったかのように壁際まで下がって成り行きを見守っている。若者は咆哮《ほうこう》して上体を押さえ込んでいる男をはねのけ、半身を起こして脚を押さえつけている男も振り解くと二度三度、体を回転させて門際まで逃れ立ち上がった。四人は総手で押さえ込んだにもかかわらず難なく蹴散らされた怪力に恐れをなして若者を遠巻きにして踏み込もうとしない。逡巡《しゅんじゅん》しているとみた大男は四人を押しのけて若者の前に立った。若者は攻撃に備えて低く構える。怒りにまかせて襲ってくるかと大男を見たが眼差しはおだやかだった。だが攻撃に手加減するような素振りは微塵もない。やっかいな相手だが若者に逃げる気はさらさらない、久しぶりに血と肉が沸き立つ高揚感が全身にみなぎる。満を持した大男が頭を下げて猛然と突っ込んできた。態勢をさらに低くして攻撃を肩で受け止める。骨と骨が軋む鈍い音がして若者は数歩押し込まれたが渾身の力で押し返す。大男は両足を踏ん張ってこらえる。四人がいっせいに若者を取り押さえようと前に出た。

「手出し無用」

大男の集中力が怒鳴ったことでわずかに殺《そ》がれた。若者はその虚を衝いて大男の両脇に腕をこじ入れて上体を浮かせ身体をひねって投げをうつ。大男は足を開いてこらえると再び上体を低くし、もろ差しの腕をかんぬきに決めて締め上げてきた。若者は胸と胸を密着させ腕を深く差し入れて凌ぐ。双方はそのまま伸び上がって動かなくなった。折れた錫杖を拾った男が若者の頭めがけて大きく振りかぶった。

「おやめなされ」

背後から声が飛んだ。男達の動きが止まる。大男もその声に応じたのか締め付けていた腕の力を抜いた。

「お二人とも離れなされ。争いは禁じられているはず」

法衣姿の尼僧が近づいてきた。

錫杖を振りかざした男は無言で数歩後退した。若者と大男はそのままで動かない。いや動けないのだ。

「まず、足の力をお抜きなされ、それから腕の力を」

尼僧が両者の腕に同時に手を触れて軽く叩いた。すると、呪縛《じゅばく》を解かれたかのように二人の足と腕から力が抜け、両者はゆっくりと離れた。

「薬王尼《やくおうに》様にお出まし願うまでもございませぬ」

大男は若者との力比べが中断したことへの無念さを含んだ口振りである。

「こやつ、出所不明の子を捨て子だと言いつくろって悲田院に押しつけようとした不埒者《ふらち》。我らで始末をつけます」

つくね男が不満を露わにする。

「ここで預かるお子は産み親が分からぬのがほとんど。いつもなら黒丸殿が手際よく応ずるものをこのたびはいかがなされましたのか」

「さて、わたくしにもさっぱり。門番が頬を腫らして駆け込んできたので参ってみればこの始末」

剛の大男は黒丸と言うらしく来訪者に対応する責任者格の役であるらしい。

「捨て子を引き取れとわめき散らすだけ、門限を過ぎたがため明日出直せと申したら吾を殴りつけた乱暴者」

つくね男の抗弁に若者は頷くしかない。なるほど、赤子を引き取れと大声を出し、引き取りを拒まれて殴り倒したことは認めざるを得ない、しかし施薬院にでも行って引き取ってもらえとの暴言さえなかったら頭のどこかでプッツンとなにかが切れる音はしなかっただろうと若者は心中で嘯《うそぶ》く。

黒丸が筐を抱えてきて薬王尼の足下に置いた。若者と一悶着あることを見越して安全な所に移しておいたようだった。

「わたくしがこのお方とお子を奥にお連れ致します」

いつ泣きやんだのか赤子は寝入っていた。

「こやつは凶暴ですぞ。それに名乗ろうともしません」

殴られた腹いせもあるのか、つくね男は執拗だ。

「大事なのはお子の身のふり方。さあ引き取ってくだされ。静琳尼《せいりんに》様も騒ぎに気をもんでおられます。見れば卑しからぬ装束、分別もおありと見えます」

薬王尼は改めて若者を一瞥した。

「この者の素性も分からぬままあのお方に引き合わせることはなりませせぬぞ」

静琳尼と言わずあのお方と言い換える黒丸には敬してやまないとでもいった念《おも》いが込められているように若者には思われた。

「お断りしてもついてこられるでしょうね」

苦笑しながら筐を小脇に抱えて院内に入っていく薬王尼の後を若者と黒丸が無言で付き従う。細い通路の両側に幾つにも仕切られた小部屋が並び、そこから濃密な人の気配が感じられた。薬王尼が突き当たりの部屋の戸を叩き、扉を開け若者と黒丸を内へ導びくとそこに二人の尼僧がそれぞれの机に向かって座していた。部屋は暗く壁際に二器の灯明が点っているだけである。すでに黄昏が院内を暗く覆い始めていた。

薬王尼は騒ぎの顛末を述べ、それから筐を手前に座している尼僧の机上に置いた。

「どこでこのお子をお拾いなされました」

ひどいしわがれ声だった。声の主を窺うと灯明の薄光でも顔に深い皺が走っているのが見て取れた。若者は富小路と五条通りの辻で拾い、賀茂河原で見知らぬ尼僧に悲田院に届けるよう助言をもらった経緯を述べ最後に今日はよく尼僧に会う日だ、とやや砕けた調子でつけ加えた。

「差し支えなければ、あなた様のお名をお明かしくだされ」

冗舌に応ずることもなく老尼僧は素っ気なく尋ねる。

「防鴨河使《ぼうがし》主典《さかん》、蜂岡清経《はちおかきよつね》と申す」

告げたとたん、黒丸はおおきく首を縦にふった。

「あの悪《あく》清経殿でしたか。どうりで舌を巻く腕力。ならば門前にて隠し隔てなく名乗れば穏便にすんだものを」

黒丸の口ぶりには驚きと賞賛が含まれていた。

「どこの誰が吹聴するのか悪清経などと呼ばれ迷惑」

悪とは秀でている、剛の者の意であるが、どこかに無法者、暴れ者という感をほとんどの京人は持っている、それが清経には合点がいかなかった。自身はいたって穏やかだと思いこんでいる。

「これに御署名くだされ」

もう一人の尼僧が机に広げた紙片を清経に示した。それは拾い子の後見人になることを証する誓紙であった。一読して筆を借りると署名をして尼僧に返した。

「あなたが悲田院院司預殿ですか」

清経の問いかけに尼僧はかすかに首を横に振った。

「院司預が空席になって六年は経ちましょう。悲田院の差配は我らが執っておりまする」

老尼僧がさえぎるようにきつい目を向けた。

悲田院院司預は通例、施薬院院司預が兼務することになっている。だが数年前から兼務を解いて空席になっているとの噂を清経は思い出した。

「賀茂川に近接している当院は防鴨河使とは古より浅からぬ関わり。このお子の後見となられたうえは時々はお子の消息を探りに院にお寄りくだされ」

老尼僧はそれ以上の問いかけはならぬといった様子で速やかに引き取るよう促した。追い立てられるように院を出るとすでに日は暮れて半月が大路を白く浮き上がらせていた。

第二章　氾　濫

（一）

朱雀大路は平安京南端、羅城門を起点に都の中央を南北に貫いている。幅二十八丈（約八十四メートル）、大路の両側に柳並木が連なり真っ直ぐ伸びたその先は大内裏の正面、朱雀門で切れる。朱雀門の二町（約二百十メートル）手前、大路を挟んで西側に右京職《うけいしき》、東側に左京職《さけいしき》の庁舎がある。

右京職は朱雀大路の西側（右京）、左京職は東側（左京）の市政、警察事務を司っている。しかし右京職は右京の退廃と共に今ではあまり活発な動きをしていない。逆に左京職は左京に住む人が増えるに従い、任務や権限も大きくなり、今では右京職の建物の一部も使用するようになっていた。

賀茂川の管理を主任務とする防鴨河使庁は左京職の庁舎内に置かれている。左京職に間借りしているのは賀茂川が左京を流れているからでもあるが、防鴨河使の組織が小さいことも独立した庁舎を持てない一因であった。

その防鴨河使庁の一室に全身濡れそぼった蜂岡清経と老人が座していた。

「このような豪雨の早朝に長官《かみ》殿と判官《じょう》殿をお呼びだてしてさぞ不機嫌であろうな」

清経は濡れた衣類を脱いで端を両手で持ち、ねじって含んだ水を絞り出した。

「なるべく早くお越し頂くことを祈るばかりです」

老人は苦虫を噛みつぶしたような顔で応じた。

「長官殿、判官殿のお館に下部《しもべ》を走らせたのは未明。ご両所の住まいはここより目と鼻の先、登庁にさしたる時はかかるまい。亮斉《きょうさい》、濡れた衣のままだと身体に良くないぞ」

「話が済めば再び雨中を戻らねばなりませぬ。水に濡れるは防鴨河使の常」

防鴨河使庁は長官を筆頭に判官、主典とつづき最下等の下部達にいたる四十五名ほどで組織され、下部である亮斉は最高齢である。上位二等官は庁舎内で書類審査や上申書作成にあたり、賀茂川の保守管理、補修等の実務は主典が司って下部達が実務にあたる。創設当初から亮斉の家系は下部として仕え、亮斉はその七代目で防鴨河使の要とも言えた。

「風雨は強まるばかり、お二人は何をなされておりますのか」

亮斉は屋根瓦を叩く雨滴と耳を圧する強風に苛立ちを隠せない。二人は呼び出しが掛かるのを待ったが亮斉はやがて体を大きく揺らして軽くいびきをかきはじめた。開いた口からよだれが垂れ、皺に埋もれた亮斉の顔からは年相応の老醜がかいまみえる。だがひとたび賀茂川を前にすると口は引き締まり、曲がった腰がすっと伸びる。清経はその変わり様に亮斉が賀茂川を誰よりも慈しみ恐れ寄り添って生きてきたことを強く感じるとともに賀茂川に対する的確な判断と深い知識に敬服もしていた。

前後に体をゆすりながら深い眠りに入っていく亮斉の傍らで清経はひたすら呼び出しが掛かるのを待った。そうして小半刻（三十分）ほど過ぎた頃、廊下に足音がした。亮斉が目を開けた。

「やっとお呼びがありましたな」

まるで起きて聞き耳をたてていたような口ぶりに清経は苦笑しながらうなずくと傍らに脱ぎ散らかした衣を着けた。

「すぐに参られるよう」

長官付きの書生が部屋に入ってきて告げ、二人を長官執務室に誘った。南に面した大きな部屋に長官大江諸行《うつゆき》と判官紀武貞《きのたにさだ》が座していた。

「何か厄介なことでも起きたのか」

四十を幾つか超えた武貞は豪雨を押して早朝に呼び出されたことで不機嫌を露わにしている。

「早急にご判断を仰ぎたい」

亮斉は二人の前に座すのも惜しいかのように切り出した。

「この野分《のわき》、途方もない大きさ。体が天空から強く押さえ込まれるような恐ろしい力に満ちています」

亮斉は厳しい顔つきになっている。例年、夏が終わる頃、野分（台風）の豪雨で賀茂川沿いの家々が浸水する。京人には毎年繰り返される行事のようなものであるが被害が大きくなれば防鴨河使への非難もそれだけ強くなる。

「堤でも切れたのかと思ったが野分の恐ろしさをわざわざ告げに参ったのか」

武貞はそんなことで呼び出されたのが心外だといわんばかりだ。

「下部達が五条堤に待機し、主典殿とわたくしが戻るのを待っております」

「何をするつもりだ」

「五条堤の頂部を旧に復します。その命をお下しくだされ」

亮斉がひと膝前に進んだ。賀茂川管理は主典の裁量権であるが河川の主構造物の形状変更は長官が判官と諮ってその旨文書をもって主典に命じ、主典が下部達を差配して実行することになっている。防鴨河使創設以来どんなに緊急の用件であってもこの手順は一度も破られたことはない。その轍を踏んで今回も長官の指示を仰ぎに駆けつけたのだ。

「旧に戻すだと？　亮斉、まだあのことを根に持っているのか」

武貞に怒りの表情が現われた。

「それとは関わりはありませぬ。ここは曲げて御下命願いたい」

六年前、検非違使《けびいし》庁から防鴨河使主典に栄転してきた紀武貞は着任早々、亮斉を伴い賀茂川に通い、河川沿いを調べ続けた。だがしばらくすると亮斉は同行を断った。その理由を亮斉は明かさなかったがそれ以後二人の仲は疎遠となった。それでも武貞は単独で川沿いを調べ続けたが亮斉にしても下部達にしても何を調べているのか不可解であった。一年が過ぎ、突然武貞は五条堤の嵩《かさ》上げを命じた。京の造都以来、賀茂川の氾濫は五条以南（五条より下流）の家屋に浸水被害を及ぼし続けていた。遷都当初、浸水地区に住居は少なく、従って浸水被害軒数も少なかったが、時代が下るに従い住家が増え浸水軒数が多くなると、被災住民は対策を防鴨河使に強く要望するようになった。だが防鴨河使の予算は人件費にほとんど食われて、川の見回りや現況保全で手一杯であった。大規模改修工事は京近隣国、近江や山城の雇役《こえき》に頼っていたがその実は一向に上がらなかった。雇役とは地方人に報酬を支払って力役につかせる制度である。おそらく武貞は賀茂川堤の大規模改修工事を行うことなしに氾濫をおさえる手法として五条堤の嵩上げを思いついたのだろう。一間弱（約一・六メートル）嵩上げすれば五条以南の浸水は半減するのだ。武貞は誰に相談することもなく堤の頂部に蛇篭《じゃかご》を設置することを決める。径が一尺ほど、長さが十尺（約三メートル）ほどの竹で編んだ筒状の籠のなかに石を積めて五条堤の頂場に敷き詰めるだけの簡単かつ安価な工事で防鴨河使単独でも施工可能であった。だがこの案に強く反対したのは亮斉等下部達であった。

五条堤は別名「おぼれ堤」とも呼ばれ河水がある高さに達すると堤を越えて市街へ流れ出す仕組みになっている。これにより上流の堤からの越水は免れていたのだ。二百余年続いている防鴨河使の英知の結果導き出されたこの絶妙の堤高を変えることは禁じられていた。だが武貞は嵩上げ工事を決行した。下部達は不承不承、命に服したが亮斉は病気と称して出仕を拒んだ。

嵩上げによって五条堤からの越流は収まり京人は喜んだ。亮斉等が心配した上流の堤からの越水もなかった。この功績が認められて二年で主典から判官に昇進した。いわば五条堤の嵩上げ工事は武貞と表裏一体の勲章のようなものだった。武貞が抜けた主典の席に清経が新たに任じられてすでに三年の月日が経っている。

「蛇籠撤去は清経も同意なのか」

亮斉では話にならぬと思ったのか武貞は清経に矛先を向けた。

「まるで瓦が割れるような激しい雨降り、猶予はなりませぬ。こうしている間にも賀茂の水嵩は増して上流の堤を越えた河水が京の隅々まで流れ込みますぞ」

清経は武貞を無視して長官大江諸行が座す壁際まで膝行した。

「取り払うこと、ならぬ」

諸行はにべもなく突き放した。

「嵩上げ後三度の夏を迎えた。その間一度も上流の堤を越えた河水はない」

すかさず武貞が申し添える。

「それは嵩上げ後さしたる野分が京を襲わなかったのが幸いしただけ。このたびは十年に一度、いや二十年に一度の巨大な野分ですぞ」

亮斉はたまらずに拳で床を激しく打った。

「そのうち雨は小康する。氾濫など起こらぬ」

武貞が断ずる。

「雨はますます強くなります。蛇籠を撤去せぬ限り、上流の堤、特に一条堤の崩壊が危ぶまれます」

亮斉はなおも訴える。

「亮斉は雨を占う才の持ち主。その亮斉が雨は止まぬと申すのだな」

諸行が眉を寄せた。

「降り続き、水嵩は増していずれかの堤が切れましょう」

執拗な亮斉の強弁に諸行は逡巡していたが表情は不安の色を濃くしていった。

元来、防鴨河使長官は検非違使別当（長官）が兼務することになっていたが兼務を外して貴顕《きけん》、すなわち藤原一門の子弟が出世の通過点として一時的に務める役職に変わったのはおよそ八十年前である。そうなると歴代の長官は職務に全く関心を寄せなくなった。せいぜい一人の任期は二年、早い者だと半年で上級庁に異動する。その長官職に藤家一門でなく大江姓の男がいずれの理由でか着任し、すでに三年半が過ぎていた。大江一族は平城天皇の末裔といわれ、代々学者の家として知られている。今上帝（一条天皇）の侍読、侍従を勤め文章博士でもある一族の長、大江匡衡《まさひら》は諸行の叔父でもある。いわば全く畑違いの任官で諸行自身も文学や歌に秀でている反面、防鴨河使の職務内容には興味もなく疎かった。平穏無事に勤め上げて大江家本来の学者に適した職に昇進することしか頭になく、そのためには公家や今上帝の覚えがめでたくなければならない、常々そう思いそう行動している様子が手に取るように亮斉に読めるのだった。

「一条堤の崩壊は皆無ですぞ」

武貞が語気を強める。

「そう言えますかな。一条堤は内裏にも近い。万一切れて河水が流れ込み今上帝の藻裾を濡らすようなことになれば防鴨河使長官の覚えは最悪のものとなりましょう」

亮斉は譲らない。

「考えるだに恐ろしいことだ。一条河原は糺《ただす》の森と一体となった神聖な地。十月吉日、下賀茂社に帝が御幸なさる。その往復は一条河原をお進みなさる。その堤が崩れるとなれば修復が間に合うはずもない。いかん、一条堤だけは守らねばならぬ」

諸行の表情は不安から恐怖に変わった。その時廊下にあわただしい足音が響いた。足音は近づいてきて執務室の前で止まると乱暴に戸が開いて濡れそぼった男が転がり込んできた。

「蓼平《たでひら》か。いかがした」

亮斉が男に走り寄った。

「五条堤から河水があふれ出した。今までにないような恐ろしい勢いだ。堤に近づくことはおろか蛇篭を取り除くことももはやかなわぬ。主典殿すぐ参られて吾等に何をなすべきかご指示くだされ」

荒い息を吐きながら蓼平が懇請する。

「越水にはもう少し刻がかかると思ったが。これは大事になりますぞ」

亮斉は体をぶるっとふるわせた。

「降り始めてまだ一刻も経っておらぬ。堤を越えるほどに水嵩が増すわけはない」

武貞は半信半疑だ。

「それは京内のこと。上流の鞍馬、貴船さらには叡山などには昨夜来から激しい雨が降り続いたのです。もはやなんら打つ手も残されおりてませぬ。お二方は一条堤が切れぬようひたすら念じてくだされ」

亮斉は武貞に一瞥をくれて蓼平をせき立て執務室を飛び出した。

「清経、下部等を引き連れて一条堤に急げ。一条堤を切らしてはならぬ」

わななく手を一条の方に向けて何度も振る諸行には下賀茂社への帝の御幸のことしか頭にないようだった。

（二）

下部達は東京極大路と五条大路の辻で亮斉と清経の到着を待っていた。清経から五条堤上に参集せよ、との命が下部達に発せられたのは未明でまだ雨は降り出してなかった。鍬を手に持ち、幾重にも巻かれた縄の束を襷《たすき》掛けにして五条堤上で二人を待った。賀茂川が刻々と水位を増していくのは上流域で激しい雨が降っている証である。夜が明けるとともに京にも雨が降り出し、やがて豪雨となった。逆巻き盛り上り砕け散る濁水は時と共に高くなって下部達にも容赦なく降りかかる。下部達は堤頂でなすすべもなく流れを見ているしかなかった。長官の命なくして蛇篭は取り除けないのだ。

「もはやここで待機することかなわぬ。東京極大路まで退こう。吾は亮斉殿と清経様を迎えに走る」

そう言い残して下部の筆頭格蓼平が堤を駆け降り、防鴨河使庁舎へ向かってからすでに一刻は過ぎている。間断なく降る大粒の雨滴は厚みを増して滝のような激しさになっていた。

「おお、主典殿がみえられた」

下部達から安堵の一声があがった。亮斉、蓼平を伴った清経が雨を割るようにして下部達の前に現われた。

「これでは堤に近づけぬ。下命書を頂いてからなどと手順を踏んだのが悔やまれる」

清経は飛沫で煙る濁水のすさまじさに驚愕する。すでに越流水は東京極大路を浸し、下部達の膝下に達していた。

「長官《かみ》様からご指示は？」

下部の一人が性急に問うた。

「一条堤を守れとの命じゃ」

告げる清経に次々と下部達が不満の声をあげた。

「一条堤が崩れ大内裏に浸水すれば防鴨河使の責を厳しく問われよう」

亮斉は苦々しげにため息をつく。

「亮斉殿、守る手立てなどあるのですか」

蓼平の問いになんと答えるか下部達は固唾をのんで亮斉を注視する。

「三条堤を切り崩すことだ」

亮斉の返答に下部達は己の耳を疑った。

「亮斉殿は平素より三条堤は賀茂川の要と申していたはず。一条堤を守るためにその要を切るなどもってのほか」

蓼平が吐き捨てる。

賀茂川は一条から九条まで一里半（約六キロ）の距離を十間（約十八メートル）の落差で馳せ下っている。勾配が急なるが故、最上流の二条、一条の堤高は低いが洪水時でも河水は越流しなかった。平素の穏やかさに騙されてはならぬ、賀茂川が急流であることを忘れるな、三条堤から五条堤までのおよそ十六丁（約一・七キロ）の堤こそ京を守る要だ、と亮斉は口を酸っぱくして常々下部達に説き聞かせている。

「五条堤を嵩上げした四年前から三条堤は一条堤を脅かす堤に成り下がった。それは判官殿の命に従って五条堤に蛇籠を積んだ蓼平等も承知しているはず」

「承知はしております。確かに三条堤を切り放てば二条、一条堤は安泰。しかし三条堤から流れ出す濁水は三条から九条の家々を水浸しにします」

蓼平が首を横に振る。京の地形は賀茂川の高低差とほぼ同じで一条（北部）から九条（南部）に向かって傾斜している。

「最上流の一条堤が崩れればそれこそ京全てが水浸しになる。主典殿にどちらを選ぶか決めて頂こう」

亮斉は清経を振り返った。

「ここで思案していても埒は明かぬ。三条堤まで走るぞ」

清経は躊躇することなく命じた。風がさらに強まり横殴りの雨となった。目を開けていることさえままならない。下部達は体を寄せ合って東京極大路を北に走り始める。亮斉は四本の鍬の柄で作った井桁の上に乗り、それを四人の下部に担がせて従っている。濁水に阻まれて三条堤を望める所までたどり着くのに小半刻（三十分）ほども掛かった。堤と東京極大路とは十間（約十八メートル）ほどの空き地（緩衝空地）で隔てられている。すでに雨水で満ちている空き地を下部達は押し渡り三条堤頂に立った。河水は堤頂より四、五尺（一メートル二十〜五十センチ）下まで迫ってきていた。

「雨は止まぬか」

清経は天空を睨む。滝のような雨は長続きしないと誰かに教えられた気がする、そしていつもその通り長続きせず小降りになってゆくのが常であった。

「この指の痛み。雨は終日止まず今後ますます強くなっていきますぞ」

そう言って亮斉は左手の薬指を天に突き出した。

亮斉の家系は代々、天候予測に特異な才能を発揮した。どんなに晴れた日であっても亮斉が、明日は雨になる、と告げる時がある。そしてそれは驚くほど的中した。代々亮斉の家に生まれた嫡男は二歳になった雨降りの夜に左手薬指を竹筒に差し込んで父が折る習わしが連綿と続いているという。その日から父は一日も欠かさず嫡男に天気を占わせ、必ず折った薬指にどんな異常が生ずるか頭にたたき込んだ。こうして薬指に生ずる微妙な疼痛から晴天降雨の有無、その強弱を言い当てられるようになるという。

亮斉が予測するように雨が降り続けば河水は一条堤を脅かす。それは諸行が最も恐れていることである。三条堤を切り崩せば水位は下がり一条堤は無傷、だが三条堤沿いの町家は甚大な被害を受けることになる。清経は天をにらんで逡巡した。

「三条堤を切り崩す」

自らの迷いを絶ち切るかのごとくに大きな声だった。瞬間、諸行の安堵した顔が思い浮かんだ。

「主典殿の命令だ。切り崩す支度をせよ」

蓼平に賛意がないことは明らかだが腹を決め命に従う口ぶりだ。下部達は無言で肩にかけた縄の束を足元に置いた。

「足自慢の者はいるか」

清経が問うとすぐに五名が応じた。

「三条、四条の街中を駆けめぐり、三条堤が崩れると触れ回れ」

五名は大きくうなずくと街へと駆けだした。残された下部達は着衣を脱いでフンドシ姿になると二人ひと組となり、一人が相方の腰に縄の端を巻き付け、縄端を保持した。

「よーし」

蓼平の合図で裸体に荒縄をくくりつけた下部達は鍬を片手に堤の斜面を慎重に下り始めた。縄の端を持った下部達は堤上で足を踏ん張って斜面を降りていく下部を確保する。十四本の縄が斜面に錯綜している。水際まで降りた下部達が堤体に鍬を突き立てようと身構えた時、

「皆、すぐあがれ、急げ」

亮斉が突然叫んで綱を確保している下部達の間を走り始めた。緊迫した亮斉にただならぬ異常を感じた堤上の下部達が縄を軽く緩め、それから力一杯強く引くと、斜面に張り付いていた下部達は縄に手繰られながら身軽に這い上がってきた。

「どうした、亮斉」

清経には緊急に引き上げるような危険な兆候を読みとれない。

「退避、退避、すぐ退避」

いつものよぼよぼ歩く足取りからは考えつかぬほどの敏捷さで亮斉は先頭切って堤体外の斜面をかけ下り、後も見ず疾走した。下部達はわけの分からぬままに脱いだ着物と鍬を抱えて亮斉に続き、東

京極大路まで走り着くとそこで堤を振り返った。堤が大きく崩れて濁流が一気に京の街へと押し下っていく。その中に巨大な丸太が何本も混じっていた。

「忘れていた、忘れていたのだ」

亮斉はつぶやきながら決壊箇所を窺っている。

「助かったぞ。だがなぜ堤が崩れるのが分かったのだ」

清経は亮斉の予見が不思議でならない。

「あの丸太、あれは糺の森に貯木してあったもの。それが今しがた洪水で一気に流れ出したのです。来春は内裏の大修繕、それを忘れていました」

大修繕に要する膨大な木材は賀茂川支流の高野川流域から切り出し、河運を利用して流し、糺の森で引き上げ乾燥を兼ねて貯木してあった。

糺の森は賀茂川と高野川の合流地にできた中洲台地である。

「京内に流れ出た丸太は家々を突き破り押し潰します」

亮斉は恨めしげに天を仰いだ。

「ならば一条、二条堤も流木で崩壊するのではないのか」

「糺の森と一条堤は地続き、流れ出た木材は一条堤に当たりませぬ」

「二条堤はどうなのだ」

「二条堤付近は流木が流れに乗ったばかり、堤を壊すほどの勢いはありませぬ。それに三条堤が崩れたため一条、二条堤からの越水の心配は遠のきました」

亮斉の言葉に得心した清経は、

「蓼平、皆を連れて街に走れ。先に使わした五名と同様、三条堤が切れたことを触れ回り、避難する人を高みの地に誘導するのだ」

と、命じた。蓼平は低頭すると下部達を引き連れて街へと駆けだした。

「二ヶ月前、お子を拾われ、悲田院に届けたと申しましたな。こうなると悲田院も流木の危険に晒されますぞ。院はここより北西、すぐ目と鼻の先」

亮斉が言い終わらぬうちに清経は走り出した。

「わたくしも参りますぞ」

亮斉が後を追う。土盛りした上に建てられた悲田院は浸水に耐えられるだろうが、流木によって基礎が破壊されれば倒壊流失するかもしれない。そう思うとチュウチュウと指をしゃぶって笑いかけた赤子の顔が蘇ってきた。預けて後、一度も訪れていない。

二人は東京極大路を北に走る。すぐに亮斉が遅れだした。

「亮斉、吾の背に負ぶされ」

清経は亮斉の前に背を向けてしゃがんだ。亮斉がプイと横を向いて渋い顔をする。

「では、吾ひとりで参る」

清経は立ち上がって駆けだそうとした。

「致し方なし」

亮斉は渋々清経の背に乗る。軽々と亮斉を背負った清経が東京極大路を再び走り始めた。すでに大路には河水が腰を越えるほどに流入し、さして走らぬうちに進めなくなった。

「この大路を避けてあの先の姉小路を西に入り、いったん賀茂川から遠ざかりなされ」

亮斉が背中から指図する。言われたままに清経は走る。姉小路を西進し富小路との辻に行き着くと京人が慌ただしく往来する姿が目立ち始めた。皆、両手に包みをかかえ、背に大きな荷物をくくり付けていた。強風に煽られて荷物もろとも濁水に転げ込む者がいてもだれも助けようとはしない、それどころではないのだ。賀茂川から少しでも遠くに離れようと暴風雨に顔をひきつらせて大内裏の方角に急いでいる。なかには強風に逆らえず荷物などかなぐり捨て去り、体を丸めて斜めになって突き進んでいる者もいた。大内裏は平安京で一番高い北部に位置し、たび重なる賀茂川の氾濫にも被害の少ない地区である。亮斉を背負った清経は避難する京人に混じって富小路の辻を直進して姉小路をさらに西に走り万里小路と交わる辻まで一気に来た。まるで亮斉の重さなど意に介していないような走り方である。さすがにここまで来ると路面の冠水は膝下ほどに減っていた。

「その辻を北に曲がりなされ」

再び亮斉が指図する。清経は西に避難する京人と離れて辻を北に曲がり万里小路へと入った。人影が絶える。

「あの先の押小路の辻を東に」

亮斉が叫ぶ。指示に従って清経はひたすら走り続けた。清経の背中が気に入ったのか亮斉は降りようともしない。気がつくと清経は二条河原が見通せる東京極大路に立っていた。清経にはどうのような経路でここまでたどり着いたのかまるで分からない。大路は腰ほどの深さまで冠水している。

「ここでは上流過ぎる。悲田院はここよりもっと南だ」

「もはや歩いて悲田院に近づくことは叶いませせぬ」

「ならばここから泳いでゆくぞ」

「清経殿は泳げてもわたくしは無理」

「亮斉は官衙《かんが》に戻って待って」

「そうはいきませんぞ。清経殿一人では心許ない。なぜここに参ったのかお分かりになりますかな」

亮斉は落ち着いた声ではやる清経を諫《いさ》める。

「分からぬ」

「防鴨河使舟を使うがため。舟を繰るには二人掛かり」

防鴨河使は護岸補修と警備用に何隻かの小舟を所有し、その一隻を上流部の二条河原付近に陸置きしている。二人が着いたやや下手、柳に係留された小舟は空き地を満たした雨水に踊るように揺れていた。舟は速い流れや荒い波にも安定走航が叶うように舟底が広く頑丈に作られている。舟には幾重にも巻かれた縄と太くて長い竹棹が二本備えてある。

「亮斉、ここで待て」

歩いて小舟に乗り込める水深ではない。亮斉を背からおろした清経は流れの深みに入ると巧みな泳ぎでたちまち小舟に泳ぎ着いた。躍り込むように水中から舟上にあがると係留綱を解き放つ。亮斉はその手際よさに目を細める。清経に繰られた舟は綱で曳かれるように一直線に亮斉の前まで遡上して止まった。亮斉が乗り込み舟尾に座った。清経は竹竿を突き立てて舟を冠水した東京極大路に漕ぎ出す。小舟は流れに棹さしてゆっくりと滑るように下る。亮斉は舟尾で長い竹竿を使って舟に近づく漂流物を巧みにさばいていく。ゆっくりと舟を繰る清経、漂流物を避ける亮斉、二人の呼吸《いき》はぴったりだ。悲田院は防鴨河使舟繋留場所から下れば直ぐの距離である。

視界の先に悲田院の大屋根が現われ、周囲はすべて濁水に浸っていた。門の周りで大勢の人達がなにやら叫んでいる。舟上からは悲田院にどれ程の人が居残っているのか定かでない。清経は竹竿を流れに刺して舟を停止させた。

「亮斉、ここから泳いでいくぞ」

悲田院に閉じ込められた者達が思い詰めて半狂乱になっているかもしれず、そこに舟を乗りつければ二人を殴り倒してでも奪うに違いない。

「これを護身用にお持ちなされ。悲田院の下流で停泊しております」

亮斉は腰に帯びている刀子《とうす》を渡すと清経に代わって舳先に立ち、竹竿を握りなおす。

「ありがたい、たのむぞ」

受け取った刀子を腰に下げ濁流に飛び込み流れに乗ると難なく悲田院に泳ぎ着いた。清経を男達が取り囲んだ。

「すぐに舟を呼び戻せ。ここには病人がおるのだぞ」

男達が居丈高に清経に詰め寄った。

「黒丸殿は居られるか」

男達を無視して清経が大声をあげる。

「ここに居るぞ」

現われた黒丸が清経には妙に親しみ深く感じられる。力を尽くして四つに組んだ時のことが鮮やかに蘇った。

「赤子は無事か」

「他の赤子と共に朱雀大路の方へ待避させた」

「ぬし等も退去してくれ。ここは危ない」

「院を見捨てるわけにはいかん」

「尼殿達は？」

清経は人々の中に尼達の姿を求めたが見当たらない。

「退去するようお勧めしたのだが聞き入れて頂けぬ。それもあって吾等は是が非でも院を守りとおさねばならぬ」

「すぐに河水は床まで上がってくるぞ。そうなれば流木が院を押しつぶす、退去してくれ」

「静琳尼様を院にお残しして去れると思うか」

「ぐずぐずしておると皆、おぼれ死ぬぞ」

清経は苛立ちを感じながらも静琳尼をおもんばかって居残る黒丸の気持ちが分かるような気がした。

「尼殿達はどこにおられる」

「この廊を行ったところに階段がある。登った部屋」

「ぬしは院に残った者達全てを門の所に集めてくれ」

言い置いて清経は廊を抜け、階段を一気にのぼり、正面の扉を開いた。明かりとりがないのか、室内は目を凝らさないと見えないほど暗い。

「尼殿達は居られるか」

返事はない。やがて目が闇になれる。そこは穀物や日常に必要な器具などを置く板敷きの部屋らしく、十五人程の者が裸同然で伏せっていて、その一番奥に三人の尼僧が座していた。清経は病人達を避けながら奥に進む。

「お静かになされませ」

聞き覚えのあるしわがれ声、その声の尼が清経の座る席を素早く空けた。清経はそこに濡れた衣服に気を配りながら座った。

「この時期が一番多忙な防鴨河使様。なにゆえここにお越しになられた」

声の主は薬王尼でも老尼僧でもなかった。深みがあり、落ち着いてゆったりとした声だった。

「静琳尼様ですな。三条堤が切れました。もはや防鴨河使はなんの役にもたちませぬ。ここに参ったのは預けた赤子のことが気掛りゆえ」

清経は慇懃《いんぎん》に頭を下げた。

「健やかに育っております。他の赤子三十名ばかりと一緒に避難させせました」

静琳尼は野分の恐ろしさを全く意に介していないのか鷹揚に答えた。

「退去なされませ」

「二人にはそうするよう申したのですが従ってくれませせぬ」

「この度の洪水、流木が多いため院が流失しかねません」

「まことか」

老尼僧が声を震わせ、薬王尼はわずかに腰を浮かす。

「この病人達を見捨ててですか」

静琳尼は穏やかだ。

「病人たちも担ぎ出せばよかったのです」

「動かせば余命を縮めます」

このお方はなぜこのように落ち着いているのだろうか。声を荒げることもなければ怒鳴ることもない。そうかといって力のない薄い声でもない。体全体を響かせた深味のあるよく透る声。だが清経にはそれら全てが絵空ごとのような気がしてならない。危険が迫れば病人達全てを見捨てなくてはならなくなるだろう。そのことに静琳尼は思い至らないのか。

「水だ、水が入ってきたぞ」

戸口の方から叫びと悲鳴の入り交じった声が聞こえてきた。清経は戸口に走り、階段を下りると門まで戻った。男達が濁水につかりながら為すすべもなく屯している。突然大きな音とともに門が大きく傾いた。流木が門扉を直撃したのだ。

門から流れ込んだ濁水は流出先を求めて部屋へを満たし始める。流木が壁に突き刺さり誘われるように様々な流下物が壁穴のまわりに纏いついて、ふくれ上がっていく。黒丸を探したが見当たらない。

「院は流失するぞ。皆退去せよ」

清経が叫んだ。

「舟も無いのに泳いで退去しろというのか」

「吾は泳げぬぞ」

「院が壊れるのか」

言い募る男達の顔は不安と恐怖に満ちている。

「どこかで見たことがあると思ったが確かぬしは先日、捨て子を届けに参った乱暴者。一体何者じゃ」

その男に清経は見覚えがあった。つくね頭の男、門番だ。

「防鴨河使主典だ」

「防鴨河使？　それじゃあ賀茂川をいじり回して一度で済む洪水を二度、三度に増やしている、あの防鴨河使か」

男達は洪水の恐怖を押し隠すがごとくにドッと笑った。

ここに来るとなぜか頭の奥で何かがプツンと切れる音がする、と清経は思った。だが今はつくね男達を殴りつける暇などない。

「流木を拾い集めろ」

怒りを抑えて怒鳴った。男達は動かない。力ずくで言うことを聞かせるしかない、そう思って正面の男に飛びかかろうとした時、

「この者の言うとおりにしろ。おぼれ死ぬぞ」

背後から大きな声が飛んだ。振り向くと黒丸だった。笑っていた者の表情が一変した。

「黒丸殿、ここに居残っているのは何名だ」

「二十数人と思われる」

「流れてくる大きい丸太を十本ばかり集めてくれ。筏をつくる。縄があるか。それに竹は」

清経の要望に黒丸が頼もしげにうなずく。清経は流木を集めたらそれを並べ、崩れないように竹を横に通して縄で堅く結んで筏を作ることを手際よく指示した。作業中に流されないために悲田院の大柱に筏を縄で固定しておくことも忘れずに言い添えると再び二階に戻り、静琳尼の前に座った。流木が柱に当たると部屋が大さく揺れ動き、そのたびに薬王尼と老尼僧は腰をうかし、身をかたくする。

「大事ないのでしょうか」

薬王尼は不安を隠せぬ顔だ。

「猶予はなりませぬ。ぐずぐずしていると悲田院もろとも流されますぞ」

「お二人を避難させてくだされ」

静琳尼に立ち去る気配はない。

「筏をつくらせています。それで退去なされ」

「病人を置いては行けませぬ」

どうせひと月も経たぬうちに病人のほとんどは死んでいく、所詮助からぬ命ならばいま見切りをつけたとてさして罪なことではない、と清経は思ったが口に出すことは憚られた。

「急いでくだされ」

清経は静琳尼の気持ちを覆すように深刻な声で告げる。階段を上がってくる気配がして戸が開くと黒丸が戸口を塞ぐようにして立っていた。

「筏を組み終りましたぞ。さあお越しくだされ」

病人等をおもんばかってか、あるいは静琳尼を意識してなのか、消え入りそうな声である。

「静琳尼様がお移りなさらない限りわたくしはここを動きませぬぞ」

老尼僧の言葉にはそれとは裏腹に退去したい願望がありありと感じられた。

「静琳尼様は吾が身に替えてお連れ致す。さあ、早くお二方は黒丸殿に従われよ」

その言葉に促されるように黒丸は部屋に入り追い立てるように二人を立たせると戸口に向かい振り返って、

「必ずや説得なされてお連れ申してくれ。それまで筏は動かさぬぞ」

念を押して階段を下りていった。

「病人達は捨て置かれませ」

清経はあらためて静琳尼に向き直った。

「それはなりませぬ」

静琳尼が首を振る。有無をいわさず連れだし筏に乗せてしまいたい衝動に駆られたが手荒く接せられない何かが静琳尼から感じられた。それは凛とした気高さといってもよいものだった。そう感じたとき黒丸の気持ちが清経にも分かった。黒丸は静琳尼を畏怖をまじえて敬しているのだ。是非もない、心中で呟くと清経は階段を駆け下りて門まで走った。指示した通りの筏がほぼ出来上がっていた。

「ようし、それでいい。まず尼殿を先に乗せる」

尼僧の手を取って筏に乗せようとする清経に、

「静琳尼様をお連れなさらぬのか」

とさえぎるようにして黒丸が不審の目を向ける。

「静琳尼様はお持ちになる手回りのものを選んでおられる。皆が筏に乗ったらお迎えに参じる」

「静琳尼様がよく翻意なされたものだ」

黒丸は疑いを更に強めたようだが筏をこれ以上引き留めておくわけにはいかない。皆を安全な浅瀬まで退去させることが肝要なのだ、院に残った静琳尼を無事脱出させる手立ては思い浮かばないが、いざとなったら静琳尼を抱えて濁流を浅瀬まで泳ぎ切る自信はあった。

「ほんにわたくし達は何も持たずに来てしまいました。身の回りのものを持ってくればよかった」

老尼僧が気づかなかったことを恥じるように呟いた。それを聞いて黒丸は清経の言葉を信じたのか尼僧を筏の中央に乗せ待機している男達を次々に乗せた。

十人ほどが乗ると筏はほとんど水面から隠れてしまった。まだ半数ほどの男達が残っている。もっと大きな筏を作るべきであったが降りしきる雨と流れの中でこれ以上大きな筏を組み上げることは至難であった。

清経は若い者四人を筏から下ろした。筏が水面に浮き上がる。

「他の者は筏につかまっていけ。誰か竿を使える者はいるか」

応ずる者はいない。清経は筏の舳先に立つと竹竿を手にして流れに突き立てた。

「黒丸殿、竿を操ってくれ」

「ぬしがやってくれ。吾は竿を握ったこともない」

「黒丸殿なら繰れる。流れに乗ったらこの竹竿で西へすこしずつ筏を押し流せ。決して余分な力を入れるな。足と腰に力を入れてゆっくりとやれ。吾はこれから静琳尼様を迎えに行く」

清経は竿を黒丸に無理矢理渡して筏から下りると、

「いいか決して急ぐな、ゆっくりと竿に力を入れるのだ」

言い終わると同時に腰に下げた刀子を抜いて柱と筏を結んでいる縄を切り離した。竿を握りしめたまま仰天する黒丸を乗せて筏が流れ始めた。

「悪く思うな。命に代えて静琳尼様はぬしの元に無事届ける」

うまくやってくれ。清経は心の中で祈る。賀茂川を下るのでなく街中に溢れた濁水の中を繰るのだ。きっとうまく乗り切れるだろう。清経は離れていく筏を見送りながら無事を祈った。

筏を見送ると院内の河水はすでに胸の深さまでになっていた。泳ぐようにして階段にとりつくと、一気に上がった。

静琳尼が先程と同じ位置に座っていた。

「皆は筏で退去しましぞ」

「あなた様の代わりに筏を操れる方が居るとは思えませぬ。一緒に退去なされればよかったものを」

「黒丸殿がうまくやりましょう」

清経は屋根に激しく当たる雨音を聞きながら濡れそぼった体を自らの両腕で抱いた。そうしていないと体が勝手に動きだし静琳尼を強引に連れ出すのではないかと思ったからだ。

「じっと看ているだけです。誰一人として食べることも飲むこともなりませぬ。話すことはもちろん呻く力さえも。もう何も聞こえないでしょう」

雨音にかき消されがちだが静琳尼の柔らかな声と息遣いが清経に届く。

「あと二、三日の命。皆、最後の命の火と戦っているのです。勝ち目のない戦いです。わたくしはその燃え尽きる命を看取る術しか知りませぬ」

「そうして燃え尽きた命を幾つ看取って参りましたのか」

「千五百人、あるいは二千人」

毎日一人ずつ看取るとして、約五年から六年、死者の腐臭にまみれながらこの人はその臭いにまるで犯されていない、と清経は思う。

「いずこのお寺の庵主様か」

官の意向を受けた尼寺が静琳尼を悲田院に赴任させたのか、あるいは官と関わりを持たぬ私寺の庵主が奉仕しているのか清経には分からなかった。いずれにしても慈悲や奉仕の域を越えた清冽な想いのようなものが静琳尼から感じられた。

静琳尼はどこの庵主であるとも答えず曖昧さを隠すかのように法衣の袖を口に当てた。するとかすかな香《こう》の匂いが漂った。白布と法衣に香を炊き込める余分な時など静琳尼にあるわけがない。またあったとしても悲田院に香木が置いてあるはずもない。だがその香の香りをどこかで嗅いだと思った瞬間、夕暮れ近い五条河原で捨て子に困惑していた清経に話しかけてきた尼僧から匂いたった香りと同じであることに思い至った。

ドーンと体をえぐる揺れ、つづいて柱が折れる大きな音が階下で起こり、それから低い振動が連続して床を通して伝わってきた。

「賀茂川の氾濫に立ち向って命永らえた者はおりませぬ。身に難が及ぼうとすれば、いち早く賀茂川から遠ざかる、それしかありませぬ。院と共に死ぬるおつもりか」

悲田院全体がこまかく揺れている。

「どうぞ御身のことだけを思い、難を避けてくだされ。わたくしは自ら求めてここに残ったのです」

静琳尼の白い歯が闇に浮いて見えた。その時、ドッドッと部屋が大きく揺れ、濁流が床面を一瞬にして洗い流し、押し包んだ。清経は無我夢中で静琳尼を腕の中に抱き、階段を駆け下りた。流れは速く、背が立たない。清経は流されながら静琳尼を放すまいと両腕に力を込めた。静琳尼がひと言ふた言叫び、腕を振りほどこうとして体を捩る。二人は濁水に飲まれ絡み合って水底に引き込まれ、水中で何度か回転し、回転しながら下流へと流されていった。清経は泥水をしたたかに飲み、苦しくなっておおきく口を開けた。開けた口にさらに泥水が入り意識がかすむ。その時、両足が固いものに触れた。水底だ。力一杯蹴り上げて浮き上がり水面に顔を出した。咳こみながら何度もせわしく息を吸う。意識が徐々に戻ってくる。脇に静琳尼をしっかりと抱えていた。静琳尼を押し上げると水面に顔を出させた。静琳尼は気を失い、全身の力が抜けていた。猶予はない、速やかに浅瀬まで泳ぎつかなくてはならない。うねる波頭を剥がして吹きつのる強風が襲いかかった。水底に引き込もうとする渦流を両足で踏むようにして耐える。だが両腕に静琳尼を抱えた清経は再び水底に引きずり込まれそうになった。その時、小舟の舳先が眼前に映った。

「さあ、はやく」

悲田院の下流で待機していた亮斉だった。亮斉は静琳尼を手際良く小舟に引き上げた。清経は舟縁に掴まり大きく息をした。上流で轟音がし、振り向くと悲田院が水中に崩れて没していくところだった。

「手を放してはなりませんぞ」

亮斉の心配気な口調が清経には嬉しかった。院からの脱出というより、濁流が二人を崩壊する寸前に押し流してくれたのだ。清経は素早く小舟に乗り込んだ。静琳尼は気を失ったまま舟中に横たわっている。

亮斉は竹竿を清経に託し、操舟をまかせると失神している静琳尼を抱え、頭を下にして飲んだ水を吐かせた。三度ほど水を吐いたが意識は失ったままだ。亮斉は静琳尼の口元に己の頬を近付け、しばらくじっとしていた。

「息がある、無事じゃ。そばについていてあげなされ」

大きくうなずくと再び竹竿を清経から取り戻した。

「このお方は静琳尼様では？」

亮斉は竿竹を繰りながら訊いた。静琳尼のむき出しになった頭髪は短く切りそろえられていた。青ざめて目を閉じている静琳尼の姿は市井の髪の長い女を見慣れている清経には異様に映った。

「悲田院ではそう呼ばれているそうだ。存じておるのか」

「噂は何度も亮斉の耳にも届いております。しかしこうしてお近くで拝するのは初めて。なんと美しいことか。このお方は悲田院の人々から仏のように慕われております。助かってなによりでした」

感に堪えたように呟く亮斉には剃髪姿がかえって鮮烈な美しさに思えたのだろう。だが一瞥した亮斉の目には微塵も好奇な光は感じられなかった。

「相当お弱りになっておられます。回復までの間、清経殿の館で静養をして頂きなされ」

亮斉は清経の応諾を確かめようともせず舟を清経の館の方角に向けた。

「お連れしたとてお世話は叶わぬぞ」

「己一つを持て余している清経殿ですからな。吾の連れ合いを差し向けましょう」

館は朱雀大路から一本西を通る西坊城小路と七条坊門小路が交わる一角にあり賀茂川から半里（二キロ）ほど離れている。賀茂川の洪水も清経の館には届いていないはずだ。そこに清経は一人で暮らしている。父親の蜂岡清成《きよなり》は清経が四歳の時に、母親は七歳の時に亡くなった。父清成の官位は従六位下、防鴨河使の判官であった。

「居屋《きよおく》は荒れ放題だがかまわぬか」

静琳尼が回復する短い間だけ館に来て頂こう、そう決めると黒丸が筏上で竹竿を握って驚愕している姿が甦った。これから四、五日は洪水の後始末で忙殺される。黒丸や薬王尼の避難場所を探し出して会う暇はない。手が空く頃には、静琳尼ももとに戻るはずだ、それから黒丸達に静琳尼を託しても遅くないと清経は思った。

亮斉は流れに竿刺しながらゆっくりと七条坊門小路と東京極大路の辻まで舟をすべらせた。この界隈が最も河水の流入が多い地区のようであった。賀茂川から遠ざかる方向に舟を導き、七条門小路と万里小路の辻まで繰ると舟底が路面に当たるようになった。舟を下り、亮斉に舟の後始末を任せて、静琳尼を背負い七条坊門小路をそのまま西に進んで、清経の館に運んだのは日が暮れる頃だった。豪雨は峠を越しつつあり、戻る途中の小路に賀茂川の河水が流れ込んだ形跡はなかった。

三百坪ほどの土地に家屋は建っている。門は朽ち、土塀は崩れてどこからでも館内に踏み込める。家もそれに劣らず古びて久しく手入れしていないのが一目で分かる。だが亮斉が館と呼んだように瓦葺きの大きな屋根は昔日の豪邸を彷彿させた。

清経は常々使用している小部屋に静琳尼を運び、薄縁の上に横たえたがいぜん失神したままだ。濡れた法衣を着替えさせることははばかられた。なにか手当をしなくてはと気は焦るもののどう扱ってよいのかさっぱり分からない。規則正しく息をしているのがただ一つの救いだった。そうして見守るだけで時刻は過ぎていった。自宅に戻った亮斉が妻女を伴って館を訪れたのは雨が止んだ深夜だった。妻女は静琳尼を一目見ると手をひらひらさせて亮斉と清経を追い出し、その背に向けて、

「湯を大量に沸かしてくだされ」

と大声で命じた。妻女は亮斉より五つ六つ若いのだが頭髪は薄く白髪で歯がほとんど無いためか口の周りに線状の皺が幾本も刻まれ亮斉より老けて見える。だが動作はきびきびしていて機転がきくらしく自宅から衣服や布を携えてきた。亮斉の話を聞いて何が必要なのかすぐに分かったのだろう。

「いつもあの調子でこき使われておる」

亮斉は手慣れた動きで土間に設えてある竈にほだ木を投げ入れると火打ち石で苦もなく火をおこし

た。その手際よさに清経は思わず笑いがこみ上げてくる。今日初めてのほのぼのする光景だった。

静琳尼を亮斉の妻女に委ねたまではよかったのだが、妻女はその夜から清経を亮斉の家に泊まるように頼んだ。いぶかる清経に、尼様は仏に仕える貴いお方、男と一つ屋根で寝起きすることはなりませぬ、とさも当然であるかのごとくに告げた。あっけに取られた清経に亮斉は笑いを堪えるのに必死なのか口を力いっぱいつぐんで首を左右に振った。

第三章　賀茂河原清掃令

（一）

三条大路と東京極大路の交わる辻に常平所《じょうへいじょ》が設けられ、応急に設えた板戸の台に盛られた米に京人が押しかけていた。常平所は貞観九年（八六七）の飢饉の折、官の米を減価で放出する機関として初めて設けられ、このとき京人は一升につき銭八文の安価な米を買い求めようと雲霞のごとく群がったという。以後、常平所は飢饉、災害、洪水のたびごとに設置され、いまに至っている。

常平所に群がる人ごみを分けながら清経等防鴨河使一行が三条堤前の空き地を訪れたのは野分が去った二日後だった。

そこからは大きく底部が削り取られた三条堤の先に泥水が川幅いっぱいに流れ下っている眺望が開け、川はまだ人を寄せつけない荒々しさを残していた。

「今日中に崩れた堤の長さを知らねばならぬ。蓼平、いかほどと見る」

亮斉は決壊箇所を目を細めて眺めやっている。

「目検討では二十間くらいかと思われます」

心許なげな蓼平。

「二十間？　おぬしの目は節穴か。当て推量はいかんと常々申しているはず。下流の崩れた先端と対岸の景色をまっすぐに結べ。なにが見える」

「大きな岩の突端が見えますな」

蓼平が不承不承答える。

「次に上流の崩れ始めた所と対岸に映るものは」

「三本の杉の真ん中ですかな」

「では大岩と杉の間数は」

「分かりませぬ」

「情けない。毎日、河原を見回りして何をしておる」

蓼平は亮斉の叱責に怒りもせず大岩と杉に目を凝らす。

「およそ九十間、その三分の一が崩れた長さだ」

亮斉はよどみない。

「ほう、すると三十間ということですか」

「河水が退いて堤を実測すれば明らかとなろう。蓼平、これからは自ら工夫して近づけぬ損壊箇所の詳細を知るよう努めねばならんぞ」

亮斉の苦言は年老いた己の後を託し、清経を補佐する者は蓼平であるという強い信念にもとづいているようだった。その気持ちが分かるのか蓼平は素直に頷いた。

「清経殿、三十間を応急補修するにはいかほどの蒲簀《かます》が要りようですかな」

今度は己に矛先が向いたのかと清経はひやりとする。蒲簀とは蒲や藁で編んだものを二つ折りにして作った袋のことで、これに土や小砂利を入れて封じ、崩壊箇所に並べて置く。蒲簀は二人がモッコで担げる重さを考慮して差し渡しが一尺五寸（四十五センチ）程度の大きさである。

「応急補修なら堤の半分の高さまで蒲簀を並べればよい。すると五尺、幅を三間とすれば」

清経は呟いてしばらく目を閉じていたが、

「およそ、五千三百袋ほどと算出した」

と告げた。

「さすが算《さん》の上手、吾もその位の数とみました。しかし、その算とか申す術はまるで占いのようによく当たりますな。何故、的確な数を導き出せるのか亮斉にはとんと分かりかねます」

防鴨河使になって日の浅い清経が算なる術を用いて補修箇所に必要な蒲簀数を割り出すのに対し亮斉等は永い経験を唯一の足掛かりにして必要数を出すしかなかった。

算とは宋伝来の計算用具で算盤《さんばん》の上に算棒を並べて四則等を算出する。ちなみにそろばんの伝来は室町末期で数量計算はそれまで算に頼っていた。

「父の遺品の中に算の一式と蔵書があった。それを暇に任せて学んだまで」

「早いもので清成様がお亡くなりになって十八年になりますな」

亮斉は昔を懐かしむように目を細めた。

亮斉や蓼平等が折に触れ清成の名を口の端にのせるのを聞くと父は皆から慕われていた、と清経はしばしば感じる。父の従六位下の官位を引き継いだのは清経十七歳の時、その一年後、防鴨河使主典に任じられて初めて官衙（防鴨河使庁）に出仕して下部等に引き合わされた折、亮斉等が暖かく迎えてくれ、以後今日まで孫のように指導し慈しんでくれている。そうした好意は父の偉功のためばかりでなく賀茂川の維持管理という特殊な業務には固い結束と親子のような気遣いや暖かさが連綿と受け継がれているのではないかとも思えた。

「蒲簀はいかほど保管してある」

亮斉が傍らの下部に訊いた。

「およそ、八千」

問われた下部がすぐに応じた。蒲簀は下部達の住居に近い六条大路南と東京極大路西の辻付近に建てられた納屋にモッコや縄、鍬、木杭、小舟などと共に保管してある。

「明日より堤の補修にかかってくれ」

亮斉の命に蓼平は下準備のため下部達を追い立てるように東京極大路を南にとった。

「さて、崩壊した堤のおおよそが分かりましたから厄介な目録にとりかかりますかな」

下部達を見送った亮斉は苦いものを口に含んだときのような顔をした。

防鴨河使定《さだめ》で、賀茂川の防水施設に被害が生じた時は緊急に応急補修を行うことになっていて、補修の工法とその使用材料並びに数量、概算経費を速やかに防鴨河使長官に報告することになっている。それに平行して本改修に要する工人数や材料、工事期間などを算出した賀茂川損壊目録を主計寮《かずえりょう》に提出しなければならない。工法、使用材料は亮斉や蓼平でも決められるが使用材の数量算出には清経の算が不可欠になる。防鴨河使は応急処置のみで本格的な河川改修工事は損壊目録に基づいて太政官が山城や摂津などの京近隣国に命じて行わせることになっている。従って損壊目録の内容がずさんだと改修工事を命ぜられた近隣国が迷惑を蒙ることになり、防鴨河使長官の信用が著しく傷つくことにもなる。本来なら長官諸行が清経等の作成した損壊目録を吟味するのが筋だが、文学の家系である諸行は算学を一段低くみていて自ら覚えて使うものではないと思っているらしく、損壊目録作成を清経と亮斉にまかせて主計寮が齟齬《そご》なく受諾することをひたすら願っているようだった。清経が主典に任命されたのは父の後を継いだということもあるが、算の上手だという特技も採用条件の一つだったのだろう。

防鴨河使庁に戻った清経と亮斉は目録の作成にあたった。

一度、諸行は主典執務室を訪れたが、うまくやってくれ、と一言残して早々に引き上げてしまった。

「長官様《かみ》は崩れた堤を検分する気もないようでございますな」

部屋を後にした長官の足音が聞こえなくなると亮斉はため息をついた。

「それなりに気を使っておられるのだろう」

「まことに、暖かいお心遣い、涙が出ます」

亮斉は半ば冗談、半ば本気で応じた。長官が検分するとなれば庁舎から現場までの先導、さらに検分箇所の安全確保や説明用の書面作成、休息場所、昼食の用意、帰庁のお供、と雑事が膨れ上がる。それがないだけでも下部達にとっては補修作業に邁進できるというものである。

目録をまとめ終わって庁舎を退出すると、朱雀大路の西に面した淳和院の大屋根に陽が沈みはじめ柳並木が長い影をひいていた。人々は忙しく行き来し、童子等は歩くことを忘れたように走り回っている。夕暮れから晩に移る逢魔が時を京人は惜しむように行き交って野分など来なかったような光景だ。

「野分の時節になるといつも京の陽と陰が露わになりますな」

四半刻（十五分）ほど黙々と歩いていた亮斉が清経に語りかけた。

「陽と陰？」

「左様、陽とはこの朱雀大路を貫く一帯、陰とは賀茂川に沿って走る東京極大路の一帯。このたびの野分にも朱雀大路沿いは水をかぶった痕跡がありませぬ。それに引き替え東京極大路沿いは流失や浸水した家、おぼれ死んだ者もおります」

「悲田院が流失するほどに大きい野分だったからな」

「このたびの野分は造都以来もっとも激甚だと言われた永祚年間の野分に劣らぬ強大さ。あのときも被害を大きくしたのは強風とそれによって倒壊した流木であったと言われております」

「そのような大きな野分ならおぼれ死んだ者が出ても仕方なかったのだ。防鴨河使の及ぶところではない」

「さて、そう言えますかな」

「まるで陰と陽を吾等防鴨河使が招いたような物言いだが」

「永祚の野分が甚大になった因を防鴨河使の者はもちろん、他の官人達も心にとどめておくべきだったのです」

「それでどうにかなったとは思えぬ」

「そうではありませんぞ。古《いにしえ》の氾濫履歴を学ぶことで賀茂川の本性や欠陥がおのずと浮き彫りになってくるのです。もし永祚の災害要因を学んでいれば糺の森に内裏修復用の木材を置くような愚かなことはしなかったでしょう。本性を知れば対処の法もおのずと開けるものです。それを怠るからこの度のような悲田院流失に繋がったのです。もっともこれは蜂岡清成様の受け売りでございます。あのお方はわたくしたちのように闇雲に賀茂川に親しみをもって接した訳ではありませんでした。ここに都が移る前の賀茂川がどんな姿で流れていたか、そこに住み暮らしていた人々が賀茂川とどう付き合っていたか、そうしたことを下部たちに熱心に説き聞かせてくだされた。そのような話を聞くまでわたくしの役目は洪水から京を守るために堤の形や弱いところ、瀬と淵の位置、川中の岩や石の有り様、蛇篭の設置場所、それらのことごとくを己の頭に入れ、適切な補修を行っていれば事足りると思っておりました。ところが清成様はそれらに頓着せず、なぜ国を傾けるほどの財力と労力を費やして長大な賀茂堤を作り上げ、京の東端を北から南にほぼ真っ直ぐに流れ下るように賀茂川を押し込めたのか、なぜ龍の岩は今も切り崩すこともなく川中に残っているのか、なぜ遷都と同時に防鴨河使が創設されたのか、そうしたことに通観しておられました」

「古の賀茂川を学んだとて、昨今の氾濫が減るとは思えぬ。一体、父は何を言いたかったのか」

「清成様が何を申されたかったのかこの歳になってやっと分かって参りました。防鴨河使が行ってきたのは野分で被った堤の損壊個所を細々と補修する目先のことばかり。これから百年先でも下部達は同じように野分の襲来にオロオロし、河原をはいずりまわっているに違いありませぬ。清成様は賀茂川を生まれたままの古の姿に戻してやれ、とお考えのようでした。つまり賀茂川の流路を制限する堤や土手をすべて取り払い、流れが勝手気ままに行きたいところへ行くようにし、防鴨河使などという官衙も消滅させる、そうお考えのようでした」

「それでは京で暮らす人達の多くがどこかに移らねばならんぞ」

「それで良いと思っておいでのようでした。『京の街を大陸の長安に模して造ったことがおおきな誤りだ。賀茂川の流れに逆らわず共生し、氾濫をはじめから想定した街に造り直さなければ洪水は未来永劫京人を苦しめるだろう』と、そう申しておりました。もともと賀茂川は京の街中の方まで流れ込んでいたそうでございます。もちろん口に出して堤や土手を壊せ、などとは申しませんでしたし、またそのようなことが叶うとも思ってはなかったでしょう。川を古の流れに戻せない以上、下部等が快く動けること、それが洪水から京を守る確かな道だということを清成様は心得ておりました。それに算に長けておりましたので堤など崩れた所の補修材の数量を実に正確に算出してくれました。そのことがどんなに補修に役立ったか。もう少し長生きしてくだされば防鴨河使庁も変わったかもしれませぬ。あの方にはもっと長生きをしてほしかった」

「亮斉は父の死に立ち会ってくれたのか」

亮斉は一瞬答えることに躊躇したのか大きく咳払いをした。それから、小さな声で、

「いえ、清成様の死は急でした。立ち会う間もありませんでした」

と告げ、

「清経殿は母堂より清成様の死についてお聞きではないのですか」

と聞き返した。

「母から父の死の詳細を聞いた憶えがないのだ」

その母は清経が七歳の時に亡くなっている。

「疫病に罹られ急逝したと伺っております。黄泉《よみ》の国から見守っておられるおふた方は清経殿に安堵なされているでしょう」

「そうは思っておるまい。吾は誰に似たのか短慮、頭のどこかでプツンと切れる音がするともういかぬ。後先考えず腕が勝手に動き出し、気がつくと必ず相手が顔を腫らし、腹を押さえて倒れている。このプッツン、歳を重ねても鎮まってはくれぬ」

「いいではありませぬか。そうしたプッツンもあと数年で跡形もなく消えるでしょう。それまであと何度プッツンするのかこの亮斉は楽しみにしています」

亮斉は苦笑を交えた顔を清経に向けた。

「父は短慮ではなかったのか」

「物静かで思慮深いお方でした」

「なにもかも吾は父に似ておらぬ」

「親は親、子は子です」

亮斉はそう言ってふと寂しそうな表情をみせた。妻女との間に子はなく、結局亮斉の血筋は七代で絶えることになる。代々伝えられている気象を占う術も賀茂川への深い知識も受け継ぐべき者があるとすれば亮斉と血の繋がらぬ者なのだ。

「そう思うのだがあの廃屋に等しい蜂岡の館に住み暮らしていると見えざる父母の絆《ほだし》を感じるときがある」

館を一切手入れしないのは心のどこかにそうした絆（束縛）から逃れたいための抗いなのかもしれない。

「蜂岡家は代々従六位下の官位を引き継いで防鴨河使判官の役をこなしてきた由緒ある家柄です。清成様がご存命であればおそらく長官になられたに違いありませぬ。そうなれば防鴨河使始まって以来の生え抜きの長官が誕生することになりましたものを」

「両親が身罷り係累のない身となってみれば由緒などなんの支えにもならぬ」

「係累がないとは思いませぬ、清経殿を引き取り育てられた広隆寺の勧運和尚様が今でも健在ではありませぬか」

「その和尚も八十路《やそじ》」

「わたくしより十も年上。勧運様はまだまだ長生きなさりますぞ」

「お前のような未熟者を残して拙僧は死ねぬ、というのが和尚の口癖。この分では和尚は百歳を越えてなお生き続けなくてはならぬかもしれぬ」

「せいぜい長生きの手助けをなさりませ」

乾いた風が東山から吹き下ろしてくる。風には晩秋を感じさせる冷たさがわずかに含まれていた。七条坊門小路と朱雀大路が交わる辻にでると、行き交う人影は少なくなっていた。亮斉の顔にすっかり傾いた陽が濃い影を作っている。

「あれから四日経っております。連れ合いからはなんの報せもありません。きっと静琳尼様は順調に回復なさっておいでなのでしょう。損壊目録も目鼻がつきました。どうでしょう、これから清経殿の館に参じてみませぬか」

いつもはこの辻で亮斉は東、清経は西に分かれて帰路に着くのだがこの三日間は亮斉の家に二人して戻っている。一人での寝食に慣れている清経は亮斉と同じ部屋で寝るのに少しばかり疲れてきていた。ともかく亮斉のいびきが大きいのだ。

「妻女殿に手厳しく怒られて追い返されるのではないか」

「なに、いつも手厳しくあしらわれておりますので追い返されたとて何ほどのこともありませんぞ。清経殿もいずれは好いた女子《おなご》と一つ屋根に暮らすようになるでしょうが、くれぐれも女子に勝とうなどと思わぬことが肝要ですぞ」

急に亮斉の声が明るくなる。妻女には頭が上がらないと常々愚痴る亮斉だが、それに甘んじていることが清経にはほほえましく伝わってくる。七条坊門小路を西に入り二人が館に着いた時、入陽の残光がかすかな闇をつくりはじめていた。

四日間、留守にしただけの館だが清経には懐かしい思いがこみ上げてくる。大声でおとないを入れたが妻女の出てくる気配はない。訝しみながら内に入って聞き耳を立てたが物音ひとつしない。静琳尼を運び入れた部屋の外から名を呼んだがやはり返事はなく清経は恐る恐る戸を開けた。きれいに整頓された部屋に人影はなかった。ほかの部屋を探したがどの部屋も人の気配はない。庭も探したが徒労に終わった。

「おや、戻ってきなさったか」

館外から妻女の声がした。二人は急いで声のした方に向かった。

「どこをほっつき歩いていたのだ。静琳尼様がおらぬぞ」

苛立った亮斉が戸口に現われた妻女に詰め寄った。

「いつもほっつき歩いているのはおまえ様の方だろう」

妻女は鋭く応じて、それから感情的になったのを取り繕うように、

「静琳尼様はすっかり良くなられた。詳しいことは部屋で」

と口の端を緩めた。それから妻女は静琳尼が静養していた部屋に二人を導き、机上に置かれている用紙を取って清経に渡した。用紙は清経が庁への提出書類用として所蔵しているもので、そこに平仮名文字が二枚に渡って認《したた》めてあった。平仮名は女文字とも言われ清経にとっては接する機会も少ないため読むのに苦心したが、文面は助けられたお礼と回復したこと、さらに避難した者達の安否が気遣われるのでひとまず悲田院までいってみる、という内容だった。清経が二人に読み聞かせると妻女は次のような話をした。

静琳尼は二日目から食事もとれるようになった。その夜、静琳尼は文を認めると妻女を呼び、姉小路北、町尻小路西にある静琳庵まで文を届けて欲しいと頼んだ。翌朝、妻女はすっかり静琳尼が元気

になったことを確かめてから文を携えて静琳庵が建っていると思しき辻に立ってみたが、それらしい尼寺は見当たらない。大きな館ばかりが建つ姉小路の道筋を何度も行き来し、やっと見つけた静琳庵は広大な館の塀に隠れたみすぼらしい庵だった。妻女が案内を請うと下僕らしき老爺が出てきた。文を渡すと下僕は文の主が静琳尼と気づいて驚き、安否を何度も尋ねたという。

「すると昼をまわった頃、ここに二人の尼様が尋ねて参られた。法衣や頭部を覆う白布、履物《げげ》など持参なされての。それを二人してかいがいしく静琳尼様に着せかけておいででした。それからそのお文をお渡しになり清経様に何度も何度もよろしく伝えてくれと申されて連れ立って戻っていかれた。わたしは五条大路の辻まで三人をお送りして戻ってきたらいきなりむかっ腹のたつおまえ様の一言」

妻女はそう告げると四日も帰っていない家が心配なのか亮斉の尻を叩くようにして部屋を出ていった。

翌朝、諸行と清経は賀茂川損壊目録を携えて主計寮に赴いた。主計寮は民部省の管轄下にあり、美福門内に建てられた民部省敷地の東南に庁舎がある。民部省は太政官の管轄下にある。全ての省や寮、庁の頂点に太政官があり、その長は太政大臣、以下左大臣、右大臣、大納言と連なり、諸行にとっては目もくらむ富貴な公家で占められている。もちろん防鴨河使長官の任免も太政官が行う。主計寮での評価が民部省に報告され、太政官へと上がってゆく。諸行が目録に過誤がないよう気を遣うのはひとえに太政官の高官に覚えを良くしてもらうためなのだ。

損壊目録の審査にあたったのは大属《だいさかん》と算師であった。賀茂堤が決壊すれば決まって上申されるからか算師は細かい数的な審査のほかはほとんど異議を挟まなかった。清経の算出に齟齬はなく、わずか半刻（一時間）で了承された。主計寮の長は頭《かみ》で以下、助、権助、大允《だいじゆう》、少允《しょうじゆう》、大属、少属、史生、使部、算師と続く。防鴨河使長官の対応にはずっと格下の大属と算師だけであったが将来を考えれば彼等二人の出世は格段に早いはずである。諸行はそうしたことを承知していて全てを清経に任せ、終始平身低頭、ただただ頷くのみだった。

（二）

閉じられた蔀戸《しとみど》から射し込むわずかな陽光が部屋を薄明るくしている。かすかに子供達が囃したてる声が土塀越しに聞こえてくるがそれが途切れると静寂が深くなる。

清経と共臥している恵女《さとめ》が深々と息をした。裸の肩に髪が幾筋もかかっている。恵女の顔は鼻稜が尖ってややきつく見えるが二重の大きな瞳が表情を柔らかくしている。恵女に惹かれたのもその瞳だったと清経は思い返す。恵女と初めて会ったのは半年ほど前の冬の寒い朝で、勤めに行く恵女が残雪に足を取られて足首を挫いたのを、たまたま防鴨河使庁に出仕する途中だった清経が助けて医師《くすし》に連れていったのが縁となった。恵女は姉小路北、西洞院大路東にある延喜寿院《えんきじゆいん》で下婢《はしため》として働きはじめたばかりで、勤めが楽なこともあって当分辞める気はないらしかった。母と二人暮らしの恵女の家は左京の南、六条坊門小路と高倉小路が交差する付近にあり、そこから延喜寿院まで半刻（一時間）もかからない。

時折清経は延喜寿院の長い塀に沿って歩くことがあった。塀越しに望める建物は瓦葺の大屋根を配して格式の高さをうかがわせる。いつもひっそりして出入りする人もなく、久しく手入れされていないらしい院の寂れようが朽ちていく己の館に重なって、清経は見知らぬ院主ではあったが近しいものを感じていた。大内裏に近い地に広大な住まいを持てるのは藤原北家の血に繋がる者なのだろう、ならばもう少し敷地内の整備や建物の補修をしてもよさそうなものだとも思うのだが、通り過ぎるたびにそれとなく垣間見る限りでは手を入れた様子はなかった。だが恵女達、市井の女を雇い入れているのだから院主は裕福なのだろう。一体どのような院主なのかと清経は思い、

「延喜寿院の主《ぬし》はどなたなのか」

と訊いてみた。

「お館内に入ることは許されておりませんの。あたくしは院主様でなく奥を執り仕切る満刀自《みとじ》様の下婢」

奥向きは奥向き、外向きは外向き、雇われたからといっても最下級の下婢では建物内に上がることはない。恵女は庭の清掃や外回りの細々した雑用を満刀自から指示されるという。院には恵女の他に三人の下婢が雇われていて皆、街中に住んでいるとのことだった。

「いずれ高貴な方だとは思うがそれにしても外からみるとずいぶんと荒れて見える」

「そう見えるかもしれませんが院には牛車三台と二頭の黄牛《あめうし》が飼われおりますの。この間も一台の車輪が壊れたとかでわたくしは牛車作りの工房がある高辻小路まで使いに走らされました」

「この頃の公卿は荒っぽい乗り方をするから車輪がすぐ壊れる。しかし院に飼われているのは黄牛なのだろう、黄牛はほとんどが雌で車輪を壊すほど速くは走らぬ、きっとその車輪は手入れ不足でどこかが朽ちていたのだろう」

「直しに来られた工房の方もそのようなことを申され、たちまち直してしまわれました」

「何十年と牛車作りをしていれば楽な修繕なのかもしれぬ」

車輪作りは熟練の技を要し、長年月をかけて技を磨いて漸く一人前になると言われている。

「いえ、まだお若い方です。その方、時々院に見えられ牛車以外の細々したものを直してくださるので重宝がられておりますわ。それにいろいろのことを存じていておもしろいお方です」

そう話す恵女はどこか晴れ晴れしていて工人に好意を持っているようにも受け取れた。

「近頃は牛車もやたらに増えているから実入りも良いだろう」

「まだ女房達が乗る車輪しか作らせてもらえないと嘆いておりましたわ」

「技が未熟なのだ。唐車《からぐるま》、賓郎毛《びろうげ》車、賓郎庇《びろうひさし》車、糸毛車、半蔀《はじとみ》車、八葉車、網代《あじろ》車、網代庇車、雨眉《あままゆ》車など牛車はたくさんあるが女房や高位の女性《にょしょう》が用いるのは糸毛、半蔀、八葉と限られている。おそらくその工人は熟達した技のいらぬ糸毛車あたりの車輪を作っているのだろう」

「技が未熟と非難がましい口ぶりをなさるのは……」

恵女はそこで口をつぐみ片腕を立てて半身を起こすとうれしそうに笑いかけ、

「その方のことお妬きになっておいでなのでしょう」

と窺うように顔を近づけた。

「吾が妬かなくてはならぬほど恵女はその工人を好いているのか」

「さあどんなものでしょうか」

恵女はほほえみを絶やさずに立ち上がって脇にたたんである衣服を身につけはじめた。清経は恵女の身体の暖かかった余韻を胸に感じながら伏したまま動かない。

「牛車に随分とお詳しいようですがお乗りになったことがおありなのですか」

衣服をつけ終わった恵女は周りに脱ぎ散らかされた清経の衣服を手にとって清経の裸の背を覆い傍らに座った。

「乗ってみたいが主典の身分では乗れぬ」

官人の誰もがいつかは牛車に乗り美男の牛飼い童に曳かせて大路を進むのが夢なのだ。街中で牛車に出会うとき、どんな貴人が乗っているか好奇と垂涎で車内を窺うのだが御簾を下ろした車内の人物を見極めることは難しかった。そんなとき牛車の種類を見分けられれば男女の別、身分の高低をほぼ知ることができる。そういう思惑もあってほとんどの官人は牛車を判別できた。

「糸毛車の車輪を作るには熟達した技はいらないとおっしゃいましたがなぜですの」

「女房達が乗る牛車はゆっくり進む。牛を無理に追い立てたりしないから車輪はそれほど丈夫でなくともよい。それに比べ公卿等は牛車を速く走らせる。その分、車輪を大きく丈夫に作らねばならぬ。確かな技がなくては堅固な車輪を作れない。そのうち延喜寿院に出入りするその工人も公卿の乗る牛車の車輪を作れるようになるだろう。その者、いろいろなことを知っていると申したがほかに何が得手なのだ」

「詳しく聞いてはおりませぬが、そう言えば龍の岩について話されたことがありました」

「龍の岩？」

清経は恵女が覆ってくれた衣類を威勢よくはぎ取ると起きあがった。素裸の清経に恵女は目をそらしてうつむいた。

「龍の岩についていかなることを申したのだ」

真顔で聞く清経に恵女は戸惑いながらも、

「先日の賀茂氾濫の際にその方が院を心配なさって駆けつけてくださいました。幸い院は冠水を免れましたが、そのおり、『毎年毎年引き起こされる氾濫は龍の岩が有り続ける限り繰り返されるだろう。龍の岩を打ち砕けば氾濫は減るはずだ。もし己が防鴨河使の官人であったら龍の岩を粉砕する。己は龍の岩を破砕する工夫を持っている。防鴨河使は氾濫の後始末ばかりするのでなく龍の岩を取り除くことに力を割くべきだ』と、確かそのようなことを申されました。わたくしは龍の岩に龍神が宿ると信じられ触れるだけでも祟りがある、と申したのですが……」

「で、その工人はなんと応じたのだ」

「龍神など宿っておらぬ。宿っていたとしても毎年京を水浸しにするような龍神なら京には迷惑。畏れずに龍の岩を粉々にしてしまえばよいのだ、と」

「ほう、そう申したのだな。その者のこともう少し詳しく話してくれ」

「それほどよくは存じ上げておりませぬが三年前に工房を持っていらっしゃる血縁の者を頼って備中から上京してきた、と申しておりました」

「備中？　でそこでは何をしていたと」

「さあ、存じませぬ。ただ岩を砕いていたと聞いたように思います」

「一度、会わせてもらえないか」

「かまいませぬが、そのお方は清経様とわたくしの仲について何も存じておりませぬ。もし存じておいででしたら防鴨河使を中傷なさるような言い方はなさらなかったはず」

「中傷などと思っておらぬ。龍の岩肌には粉砕しようと試みた痕が至るところに見受けられる。遷都以来何度も龍の岩を破砕しようと試みたのだろうが果たせず今でも川中にそびえ立っている。龍神が宿っているとまで言い伝えられ、いつの間にか龍の岩を傷つける者には祟りがあるとまで噂されるようになった。今では誰一人龍の岩に近づく者はいない。いや口の端に乗せる者すらいないのだ。その工人が粉砕する工夫を持っているなら是非会って話を聞きたいのだ」

　清経は衣服を身につけて閉めておいた蔀戸を大きく開けた。すでに陽は西に傾いていて目を細めて避けるほどの明るさはなかった。先ほどまで聞こえていた童等の声も失せて開け放たれた蔀戸の先に荒れた庭が見えた。

（三）

高倉小路沿いの家まで恵女を送って再び館に戻ると日はすっかり暮れていた。いつものように崩れた土塀から内に入ろうとした清経は人の気配に気づいて立ち止まった。気配は塀の陰からしている。相手が話しかけてくるのを待ってしばらくそこに留まっていたがその気配は立ち去るでもなく近づくわけでもなさそうだ。

「どなたか」

清経は自ら問いかけた。

「蜂岡清経殿ですな」

すぐに男の声が戻ってきた。

「そうだが。で何かご用か。用なれば門口から入られよ」

「いやこのままでよい」

「このような闇、これでは顔も見えぬ」

「わたくしは闇丸と申して、名の如く闇が似合っている」

「闇丸？　河原に住まう人々を束ねるあの闇丸殿か？」

地方から追われるようにして上京してくる人々が京に受け入れてもらえず帰郷することもならぬま

ま賀茂河原に葦小屋を建てて暮らし始めたのは造都当初からである。歳を経るごとに河原に住み着く人は増え、今では一万を超えると言われている。その人々を束ねているのが闇丸と噂されてすでに久しい。誰一人、闇丸の姿、いや声さえも聞いたことがなく、検非違使《けびいし》が正体を掴もうと探索したがすべて徒労に終わったとも清経は聞いている。

「その闇丸だ」

「その方が何ゆえ吾に」

「昨日朝所《あいたんどころ》で賀茂河原清掃令の発布が審議された。そのこと御存じか」

「朝所での事柄が下々の主典に知らされるのは何日も後のこと」

朝所とは太政官の庁舎北東隅にある建物で参議以上の者が政務を行う所である。そこで決まった事柄は帝に奏上されて了承を得た後、初めて関係官庁に知らされる。市井の者が昨日の朝所での議題を知ることなど皆無といってよい。清経は闇丸の言葉を疑った。

「信じられんようだがこの世に信じられんことは山ほどある。ならば尋ねるが官衙《かんが》の官人はいかほどか」

闇丸は清経とのやりとりを楽しむかのような口ぶりだ。

「およそ九千人と心得る」

清経は唐突に話が変わったことを訝かった。

「京内に住まう者の数は」

「およそ、十五万」

「では河原に住する者は」

「六条から八条河原にかけて住う者、ほぼ一万」

「一万八千六百人になろうとしている」

「その数、にわかには信じがたい」

「京人や官衙の官人等には信じがたい数であろう。人は己に都合の良いものしか信じようとせぬ。賀茂川のことを最もよく知っていると自負する防鴨河使の清経殿も六条、七条河原のことは知らぬらしい。考えてみよ、正暦四年の裳瘡《もかさ》の猛威、貞元の地震、永祚の野分、それに伴う飢饉、地方も京も餓死者が巷に溢れた。京や近隣で地震により家を失った者が行き場をなくして河原に集まってきた。同じように地方《くに》から餓死を免れるために京に人々が押し寄せた。それを京人や官人等は助けもせずに放置し、さらに京内から追い出した。行き場を失った者達は河原に住み着くしかなかったのだ。いや京人でさえ地震や野分の洪水で家を失い河原に住むようになった者もいる。民が困窮すればするほど河原の住人は増えてゆく。二万を超えるのもそう遠くの日ではあるまい」

貞元元年（九七六）の地震で東寺、西寺、清水寺、円覚寺をはじめ京の民家の多くが倒壊し、夥しい圧死者がでた。また永祚元年（九八九）の野分では承明門、建礼門、日華門、美福門、朱雀門等々の全壊や大部の損壊、京民家の倒壊、それに畿内の海浜、河辺の田畑、家畜、家屋が高波に没し避難民が京に押し寄せた。さらに正暦四年（九九三）の裳瘡すなわち疱瘡は死病として畏れられ、死者は路傍に溢れてその数を知らず、と言われた。

「河原の住人にはかつて京人であった者が何千人も居る。その者達は今でも公家や官人と深く結びついている。朝所で行われる政の詳細は数刻後にはこの闇丸の耳に届く」

「では賀茂河原清掃令の条文も存じていると」

「賀茂の流れを阻害するものを取り除く、そのような主旨だ」

「ならば今までも吾等防鴨河使が取り除いております」

「流れを阻害するものは土砂や漂着物ばかりではない。清掃令の眼目は河原から葦小屋を撤去し、吾等を放逐する、その一点にある。清掃令とは高慢な命名、まるで吾等をゴミ扱いにしている、そう思わぬか」

「確かに河原やその近辺に建つ葦小屋は賀茂川保全に大きな障碍」

「愛想のない奴だ。吾等が河原から立ち退いたら京内のあらゆるところに入り込む。そうなれば京人との諍いも増えよう。執政者はそれに思い至っておらぬ」

「河原から追い出すだけでなく京からも追い出そうと企てた清掃令なのでしょう」

「それは吾等に死ねと言うことに他ならぬ」

「なるほど朝所に集まる方々ならばこの度の洪水を絶好の機会ととらえているのかもしれませぬな」

「野分の去った今、四千余あった葦小屋は千五百軒ほどに減った。それも対岸の水を被らなかった高台の斜面だけだ」

「このたびの野分は大きかったですからな」

「執政者たちは吾等が河原に戻る前に賀茂河原清掃令を発布し、小屋を建てることはもちろん、河原への立ち入りをも禁じる。そういうことだ」

「これからすぐに帝に清掃令を奏上しても発布されるまでには三ヶ月を要します。それだけの日数があれば河原も旧に復し葦小屋も建てられましょう。建ててしまえば追い出すのは至難」

「太政官符でなく官宣旨となろう。それならば一ヶ月ほどで発布される」

「なるほど官宣旨ならさしたる期間はかかりませんな」

「今度は腰を据えてやるようだ」

官の命令書には二種類あって一つは太政官符で帝に上奏し、命令書には天皇御璽や太政官印が押される。天皇御璽は大臣以下近衛府、太政官等の役人が立合いのうえで行うので手続きが非常に複雑で日数がかかる。一方官宣旨は印を押さない略式命令書のため短期間ですむ。ことの軽重でその二つを使い分けるのだが早急に処理しなければならないものは官宣旨で済ますことが多かった。

「そこで一つ清経殿に頼みがある。数日後に河原に戻る。十日もせぬうちに新たに三千ほどの葦小屋が出現するはずだ」

葦小屋は六尺（約一・八メートル）四方の四隅に三尺（九十センチ）ほどの細い棒切れを建て、それを柱として葦で四周を囲み、屋根も葦で葺いた粗末かつ簡易なものである。葦は河原や荒れ野と化した右京で幾らでも手に入る。半日もあれば女子供にも造れた。

「十日で三千軒……」

清経は驚嘆した。まだ賀茂川は水量も多く河原や空地のいたる所に漂流物が堆積していて小屋を建てるとなれば下準備だけでも半月はかかるはずだ。

「吾等の動きに一切手出し無用をお願いする」

毎年、賀茂川の氾濫で葦小屋数百軒が流失する。そこに再び葦小屋を建てようとする河原の住人とそれを阻止する防鴨河使下部との間で争いが繰り返されていた。河川管理上、増え続ける葦小屋は決して好ましいものではないのだ。

「清掃令に基づいて河原が封鎖される前にこちらは全てを終わらせねばならぬ。防鴨河使を相手にしている暇などない。さてもう一つ話しておかなくてはならぬことがある。他でもない悲田院のことだ。院は吾等にとって掛替えのないもの。病、困窮、捨て子、それらを救ってくれるのが院。昨日の朝所で悲田院の再建も話し合われた。再建するとのことだがその建物は半分ほどに縮小されることに決まった」

「このたびの野分の被害は甚大、おそらく官もその対策費用に頭が痛いのでしょう」

「それもあろうが朝所ではいつから手をつけるかは話し合われなかった。半年後、いや年が明けた夏か秋、もっと遅れるかもしれぬ」

闇丸の声は困惑気味だった。

「来春は内裏の大修理。莫大な修理費がかかります。費用を悲田院再建にまわす余裕はありますまい」

「再建を官に任せていたら院で救ってもらえる命を諦めねばならなくなる。その命は一年間で二百人は下るまい。そこで吾等が悲田院を建てることにした」

「官に頼らずしてどのような悲田院を造るおつもりか」

「吾等の中には大工、檜皮工、轆轤《ろくろ》工、瓦工など様々な技を持った者が腐るほど居る」

「しかし悲田院を造る木材がなくては工人も役にたちませぬ」

「そのことだ。ご存じのように糺の森に保管してあった内裏修理用の木材が大量に流され、河原や京内に流れ残っている。その木材を頂戴する。すでに京内のあちこちに漂着した木材は夜を待って密かにかき集め、さるところに運び込んである。しかしまだ木材の多くが河原に漂着している。それを頂く」

「防鴨河使の定《さだめ》で河原に存するいかなるものも防鴨河使の許可なくして移動もしくは持ち去ってはならぬ、と決められております」

「存じておる。それに続く条文には、また河原に防鴨河使の許可なくしていかなるものも持ち込んではならぬ、と綴られていることも承知だ」

「承知しているが防鴨河使の許可なくして河原に四千五百もの小屋を建て住み着いている、というわけですな」

「左様、左様。清経殿の申される通り。そこでこの度も防鴨河使の許可なくして河原に存するものを頂くことにした」

闇丸に軽くあしらわれたように思えて清経は一瞬不快になる。

「所詮、防鴨河使総勢四十余人では一万八千を超える者達の動きを制するなど能わぬ」

「そう居直ることもあるまい。この度の野分で河原の至る所に木材や木の根、草々が流れ着いている。それらを半年以上かけて防鴨河使が取り片付ける厄介な作業が続くはずだ。それを吾等が数日の内で片づけてやるのだ。ありがたいと思っても罰は当たるまい」

「漂着物は人手を頼んで闇雲に片づけるのでなく、丹念に時をかけて取り去りながら流れの変化、川底の浅深、堤裾の洗掘の具合などを詳しく調べ、それを次の年の補修箇所に生かす大事な作業」

「そのこと重々承知だ。だからこそ断りをいれに参ったのだ。先ほども申したが防鴨河使とことを構えている暇はないのだ」

「ならば一つだけ立ち入らないで欲しい河原がある」

「一条河原か？　糺の森と一体である一条河原に立ち入れば官人共を怒らせる、そうであろう」

「一条河原は清浄なる地、帝も下賀茂社への御幸の際必ずお通りになる。防鴨河使でさえ一条河原の管理には慎重の上に慎重を期して腫れ物に触る如くに気を遣っている。そこへ立ち入れば兵衛府や検非違使が黙ってはおりますまい」

「防鴨河使はどうなのだ」

「吹けば飛ぶような令外《りょうげ》の官衙、検非違使の先頭を担って走り回るよう命ぜられることは明らか。そうはならぬためにも一条河原への立ち入りは無用に願いたい」

「お断り致す。京人が足を踏み入れても咎められぬのに吾等が踏み入れば官人総出で排斥しようとする。そのような蔑みを受けるいわれはない」

「ならばわざわざ吾に断りを入れることはございますまい」

「河原に住する者と防鴨河使、その確執はすでに二百年もの長きに亘っている。それを断ち切ったのが清経殿の父清成様だ。清成様とわたくしはその昔約定を交わした。河原で諍いが起こると予期されるときは必ずふたりが納得するまで話し合うと。清成様が身罷られて久しい、その間約定は相手を失い反故にされてきた。ために河原の住人と防鴨河使は時として険悪なこともしばしば起きている。それがやっと清経殿という相手が現われた、そういうことだ」

「父と闇丸殿が旧知とは驚きましたが吾と父は別。それに防鴨河使と河原の住人双方が納得したとて穏便に悲田院再建が進むとは限りませぬぞ。回収した木材は内裏修理用の選び抜かれたものばかり、それを院再建に用いれば検非違使でなくともたやすく見破れる」

「検非違使に分かるような使い方はせぬ」

「彼等の目は欺けても防鴨河使は欺けませんぞ。それに静琳尼様も欺くおつもりか」

「だからこうして断わりを入れておるのだ。静琳尼様には秘しておく」

「再建現場に静琳尼様は日参なさるでしょう。回収木材の流用を隠し果《おお》せるわけがない」

「なるほど隠せまい。知ればおそらく悲しもう。だが悲しみは一刻。あのお方はご聡明であられる。再建によって病人や赤子、老人達が助かる命の重さをよくご存じだ」

「静琳尼様は昨日、静琳庵という貧乏尼寺に戻られた。静琳尼様のお姿や立ち居からすれば市井の貧しい庵主であると思えぬ。あのお方の素性を闇丸殿はご存じのはず、差し支えなければお伺い致したい」

「聞いてなんとする。あのお方が身分卑しい出であったとしてそれが清経殿にどんな関わりがあるのだ。またあのお方が高貴な出自であったとしてそれもまたなんの関わりを持つのだ。静琳尼様は静琳尼様だ。清経殿が知るべきは静琳尼様の素性でなく、悲田院の現状だ」

「現状？　院はこの度の洪水で流失した。それを河原の住人達が官に頼らず再建しようと試みている、闇丸殿の言を借りればそういうことになりませぬか」

「浅慮の愚答。かつて東西の両院があったことは存じているか」

「いや、悲田院は一つだと思っていた」

「収容人数は両院合わせて五百人程度であったが、いつの頃からか九条河原沿いに建てられた東の一院となり収容者は三百人ほどに減った」

「それも初耳。東の悲田院では河原に住まう者たちを受け入れてくれましたのか」

「当初は拒んでいた。だが考えてもみよ。院に病人《やまいびと》や困窮者が救済を求めて訪れれば、心ない者でも収容するのが人の情というもの。河原の住人であるか否かを問う愚かさを院に奉仕する者は分かっていたのだ。河原の住人である収容者が一人、二人と増え、やがてその数は百を超え二百人を超えた」

「収容者には米と塩などが支給されることになっていますが、収容者が河原の住人であっても支給されましたのか」

「確かに官から一日大人一人米一升、塩一勺、滓醤一合が、子供には米六合五勺、塩五撮、滓醤五勺が支給されていた。だが河原の住人には米一粒たりとも支給されていない」

米一升は今に換算すれば四合、六合五勺は二合六勺である。

「流失前の院に収容されていた河原の住人は三百人を超えましょう。その者達の食べ物はどう購っておりましたのか」

「そのようなことも知らぬのか。官からの支給米を切りつめ、貴顕、富貴者の寄付などでやりくりをして凌いでいたのだ。ずいぶん前の話だが、院に収容された困窮者や病人の半数以上が河原に住まう人々で占められた時があった」

「収容人数は九百人と聞いている。すると四百五十人もの収容者が河原の住人。その者達に官からの支給米は一切なかったのですな」

「なかった。悲田院の困窮は極に達した。十年前、悲田院も兼務する施薬院院司預が河原に住まう収容者に米、塩、滓醤を支給基準の半分でいいから給するよう太政官に談判した」

「太政官は応じたのですか」

「応じるわけがない。どうしてもというなら悲田院から彼等を追放し京人のみを収容対象にせよ、と突き放した。追放できぬからこそ談判に来たのだ、と怒り心頭に発した院司預は太政官に悲田院兼務を断った」

「ほう、気骨のある施薬院院司預ですな」

「気骨のある？　気骨があるなら院司預の職を放り出すわけがない」

「で、太政官ではいかような処置をとりましたのか」

「仕方なく新たに悲田院院司預を単独で任命したが即座に断られた。次の任命者も次の次の任命者もことごとく断ったのだ。それほど悲田院院司預は魅力のない職なのだ」

「確かに静琳尼様を見ていると労ばかり多く、報われることの少ない官衙の司。吾が任命されても同じように断るでしょう」

「とうとう院司預不在のまま二年が過ぎた。その間、雑使《ぞうし》は院司預の不在をいいことに収容者に支給された米、塩、滓醤をくすねて町で売りさばいて遊興に当てたのだ。病人は満足に治療も受けられず腐臭にまみれて放置された。無償で奉仕していた京人や河原の住人も一人、二人と去っていったのも無理からぬことだ。愛想をつかした貴顕、富貴者からの寄付も途絶えがちになった。そのような惨状の最中《さなか》に静琳尼様が二人の尼殿を伴って訪れたのだ」

三人の尼僧は病人達を看病し、薬を与え、誰にでも分け隔てなく接した。悲田院の下級役人である史生《ししょう》や医師それに奉仕者等は、尼僧達はそのうち嫌気がさして院を立ち去るだろうと、どこか冷たい態度で遇した。だが三人はひたすら看病、施薬、育児に努め、暇をみつけては京の大路小路の辻々に立って食料を得るための喜捨を募った。

「三人が訪れて一年が経った時、誰ともなく静琳尼様は光明皇后の再来だ、と噂するようになった。わたくしもそう思っている」

「その恥知らずの雑使はその後どうなったのですか」

「いつの間にか姿を消した。だが半年後、その雑使が静琳尼様を逆恨みして喜捨を願って街に出たところを襲ったのだ。幸い事なきを得たが、取り逃がしてしまった」

「放っておくわけには参りまいりませぬな」

「数日後、ぬけぬけと河原に逃げ込んできたが、次の日に屍となって賀茂川の水面に浮いているのを発見された。話を静琳尼様に戻そう。静琳尼様達に冷たく接していた史生、医師や奉仕者等は心を開き手足となって三人を支えるようになったのだ」

やがて悲田院への寄付を止めていた貴顕、富貴者達も再度の寄付をするようになった。秩序が甦ると京人や河原の住人の中から無償で奉仕したいと申し出る者が引きも切らなくなった。

「雑事から解放された静琳尼様は人が嫌う重病人の看病に徹し、死を看取る数は二千人を超えたと言われている」

「静琳尼様が悲田院を訪れた後、太政官はどんな手を打ったのでしょうか」

「太政官は一切無視した。ただ毎年京人の収容者分の米、塩、滓醤が史生を通じて静琳尼様に下賜されている」

「悲田院と静琳尼様との係わりを知るにつけても静琳尼様の出自を知りたくなる」

「先ほども申したが、人には知るべきことと、知らずにそっとしておくべき事柄がある。いまはそう申すしかない。少し喋りすぎたようだ。くれぐれも防鴨河使と河原に住する者達との間に諍いが起こらぬよう心してくだされ。以後わたくしに繋ぎをつけたければ黒丸と申す大男に通じなされ」

「黒丸殿ですか。人並みはずれた膂力の持ち主で礼儀もわきまえている。そうですか闇丸殿の息がかかっておりましたのか」

「あの男は近衛府が諸国から集めた力自慢の相撲人《すまいびと》であった。武徳殿の南庭で相手となった相撲人を投げ殺してしまったのだ。咎を受ける謂われはないが己の未熟さを恥じて、以後、河原に住まうようになった。一万八千余人の中でも知識と力に秀でた男だ。二年前から静琳尼様の護衛を命じてある。信じてよい男だ」

人の気配が消えた。清経は闇を窺ったが一陣の風が土塀を吹き抜けていくだけだった。

（四）

陽はすでに頭上にあって夏に戻ったような強い日射しが河原に濃い影を作っている。野分が去って六日後、賀茂の河水は退いて川幅は旧に復しつつあったがまだ濁っていて流れも荒れていた。

早朝から下部達は三条堤の決壊箇所にからみついた流木と土石の撤去作業に没頭して漸く損壊の全容が明らかになったところであった。亮斉の予測通り堤の崩壊はほぼ三十間、底部が大きくえぐり取られて芯材の大石がむき出しになっていた。

「まずは底石のまわりに小石を埋めねばならんぞ」

蓼平は下部たちに指図しながら忙しく動き回る。下部達は頭ほどの大きさの河原石を選り分け、えぐり取られた堤底部に運び込み始めた。堤が決壊するたびに繰り返される作業なのか、下部たちの動きに無駄はない。心なしか動きにゆとりがあるのは清経と口やかましい亮斉が居ないためもあるらしい。

「四条堤あたりからおかしな音が聞えるぞ」

下部達が手を休めて耳を傾けた。ザワザワと何かが擦れ合う音は圧倒的な量感を伴い空に跳ね返って降り注ぐような迫力に満ちている。下部達は作業を止め背伸びして音のする四条堤を遠望する。するると堤頂に人影が現われ、次々に堤を越えて河原に降り始めた。たちまち堤は人で埋まった。どの人も細長い葉と長い茎の草を束にしたものを抱え持っている。その草束が歩くたびに擦れて発する音だったのだ。四条河原は草束を抱えた人で埋め尽くされ、膨れあがって上流と下流の河原に広がっていった。

「まるで蟻が甘いものに群がっているようだ」

下部達は驚愕する。

「河原に住まう者達が戻ってきた」

「抱えているのは葦、小屋の材だ」

「堤裾に小屋を造らぬよう見張らねばならぬ」

堤底部を掘り返されれば増水時に堤の機能を失いかねない。堤の急所は基礎部なのだ。そこに彼らは競って小屋を建てようとする。堤が寒風を遮ってくれるばかりでなく増水時にもすぐに避難できるからでもある。

そもそも彼らは六条から八条にかけての河原や堤と大路を隔てる緩衝空地一帯を住処としていて京人が行楽に訪れる五条河原上流域には足を踏み入れないのだ。それが今、四条河原に大挙して押し寄せている。群衆の動きは統制がとれていて無駄がないようにみえた。葦束を河原の一カ所に並べて置くとなんの迷いもなく漂着物の撤去に取りかかる様子が見て取れる。漂着物の中から葦小屋の補助材として用いる小枝などを選び出し手際よく河原に並べているようである。

「よもや三条や二条河原に小屋を建てるのではあるまいな」

下部たちは補修作業などそっちのけで見入っている。

「そんなことになってみろ兵衛府が黙ってはいまい」

官衙（官庁）や内裏に近い二条、一条河原に葦小屋が建つとなれば京職と検非違使は京内の治安上から、兵衛府は帝を安んじるために排除を試みるのは目に見えていた。そのことを彼らは十分に心得ていて五条以北の河原に小屋を建てることはなかった。しかし、その慣例を破って今、波のように四条河原を上流に向かって進んでくる。

「いかん、こちらにも来るぞ」

蓼平は持ち込んだ蒲簀とモッコ、鍬等をまとめるよう指示をして下部達に持たせると東京極大路まで退避し、下部の一人に、

「清経様と亮斉殿に報せてくれ。お二人は主典執務室に詰めているはず。頼んだぞ」

と命じた。

（五）

その日、清経は亮斉と共にいつものように辰の刻（午前七時）に主典執務室に着くと一昨日、主計寮に提出した損壊目録の整理に一刻ほど費やして後、昨夜の闇丸とのやりとりを亮斉に話した。亮斉は驚いた様子もなく耳を傾けていたが、聴き終わって、

「そうですか、とうとう闇丸殿が動きはじめましたか」

と心得顔で頷いた。二人が旧知の仲であるらしい口ぶりに思えたが清経はあえてその仲を尋ねる気はなかった。尋ねたとて亮斉が打ち明けるとも思えなかったし、昨夜の闇丸からもそれは察せられた。

「このこと長官殿、判官殿に報せたい」

「長官様はどんな修羅場であってもどこ吹く風で和歌などお詠みになられているのが似合う方。一方、判官様は検非違使庁からお出でなされた方。闇丸殿の名を聞けばことを荒立てるかもしれませぬ。お二方には口をつぐんでお手を煩わさぬが賢明」

「確かに長官殿は防鴨河使のような荒い職務には向いておらぬな」

「向いてはおりませぬがこの亮斉は長官様の誠実さを好ましく思っております。わたくしは諸行様で二十五人目の長官にお仕えしたことになりますが、その中では五指に入る良質の持ち主。あのお方の良いところは己が防鴨河使長官に向ないことをお分かりになられていること。だからこそ独断をなさらず、下部の思いも重んじてくれるのです」

「五指に入る？　すると残りの二十人は諸行様よりも劣るのか？」

「下部達にとって良き長官とはわたくし達の心を読みとって作業をやりやすくしてくれる、その一言に尽きます。蓼平等がしばしば、長官はなにもしないでよいからせめて河川作業の支障にならぬようにしてくれ、と嘆くのをなんども聞いております」

「それにしても二十五人の長官に仕えてきたとは驚くばかり」

「四等官の方々は皆一、二年で上級官衙に赴任してゆきますからな。わたくしのように十八からこの歳まで仕えて参れば二、三十人の長官にお仕えすることになります」

四等官とは各省庁の長官《かみ》、次官《すけ》、判官《じょう》、主典《さかん》のことで官位を持っている者しか就任できない。従って無位無官で最下級の下部である亮斉等は昇進に全く無縁であった。

その時、床を荒々しく踏み走る音が鳴り響き執務室の戸が勢いよく開けられた。戸口には荒い呼吸をして汗だくの若い男が立っていた。

「すぐに主典様と亮斉殿にお越し頂くよう蓼平殿から申しつかりました」

男の声は緊迫している。

「なにがあったのだ」

亮斉の力無い眼差しに光が宿ってきた。

「河原の住人が大挙して賀茂河原に押し寄せております」

「ほう戻ってきたか。それにしても早い。直ぐに参る」

亮斉の背筋が伸び表情に生気が甦っていく。

三人が下部達の待機する東京極大路に着いたとき大勢の京人が不安げに四条堤を眺めていた。

京人達を分けて近づいてくる清経と亮斉を迎えると蓼平は怯えた声をあげた。

「堤補修は叶いませぬ」

「案ずるな」

清経の落ち着いた様子に蓼平は表情をわずかに和らげる。清経は下部達を東京極大路から河原が最もよく望める三条堤頂へ誘導した。

そこから河原に住まう者達で埋め尽くされた四条河原を仔細に眺めた。すると彼らの動きが少しずつ見えてきた。彼らはいくつかの組みに分かれているらしかった。各組には指揮する者がいるらしい。おそらく同じような組が一条から九条までの河原で組織されているのだろうと清経は推察した。

それぞれの組は小山となった漂着物を各々が手にした棒で突き立てかき回しほぐして小枝や草、木の根などに小分けすると、ある者は小枝を、ある者は草類を、残りの者は木の根を抱えてあらかじめ決められた場所に運び積み上げていく。そうして最後に残った丸太を数人の者が担ぎ上げて川中に入ると流れに投げ入れる。八条か九条河原まで流れ下った丸太はそこでほかに組織された者達によって引き上げられてどこかに運ばれるのだろう。

「一条河原に兵衛府《ひょうえふ》の者が駆けつければひと悶着起こりますぞ」

蓼平は落ちつかぬ様子だ。

「なに兵衛府の方々が参るころには一条河原には人っ子一人居らぬだろうて」

亮斉が楽しそうに破顔した。

「あと四、五日もすればまたもとのように六条から八条河原にかけて何千という葦小屋が建ち並ぶ。それまで手出しは無用」

清経は下部達に大声で告げた。

第四章　炎上

（一）

十一月、京は底冷えのする冬を迎える。北側に面した清経の執務室は特に寒さが厳しい。高齢の亮斉にその寒さは耐え難いのか、河原の管理見回りと称して寄りつかない。いつもなら長官付きの書生が気を利かせて炭櫃に火をおこしておいてくれるのだが今朝に限ってそれも遅れているようだった。

「このぶんでは雪になるぞ」

そう言って武貞が部屋に入ってきた。判官自らが主典執務室に赴くことなど滅多にない。用があれば書生を通して呼び付けるのだが、直接来たのはよほど火急な用があるのだろうと清経は一瞬身構えた。

「賀茂河原清掃令が発布されたことは知っているな」

「先月、その執行を検非違使に下命したと聞いております」

清経は藁で編んだ円座を勧めたが武貞は首を横に振った。立っている方が寒さから身を守れるのだ。

「その検非違使がお手上げらしい。太政官は官の権威失墜を恐れて河原の住者を強制排除するよう検非違使別当に厳しく申し付けたとのことだ」

十月中旬、太政官宣旨として賀茂河原清掃令が施行され、検非違使の下級官人が六条、七条河原に出張って清掃令の趣旨すなわち河原から立ち退くよう口頭でふれ回った。立ち退く先も理由も告げず木で鼻を括ったような通告に誰一人耳を傾ける者はなく、功を奏さないままに半月が過ぎていた。

「退け、退けと言い回っているだけでは実が上がらぬのは当たり前」

「それでと言うわけでもあるまいが昨日、検非違使庁から河原に詳しい者二名を派遣せよ、との要請があった。おぬしと亮斉で行って知恵を貸してやれ」

「知恵など持ち合わせておりませんぞ」

清経は座を立ち武貞と対峙した。

「そう申すな。検非違使ではどう対処してよいのか分からぬのだ」

「追い出すなら全官衙挙げて夷狄と戦う覚悟でやるしかありません。そのような覚悟が関白や太政官にありますか」

「夷狄がしたたかなのは強力な先導者が居るからだ。河原の住者もしかりだ。闇丸だ。闇丸さえ居なければあの者達は烏合の衆に過ぎぬ。闇丸を捕縛すれば他の者達の排除は容易いと考えたようだ。だが検非違使庁では誰一人闇丸を知らぬ。そこで常々河原の住者と接している防鴨河使に助力を乞うたのだ。おぬしと亮斉なら河原の住者の中から闇丸を炙り出せるのではないか」

検非違使庁から転任してきた武貞は未だに古巣に強いこだわりを持っている。過日、闇丸と接触したことを判官に教えぬ方がよいと助言した亮斉はこうした武貞の心根を承知していたのだろう、と清経はあらためて思った。

「会ったこともない者をいかようにして炙り出せるのか、吾も亮斉もその術を持っておりませんぞ」

「ともかく助力してやれ。そこで一つだけ命じておくことがある。おそらく検非違使が捕縛するには至らぬだろうが闇丸は必ず姿を見せるはずだ。その姿、顔形をしっかりと頭にたたき込み、後日わたくしに詳細に報告せよ。きつく申し置く」

「ならば、ご自身が助力なされればよいのではありませぬか」

「そうしたいのは山々だがわたくしが検非違使庁から防鴨河使に移るに際して抜き差しならぬいきさつがあった。今更あの者達と行動を共にする気はない」

武貞は厳しい顔を清経に向けると、

「もう一度申し置く、闇丸の詳細をこの武貞に報らせよ」

と繰り返した。おそらく武貞は己の力で闇丸を捕縛し検非違使の鼻を明かしてやりたいのかもしれない。そう清経は思い至ると防鴨河使になりきれず、半身を検非違使に預けている武貞の煮え切らぬ生き方に嫌悪を覚えた。

その日から十日後、検非違使百名ほどが六条堤頂に立った。半数の五十名ほどが錫丈を抱え、残りの者は弓丈七尺六寸（約二メートル三十センチ）の丸木弓を携え背に矢立を負うていた。丸木弓は檀《まゆみ》、梓、欅などの自然木を丸く削って造り、飛距離は三町（約三百三十メートル）と長いが敵を射抜くには一町（約百九メートル）まで寄らねば威力はなかった。

検非違使別当（長官）藤原房行は馬上にあって放免に轡をとらせていた。後方に清経と亮斉が控えている。堤上から見下ろす六条河原には二千を越える葦小屋が遠望できる。その葦小屋を守るように人の群れが先端を尖らせた竹を小脇に抱えて堤上を睨んでいた。

「なんと」

房行の顔が驚愕でゆがんだ。後世、困窮農民等が蜂起に際し武器として用いた竹槍であるが、まだこの時代では用いられておらず、房行はもちろん随行者達も初めて目にする異様な光景だった。その数は一万本をくだるまいと清経は推察した。

「伝令人」

房行は一人の男を呼び出し馬の脇に立たせてなにやら告げた。男は頷き、右手を頬に、左手を腰に当て、背を反らせ腹を突き出して大きく息を吸い込むと、

「皆に告げる」

と大音声を発した。男は京人に官報を伝えることを生業とする官人である。ほとんどの京人は文盲のため官衙からの知らせは伝令人の口頭で知らしめることが多かった。伝令人は特に声が大きく遠くまで通る音声を持った若者が選ばれた。

伝令人の一声を耳にした群衆は抱えていた竹を垂直に立てた。数千本の竹の尖刃が等しく天空を突き刺して白く光る。検非違使一行は一糸乱れぬその動きに息を飲む。房行は臆せず再び伝令人に告げ

る。

「小屋を撤去し河原から速やかに退去せよ」

伝令人の声は一万余の人々に楽々と通った。すると彼等は怖じることもなく竹を突き上げ、一瞬後に竹尻を大地に突き下ろした。河原にドン、と乾いた音が響いた。房行は馬上ではじかれたように大きく息を吸うと再三、伝令人に耳打ちする。

「猶予は一刻、すぐ小屋を畳んで退去せよ」

伝令人はさらに声を張り上げた。すると群衆は天空に向けた竹の尖刃を検非違使一行に向けた。房行は一瞬ひるんだかに見えたが、

「弓隊、前に」

と叫んで下馬すると真っ先に六条堤を駆け下りる。それに続いて弓隊があとに続く。清経と亮斉も仕方なく最後に堤を下りた。

「分別のないことをなさる。闇丸殿はなにもかもお見通しだ」

亮斉は呆れ顔である。

「まさか亮斉が闇丸殿に検非違使の動静を伝えたのではあるまいな」

「伝えるまでもありませぬ。闇丸殿は先刻承知」

清経は過日闇から話しかけてきた闇丸の情報収集力の優秀さを思い出した。

「弓、ひけ」

堤下に降りて隊列が整うのを確かめてから房行は号令を下した。五十名が矢をつがえると弦を引き

絞り群衆に向けた。両者の隔たりは一町（約百十メートル）ほどで丸木弓ならば相手を射殺すに十分な間合いである。

射掛けるとみた群衆は素早く左右に開いて扇状の陣形をとり検非違使一行を三方から遠巻きにした。房行きは振り返って後方に控える清経と亮斉を呼びつけた。

「あの中に闇丸らしき者は見当たるか」

「さて、見当もつきませぬ」

清経は確かめもせず即答した。一町先からでは人の容貌を詳細に見極められぬのを承知で訊く房行の慌てぶりに亮斉はニヤリとする。房行は清経の返答に一瞬不快な表情を見せたが、

「弓隊、前進」

叫んで扇陣形の要とおぼしき所に向けて歩を進める。その後を弓隊が団子状になって続いた。両者の隔たりは三十間（約五十四メートル）ほどとなった。一触即発に十分な近距離だ。

「まずいことになりましたな」

亮斉が清経に耳打ちする。二人は一行とともに前進する。

「とどまれ」

群衆の中から声が飛んだ。房行と弓隊が同時に歩みを止めた。

「闇丸か。ならば姿を見せよ」

房行は顔を突き出し目を凝らす。

「吾が闇丸だ」

扇陣形の最右翼からの声に房行等が一斉に声の方角に顔を向ける。

「前に出て顔を見せよ」

見定めようと房行は数歩前に出る。

「吾が闇丸だ」

今度は中央から声。

「いずれが闇丸か」

「わたくしが闇丸です」

さらに最左翼から女の声が届いた。

「闇丸に話がある。出でよ」

「わたくしが闇丸。話を聞こう」

またも違った所から返答がきた。房行は再び清経を呼びつけると、

「あの中に闇丸はおるか」

と聞き質した。

「闇丸との見識はありませぬゆえ分かりませせぬ」

素っ気無い清経に房行は憤怒の眼差しを送ったが清経はそ知らぬふりをしながら、どうか頭の中でプッツンしないようにと祈った。

「闇丸に告ぐ。すぐに小屋を壊して河原から立ち去れ」

闇丸を特定することをあきらめた房行は声を荒げた。

「何処に立ち去れと申すか」

次から次へと声を発する者が変わる。

「生国に帰れ。立ち去らぬなら小屋を取り壊す」

「帰りたいが戻れぬ事情を皆持っている。ここが終の棲家」

扇の要の位置に立っている老人が群衆から抜け出して応じた。

「主が闇丸か」

房行は老人へと歩を進める。呼応して老人も進み、双方は顔がはっきり見分けられる距離まで歩み寄った。

「闇丸だな」

房行が決めつけた。

「名乗った者達、皆が闇丸」

「闇丸は一人しか居らぬはずだ」

「一人であるか、二人であるか、そのような問いに答えを用意しておらぬ。ここにおる全て一人一人が闇丸と申しておこう」

「最早誰が闇丸であるか否かは問うまい。しかしお主が闇丸に近しい者であるのは明白、お主を叩けば闇丸の居所もしれよう。検非違使庁まで連行致す」

「闇丸はここに住まう者一人一人が皆そうだ。わたしを捕らえたとて今申したように皆が闇丸と申すほかない」

老人は平然と応じるとおもむろに右手を挙げた。すると群衆から二十名を越える男達が抜け出て対峙する二人に近づいてきた。房行は慌てて後方を振り返り、

「弓隊、参れ」

と呼けんだ。

弦を引き絞ったままの弓隊が前進し、双方は触れんばかりの近くで向き合った。清経と亮斉も仕方なく弓隊の後に続く。老人が呼び寄せた者達はことごとく老人でしかも同じような装束を身に纏っていた。

「お主等を捕縛する」

「捕縛するなら真の闇丸を連行しなされ。吾が闇丸」

「いや、闇丸はこのわし」

「間違えるな、吾こそ闇丸」

老人達が口々に咆哮した。

「黙れ。この中に闇丸が居るなら前にでよ」

房行の怒声に全ての老人が一歩前に出た。

「さあ、捕縛しなされ。だが吾等に指一本でも触れれば後ろに控える一万余人がここに殺到し一行全てをあの竹で突き殺しますぞ」

老人の一人が通る声で告げた。清経にもその声ははっきり届いた。

あのときの声だ。過日、夜陰に乗じて館の土塀陰から話しかけてきた闇丸の声だ。それに気づいた

清経は声の主を見定めようと房行等の元に走った。走り着いて老人達を探ったが特別にあげつらうような特徴のある老人は誰一人見当たらなかった。

「今までは余興だったが、これからは命のやり取り、そう思ってよいのかな」

臆することなく房行に一歩近づいたその老人は他の老人達と全く変わりがなく痩せて穏やかな表情をしている。清経はその声音から闇丸であることを確信した。

「まずは手始めにお主を捕縛する。用意せよ」

房行の命に従って弓隊は老人達を包囲し、矢を番え直した。

「早まらぬ方がよい」

清経が双方の間に割って入った。

「手出しは無用」

房行が苛立たつ。

「この老人は闇丸ではありませんぞ」

「ほう、先ほど闇丸と見識がないと申したはずだが」

「声を聞いたことがある。その老人とは似ても似つかぬ声」

老人を庇うつもりではなく検非違使一行を危険にさらすことは避けねばならない。

「声はいくらでも変えられる。闇丸ともなれば声で正体が分かるようなヘマはすまい」

「あの者達を見なされ。皆、肝が据わった命知らずの面差し。後ろの万人の思いを背負ってここに立っておりますぞ」

「怖気づいたのか」

「無為な争いは避けねばなりませぬ」

「闇丸の抜けた河原の住人など最早烏合の衆にすぎぬ。捕縛すれば恐れをなして他の者達は散り散りとなろう」

今を逃せば闇丸の捕縛はないと思い詰めている房行の目は血走っていた。

「内輪もめはそのくらいにして頂こう。ここより立ち去るか、わたくしを捕縛するか腹を決めなされ」

老人の顔は引き締まり眼差しは射るように鋭くなっている。

「腹は決っている。捕縛する」

房行が断じた。だが弓隊はその場を動けない。群衆の怒りに満ちた熱気が彼等を押さえつけ縛り付けていた。

「錫杖隊、前に」

弓隊では頼りにならぬとみた房行の下知が飛ぶ。だが錫杖を構えた五十名程は一歩たりとも動かなかった。

「腰抜けめ。ならば吾がおぬしを突き殺してくれる」

房行は苛立ちながら腰に下げた太刀を抜いて切っ先を老人に向けた。

「おやりなされ。だがここにいる検非違使の方々全ての命と引き替えになることを覚悟のうえでわたくしの胸を突き抜かれよ」

老人の目は澄んでいて一点の恐怖も抱いてないようだった。房行は切っ先をさらに老人の胸に近づけた。老人は穏やかな表情で佇立したまま微動だにしない。房行は水平に構えた太刀をわずかに後方に退き姿勢を低くし太刀束を握った手に力を入れた。ざわついていた群衆が固唾を飲んで沈黙し二人の一挙手一投足を見守る。すると河原に静寂がおとずれ、賀茂川の瀬音が河原を覆った。房行はさらに太刀を退いて大きく息を吸うと老人の胸元めがけて切っ先を突き入れようとした。

と、どこからか静寂を破って木鐘を打ち鳴らす音が瀬音に混じって伝わってきた。房行はそのままの態勢で動かなくなった。木鐘は徐々に大きくはっきりと聞こえてきた。京の辻々には急を報せる木鐘が高い櫓の上に吊るされていて緊急時に打ち鳴らす習わしになっている。木鐘の敲き方は尋常でない。房行はそのままの姿勢で京内と思しき背後を振り返った。三つ打ち一呼吸おいて七つ打つ、それが際限なく繰り返し続く。火災を報せる打ち方である。

「煙だ」

二万余の眼は房行と老人から天空に移った。北方に黒煙が上がっていた。

「あれは大内裏の方角」

亮斉が告げた。

「大内裏だと?」

房行は太刀を収めるとあらためて黒煙を仰いだ。

「いかん、大内裏ならば何はともあれ駆けつけねばならぬ」

検非違使は大内裏で緊急事態が発生すれば速やかに駆けつけ京人の不穏な動きや違法行為の取り締りを科せられている。

「運のいい奴だ。だが必ずや検非違使の手で闇丸を捕縛してみせる。それまでせいぜい皺首を洗って待っていろ」

房行は老人を睨みすえると踵を返して駆け出した。弓隊が逃げるようにして後を追った。清経と亮斉が河原に残された。

「お二人は参らぬのか」

老人が穏やかに尋ねる。

「いつの日か河原の住人も京の住人も分け隔てなく共に住める、そうなれば良いのですが」

清経はそうなることを念じつつ一礼をして踵を返した。その清経の後ろ姿を老人は慈しむような眼差しで見送った。

（二）

清経と亮斉は六条大路南、東京極大路西にある防鴨河使収納小屋へと向かった。そこに万一に備えて下部総勢を待機させていた。二人が小屋に着くと待ち構えていた下部たちが清経を取り囲んだ。

「火炎は大内裏とみた。検非違使は河原から引き上げ大内裏に向かった。吾等も行くぞ」

駆け出す清経の後を防鴨河使一団は隊を乱すことなく続く。薄かった黒煙は急激に膨れあがり空を薄暮のごとくにして東に流れてゆく。清経等は四条大路の辻に出ると西に進路をとり朱雀大路と交わる辻まで駆け抜けた。そこから朱雀大路の先、朱雀門が見通せた。門の奥が真っ赤だった。

またとない火事見物を楽しもうと大路にあふれた京人が燃え立つ炎に魅入られて走っていく。清経等は人を押し退け突き飛ばして朱雀門へと走る。朱雀門の後方から捩れて吹きあがる真っ黒な煙を切り裂いて幾つもの火柱が天を突きさし煌めく。見物人は朱雀門が近くなるに従って増し、大路は身動きならぬほどの人出になった。清経達は腰をかがめ頭を低くして楔のようになりながら人々を押し分け、やっと朱雀門の石段に取りついた。だが門は堅く閉ざされ、門前に武装した兵衛府官人が張り付いている。兵衛府は大内裏の宮門を守るのが役務で高貴な家柄の子弟が多く、防鴨河使のように身分の低い者達が多い組織と格が違う。ちなみに大内裏のさらに奥、宮廷、内裏の門内を守るのは近衛府で近衛府の長は大将《だいしょう》と呼ばれ、藤原北家でも将来を嘱望された者しか就けなかった。

「助力に参った。すぐに門を開けられよ」

清経が慇懃にでる。

「開門は禁じられている」

「消火の人手は足りておりますのか」

「何者だ」

「防鴨河使主典と下部の者」

「開門はならぬ」

門を開ければ押し寄せた京人がなだれ込むのは目に見えている。不審者を入れぬためにも門は開けられないのだ。

「火炎は広がっております。開門なされ」

清経は遜って穏やかに乞う。

「お主だけなら通しもしようが下々無官無位の下部等がこの門を通ることまかりならん」

「まかりならんだと？」

清経の頭の隅でプッツンと何かが切れる音がした。無官無位の者が大内裏に入るには太政官からの許可証提示が条件である。

「石頭め。尋常ならいざ知らず、このようなときに。ええい、面倒だ、押し通れ」

清経が叫ぶと下部達が門めがけて殺到した。それを兵衛府官人達が体を張って阻止する。双方が揉みあっていると突然、内から門が開き、公卿達が先を争って走り出てきた。

「それ」

そのすきをぬって清経を先頭に下部達が門内になだれ込んだ。眼前で朝堂院の庁舎群中、最大の大極殿が凄まじい音を発てて真っ赤な炎を吹き上げていた。さらに明礼堂、康楽堂、永寧堂など朝堂院に属する建物群が黒煙を吹き上げ、応天門も激しく火を吹いていた。

朝堂院は帝の即位の礼、大嘗の儀式、新年の朝賀など重要な儀礼を行う庁舎群である。応天門をはじめ十六の大門と白塀に囲まれた中に大極殿を中心に昌福堂、延久堂、明礼堂、康楽堂など十二の大建築物が押し並ぶ広大な聖地である。そのことごとくが激しく炎上している。

西側に併設された豊楽院《ぶらくいん》の建築群の幾つかも真っ白な煙に包まれ、軒下からチロチロと赤黒い火炎が揺れていた。

八堂八門からなる豊楽院は朝堂院に次ぐ規模で、大嘗祭や元旦、端午、重陽などの節日のさい、臣下に酒などを賜る場として、あるいは外国からの使節をもてなす場として設けられた庁舎群である。

大極殿から吹き出したすさまじい炎で清経達は進むどころか留まることもならず、じりじりと朱雀門外まで後退していった。空を覆った黒煙に混じって火の粉がきらめきうねりながら街に流れていく。強風にあおられた火炎が渦を巻いて噴上し稲妻を伴って裂け散り幾つもの火の塊となって降り落ちてきた。

兵衛府官人は火の粉を払い除けつつ押し寄せた人々が内裏に近づかぬように歯を食いしばり顔を歪めて朱雀門警護にあたっていた。

突然辺りが目もくらむほど明るくなると燃え尽きた大極殿の大屋根が轟音とともに崩れ落ち、無数の火の塊が火炎の柱となった。火炎柱は風を誘い込んで渦巻き、上昇し真っ赤に燃えた柱、畳ほどもある板切れを火鳥のように天空高く舞いあげた。それらは燃え盛りながら人々の頭上に容赦なく降り注いだ。火の粉は雲を焦がし、風に流されて街中へ流れていく。

吹き出す炎は凄まじい勢いで朱雀大路を這い、辻々をなめながら走っていく。路筋のあちこちから炎があがりはじめた。降り落ちる火の粉を払いながら京人は大内裏から少しでも離れようと我先に引き返し始めた。火事見物の楽しみは恐怖に変わっていた。

「最早吾等では手に負えぬ。皆は庁舎まで戻り類焼を防止せよ」

そう命じて清経は一人駆け出そうとした。

「どこへ行かれます？」

亮斉が清経を押し止めた。

「火の粉が東側、賀茂川の方に流れ出した。静琳庵への類焼を防がねばならぬ」

庵は大内裏の東側、風下の方向だった。

「そうなされませ。庁舎の方は蓼平等に任せ、この亮斉と数名の下部がお供致しましょう」

背を丸め両手を頭の上に組んで火の粉を避ける亮斉は落ち着いていた。亮斉の忠告を聞き入れて下部六人を伴った清経等は二条大路を東へ向かう。この大路筋は公卿達の広大な館が建ち並ぶ一角で、それぞれの館にはすでに縁故者と思しき人々、雇われている舎人や雑色達が通用門から忙しく出入りし、閉ざした大門には屈強な男が護衛にあたっていた。

火事の混乱に乗じて盗賊が市中に横行するのは今に始まったことではない。大きな火事になれば京職や検非違使庁の官人が大内裏近辺の警護に駆り出されるため、市中の警護が手薄になることを盗賊達は熟知していて、堂々と富貴の家に押し込み、食べ物や布などをかっさらっていった。そのため緊急時にはことさら屈強な男を門前警護させる館が多かった。

二条大路から町尻小路に入り、姉小路の辻に出て静琳庵に着いてみると人影はなくひっそりとしている。亮斉の妻女から静琳庵を探すのに骨を折ったと聞いていなかったら静琳庵に行き着くのは難しかったかもしれない、それほど小さく目立たない庵だった。清経は小門を開いて寺内に入りおとないをいれたが返事がない。庵の屋根は瓦で造りもしっかりしている。火の粉が屋根に降り落ちても燃えることはなさそうだ、そう思って安堵すると俄に防鴨河使庁舎のことが心配になり、姉小路を西へと進んだ。煙に追い立てられて逃げ惑う火事場見物の者達の流れに逆らって進むのに難儀しているうちに煙道となった姉小路は一寸先も見通せなくなった。清経は眼を細め鼻を押さえ息を殺して人をかき分け押しのけて西へと進む。亮斉が清経の腰帯に手を掛けて迷わぬように息を荒くしてついてくる。

焦げた臭いが鼻をつき、息を吸うと熱気を孕んだ大気が喉をひりひりと刺激する。煙が目にしみてどの小路を進んでいるのか分からなくなる。真っ直ぐに進んでいるから小路を西に向かっていることは確かだった。さして進まぬ先でなにやら人々に呼びかけている声が聞こえてきた。声の主は女で逃げまどう京人に何かを懇請しているらしかった。進むに従って女の声がはっきりしてくる。やがて大きな門前で声を限りに叫んでいる女が清経等の目に入った。

「おっ、この門は延喜寿院では」

亮斉が驚いたように声をあげた。人混みと煙で見定めがたいが言われてみれば見慣れた門である。延喜寿院と静琳庵は同じ街区にありながら二つを同時に思い出すことがなかったためかあらためてその近さに清経は驚いた。

「お願いでございます。人手が足りませぬ。防火にお手をお貸しくださりませ」

女は門前を行き過ぎる若い男と思しき京人に向かって懇請している。延喜寿院の大門前に警護の者は見あたらず女一人が大門脇に設えてある小扉の前で声を張り上げている。女は無分別に懇請しているのではないらしく、身なりのしっかりした若い男を行き過ぎる中から選んで声を掛けているようだった。

「館に火の粉が降りかかっております。お手を貸してくださりませ」

近づいた清経の手をとらんばかりに頼んだ。恵女と変わらぬ年格好の女である。

「亮斉、先に行ってくれ。見過ごすわけにはいかん」

清経は腰帯に手を掛けたままの亮斉を振り返った。

「水くさいことを申されますな」

腰帯から手を離した亮斉は清経の胸中を見透かすように破顔し、

「愛しいおなご殿がお勤めする館の緊急時ですからな」

と心得顔に笑うと後から続く六人の下部に一転、声をきつくして、

「この院の消火に助力致す」

告げると自ら小扉まで進み、

「ここをお開けくだされ。手助け仕る」

と拳で小扉を叩いた。申し出に女は驚いた。避難する者誰一人耳を傾けぬのに老人を含めた八人もの一団が進んで手助けを申し出る。何か魂胆があるに違いない。女の驚きの表情にはそうした疑惑と恐怖心が浮かんでいた。

「案ずるな、吾等は防鴨河使の者」

恐怖心を和らげようとした清経に女はさらに疑惑を深めたようだ。この大事に京人に混じって火事場見物などにうつつを抜かしている官人など居るはずもない、一人ならいざ知らず八人もの官人から手助けすると言われても俄に信じる訳にはいかない、女が清経達を盗賊の一団と疑うのも道理であった。

「さあ、ここを開けてくだされ」

一歩前に出る清経に女は後ずさりして恐怖を露わにした。火の粉が上空を覆い燃えたままの木ぎれや灰が降り落ちてくる。手をこまねいていれば遠からず延喜寿院の類焼は免れない。清経は女を無視して門を両の拳で激しく叩いた。門内からの応答はない。

「開門、開門」

清経は門を更に叩く。

「開けてはなりませぬ」

女は小扉に張り付くようにして両手を広げた。

「この方は防鴨河使主典。ここにお勤めしている恵女殿と懇意の者。恵女殿に確かめてくだされ」

亮斉が苦笑しながら優しく二人を分けた。だが女は張り付いたまま応じる気配がない。

「恵女殿、恵女殿。亮斉です。清経殿共々ご助成に参じましたぞ」

穏やかに亮斉は門内に呼びかけた。しばらくして小扉が細めに開き、恵女の顔が現われた。

「おお恵女殿、亮斉でござる。ほれそこに清経殿も居られる」

恵女の驚いた顔が消え、それから小扉が開き清経等は院内に導かれた。年老いた舎人らしき男が四人と下婢が恵女を含めて四人、手に手に長い棒や鍬などを持ち表情を硬くして一行を迎えた。

「院の者はこれだけか」

もし盗賊の一団なら戦うつもりでいたのだろうが年寄りと女ばかりでとても警護に役立つとは清経には思えなかった。

「外周りの者はこれだけでございます」

恵女は緊張した面持ちだ。

「ありったけの檜桶に水を汲み、母屋回りに配置してくれ」

性急に指図する清経に気おされて恵女以外の者達は奥に駆け込んでいった。亮斉はそんな清経を脇で見ながら思わず顔がほころぶ。

「この場は二人に任せてわたくし等も助力致すとするか」

亮斉は二人をからかう口ぶりで一瞥を投げると下部達を引き連れて舎人達の後を追った。

「物取りの一団かと皆で恐れておりました」

「火事場見物から戻る者に誰彼かまわず防火の助力を請うなど正気とは思えぬ」

「主は生憎不在。外周りでお仕えする者は老舎人とわたくしども下婢ばかり。貰い火をしても火を消せませぬ。そこで危険を承知で門前をお通りになる方に手助けをお願いしようと皆で決めました」

延喜寿院の窮状を恵女から時に応じて聞かされていたが若い舎人を雇えないほど逼迫しているとは思ってもみなかった。

「朝堂院と豊楽院の庁舎ほとんどが焼け落ちた。院主が大内裏か宮中に出仕しているなら安否が気遣われる」

「わたくしのような下婢には院主様の出仕先を知らされておりませぬ」

「仮にもこれだけの広大なお館だぞ。もっと大勢の者が雇われていてもおかしくない」

清経は建物内にあらためて目をやった。豪壮、絢爛の外観は久しく補修していないのか崩壊寸前で庭も同様、手を入れた様子はなく鬱蒼として荒れている。

「わたくしも防火のお手伝いに参ります」

恵女は言い争っているときではないと言いたげにそそくさと院の奥に向かった。

建物の縁にまで火の粉が吹き込んでくるようになった。屋根は一部檜皮葺で火の粉が降りかかればたちまち燃え広がる厄介なものだ。すでに下部の一人は滑落防止用の命綱を身体に巻いて急勾配の屋根上で降り落ちる火の粉を手際よく取り除いていた。己が加わらなくとも防火の手は十分だ。後は盗賊の襲撃に備えるだけでいい。そう思って清経は小扉を開いて外の様子を窺った。門外では火事場見物の人達がまだ逃げまどっている。下調べをした盗賊なら延喜寿院を襲うようなことはあるまい、院に食料や衣類の類いはおろか銭さえも無いように清経には思えてきた。そう思うと下婢が門外で京人に防火の助力を頼むのも何となく頷けた。

下部達が落ちてくる火の粉を水で湿した葦束で叩いて消し回っている素早い動きが庭のあちこちで見え隠れしていた。

建物の広縁に落ちてくる火の粉は下婢達が嬌声を発して消して回っている。まるで遊んでいるようで、若い下婢達には公卿に仕えるといった意識はないらしかった。清経は半刻ほど小扉の傍らに立って外部からの侵入者に備えたがその心配はなさそうだった。

「一時はどうなるかと思いましたが、風向きが変わったようです」

亮斉が清経の脇に立っていた。

「盗人への警戒は不要のようですな」

盗賊が目をつけるほど有徳者の館ではないと亮斉も感じたようだ。

「私事で亮斉や下部達を動かしたことすまぬと思っている」

「無用になされ。防鴨河使は河原だけを守るために設けられたのでなく京の安寧のための官衙。火事の延焼を未然に防ぐのもその一環と思し召され。それに防鴨河使庁舎に戻ったとて京職の官人等から我が物顔に防火作業を指図されるだけ。京職庁舎に間借りの防鴨河使ではこれも致し方ありませぬがわたくし等が駆けつけなくとも手は余っておりましょう」

「そう言ってくれると気が軽くなる」

「ここへの延焼はありますまい。引き上げますぞ」

亮斉は空を仰ぎ、風の向きを確かめると懐から篠で作った小さな呼子笛を出し口にくわえた。ピー、高く澄んだ音が響いた。庭のあちこちから下部達が現われた。亮斉が小扉をあけると下部達は清経に軽く会釈して次々に去った。

「清経殿はもう暫くお残りしたほうがよさそうですな」

亮斉はにんまりと笑いを残して門外に消えた。西方の空はまだ茜色に染まっていたが火の粉は南に流れ、すでにこの一帯への類焼の危機は去っているようにみえた。

「ここにおいででしたか」

恵女が束ねた葦を持ったまま近づいてきた。葦は院内に生えているらしく、庭が荒れている証でもあった。

「亮斉様や皆様は？」

清経一人だけに気がついて恵女が辺りを窺う。

「庁舎に戻った」

「院主様不在ゆえ、戻りましたらあらためてお礼を致したいと満刀自様が申しております」

礼などよい、と言いかけた時、小扉を叩く音がした。

「お開けくだされ、お開けくだされ」

門外で男の声がする。

「ああ、繁雄殿です」

恵女は悪びれずに男の名を口にし躊躇する様子もなく小扉を細めに開けた。そこに痩せて背の高い若者が立っていた。若者は素早い身のこなしで内に入ると清経に気づいて一瞬たじろいだ。

「防鴨河使の蜂岡清経様です」

恵女は穏やかな口調で告げ、それから更に、

「こちらが牛車の車を作られている繁雄殿です」

と紹介した。

「ほう、お主が繁雄殿ですか」

歳は己と同じほどではないかと清経は思った。

「恵女殿からお聞きになられたのですな。では車作りの腕が未熟なことも聞き及んでおられるのでは」

「聞いている。車作りの熟達に二十年はかかると言われている。上手になるのはまだまだ先のこと」

「そう申して頂くと少しは励みになります。今日参ったのは延喜寿院の類焼を心配してのこと。すぐ

に駆けつけようとしたのですが工房でも防火に人手を要したため。こちらももらい火はなかったようで安堵致しました」

清経には言葉付きも振る舞いもしっかりして好感の持てる男にみえた。繁雄は清経がなぜここに居るのか少しも疑念に思わないらしく、また恵女との仲を尋ねようともしなかった。どうやら繁雄が駆けつけたのは恵女を案じてでなく延喜寿院の類焼を懸念してのことのように清経には思えた。そう思うとなぜか繁雄と名乗る男に急に親しみが湧いてきた。

「延喜寿院の類焼はないと思われる。このような急場であるが、一つお尋ねしてよろしいか？」

「かまいませぬが」

怪訝そうな顔で繁雄は応じた。

「砕けぬ岩はないと申したそうですが真のことか」

「恵女殿からお聞きしたのですか。あれは四人の下婢達の歓心を買おうとして申した戯れ言でございます」

「戯れ言でもいい、それを聞かせて欲しいのだ」

「わたくしは備中の新見《にいみ》荘吉野村で岩を砕いておりました。見上げるような大岩から一抱えほどの岩まで岩と名の付くものはすべて砕いて参りました」

「何のために岩を砕いておられた」

「鉄《くろがね》を取り出すためにございます。吉野村は鉄を岩から取り出し、それを調鉄としております」

清経には初めて聞く地名であった。鉄を税として納めるいわゆる調鉄は伯耆、出雲、石見、備中、安芸などの地方ですでに行われていた。

「なるほどそれで砕けぬ岩はない、龍の岩も砕けると申したわけですな」

「申しましたがあれも戯れ言」

繁雄は悪びれた様子もなく屈託ない。

「しかし龍の岩を疫病神と申したのは戯れ言ではあるまい」

「防鴨河使殿ならば毎年洪水を引き起こす因が龍の岩であるとよくご存じのはず」

「確かに龍の岩がある限り賀茂の水は野分が襲うたびに街に流れ込む。だが誰もあの岩を砕こうとしないのだ」

「皆、龍の岩を神宿る岩と恐れ敬って触れようともしません。清経様も龍の岩を砕けば祟りがあると思っておいでではないでしょうか」

「あれは厄病神だ」

「ほう、京に出てきて三年、はじめて龍の岩を恐れぬお人に巡り会えました」

「あの岩を砕けましょうか」

「それは心の持ち方次第」

「心の？　腕ではないのか」

「腕はもちろん、その上に心の持ちようが成否を大きく分けます」

「心の持ちようで吾等でも龍の岩を砕くことが叶うと申されるか」

「防鴨河使も官衙のお人、砕けますまい」

繁雄は容赦なくはっきり告げた。

「官衙にも龍の岩を恐れぬ者も居る」

「一人ですか、それとも十人？　祟りを恐れ逃れることしか考えぬ官人等にあの岩は砕けませぬ」

痩せているためどこか頼りなげに見えるが、きりりと結ばれ口は意志が強そうで、官衙に勤める者にはないおおらかさと懐の広さを感じさせた。

「祟りを恐れぬ者を繁雄殿が望む数だけ揃えれば龍の岩は砕けるのか」

「砕くにはそれなりの鉄物《くがねもの》を用意せねばなりませぬ」

「鉄物？」

「先を尖らせた鉄《くがね》の棒と鉄の楔、それに鉄の鎚」

繁雄は澱みなく答える。鉄の棒、鉄の楔、鉄の鎚、それらはみな清経には初めて聞く道具名だった。

因みに先を尖らせた鉄棒を鏨《たがね》と呼ぶようになるのは後世のことである。

「それを何組ほど用意すればよい」

「一千組あれば何とかなりましょう」

「せ、千組」

あたり前のように言う繁雄に清経は仰天する。鉄は貴重で高価なうえ手に入れるのは難しい。木工寮や修理職の厳重な管理下で鍛冶工や鋳工が釘、かすがい、馬の轡などの制作に従事している。今では農具の鋤、鍬などの刃先に一部使われるようになってきていたが、それとて民部省が帳簿をつけて農民に貸し出し、紛失には目を光らせていた。鉄棒、楔、鎚千組を造れる量の鉄塊ならば何百もの刀や武具が造れるはずだ。兵器を司る兵庫寮にさえそれほどの量の鉄塊は保管されていまい。そう思うと龍の岩の粉砕が急に遠のいていった。

「防鴨河使では一斤の鉄を用意するのさえ苦労するだろう」

「一斤？　それではあの岩を崩すのに百年はかかりましょう」

話しにならぬと言わんばかりの繁雄に清経は落胆するしかなかった。

「引き留めてすまなかった。千本の鉄の棒、楔それに鎚が手に入ったら繁雄殿に助けを借りることに致そう」

清経には龍の岩がひと回りもふた回りも大きく思えてきた。

（三）

火事は二日半燃え続けて鎮火した。朝堂院の建物は大極殿と六堂五門が全焼、焼け残ったのは六堂四門であった。幸い、内裏は延焼を免れた。鎮火の二日後、一条帝は左大臣藤原道長を召して、朝堂院修復を緊急に行うよう命じた。道長は即座に参議を自邸に招集し、修復の方法、範囲、担当者、期間などを決めた。いつもゆるゆると進められる会議が今度ばかりは速やかに運ばれた。

大極殿再建は近江、大和の国守へ割り当て、昌福堂は摂津、含章堂は丹波、承光堂は河内、明礼堂は山城、康楽堂は若狭、暉章堂は播磨のそれぞれの国守に割り当てが、さらに大極殿再建総括指揮は修理職《しゅうりしき》、六堂五門の指揮は木工寮《もくりょう》と決った。

朝廷から勅使が各国守の受領達へ派遣され、同時に再建用の木材を徴収選定する木工権大允《もくごんだいじゅう》として藤原惟良《これなが》とその配下達が播磨、大和、摂津などに下行した。また来春の内裏修繕は見送り、その用材を朝堂院再建に用いることとし、さらに賀茂川上流域の杉檜を伐採し充当することにした。

その一方で豊楽院の堂、門は修復を見合わせることとなった。播磨にしろ大和、摂津、どの地方でも今年の米の出来は凶作に近く被弊甚だしかったからだ。

また大内裏の外周塀に設けられた十六の大門のうち焼失した応天門、宣治門、感化門、花徳門、会昌門の再建は木工寮が受けることとなった。

鎮火から十日後、帝の強い希望で大極殿の焼け跡を整地し、道長以下、右大臣をはじめ再建にかかわる大少工、番上工、雇工、飛騨工達の主だった者が再建の無事完成を祈って盛大な宴を持った。

同じ日、太政官より木材伐採を目的とした賀茂川上流域踏査の命が防鴨河使に下った。

賀茂川は雲ケ畑川を源流とし深山を削り流れ下って貴船川、鞍馬川を併呑し糺の森で高野川と合流して京の東端を北から南に貫いて桂川へと注ぐ。高野川と合流するまでの賀茂川は穏やかだが合流以南は一変して暴れ川となる。

鎮火から十二日後、清経等防鴨河使一行は命に従って糺の森に集合し、まず高野川への遡上を開始した。一行九名のうち河川踏査に携わる者は清経、蓼平、それに流域を熟知した下部二名の四名である。誰よりも川の状況に詳しい亮斉を一員に加えたかったが七十を超えた老躯で真冬の河川内を歩くには過酷すぎる季節であった。後の五名は踏査を陰で支える者達である。山深い未踏の最上流の雲ケ畑川まで遡上するには四夜を野営で凌がなくてはならない。厳寒の河川沿いでの野営は凍死も覚悟しなければならず、彼らの支援は不可欠であった。五名は一行に過不足なく行き渡る食料を五日分用意し、防寒具の油紙、蓑、薬などを背負い、踏査の四名に先立って川沿いにその日の野営地を見つけ、夕餉をつくり、さらに周辺から集めた枯れ木を夜通し燃やさなければならない。たき火は厳寒から命を守るためもあるが熊やオオカミの襲撃を忌避するためでもあった。また遡上が難しい箇所は河水に浸かりながら急こしらえの足場を造るのも彼らの任務であった。一行は賀茂川から高野川に入り、鞍馬川をつぶさに調べて、再び糺の森まで戻った。それから再び本流の賀茂川を遡って深い谷底を流れる雲ケ畑川に入ってまもなく折から降り出した雪に阻まれ踏査は難渋を極めた。そのため一行の帰着は予定より一日延びることとなった。

六日後再び糺の森に戻ってきたのは午の刻(十二時)を過ぎる頃で、一行は空腹と寒さで疲労困憊の極に達していた。雲ヶ畑川の源流に着いた昨日、携帯していた干飯は全て食い尽くし今朝から何も口にしていないのだ。空腹のまま蓼平等下部達と庁舎に行き、長官と判官に探索の報告をするにはあまりにひもじ過ぎる、己だけで一日帰着が遅れたことと皆の無事を報せ、明日、踏査内容をつまびらかにすればよい、そう思って下部達にこのまま帰宅するよう促し清経はひとりで庁舎へ向かった。

まだ陽は中天にあるのにどうしたことか庁舎に向かう道々にほとんど人影がない、いつもなら一番にぎわう時刻なのだが、と首をかしげながら庁舎にたどり着くと門が閉ざされている。門は常に開いているはずで閉門は大内裏の大火など緊急時に限られている。門前には衛視もおらず、人影もない。

清経は門を叩いておとがいを入れたがなんの応答もなかった。その時、腹がグーと鳴った。報告は諦めよう。それよりも腹を満たす方が先だ。東市に寄り、その場で口にできる食べ物を求めよう。そう決めて清経は朱雀大路を南に向かう。東市は大宮大路と七条坊門小路の広大な一角にあり、絹、糸、綿、薬、魚、野菜、さらには馬や牛までも売っている店が軒を連ねて銭さえ払えばだれでも購入できた。

いつもなら朱雀大路は京人や富貴の牛車がひきも切らずに往来するのだが、全く人影がない。こんなことは今まで一度もなかったと思いながら清経は大路をただ一人、三条大路の辻まで歩いた。すると三条大路をこちらに向かって進んでくる群衆が目にはいった。群衆の先頭は辻からはるか先であるが、異様さが清経に伝わってくる。近づくのを待っていると大路いっぱいに広がった群衆は口々になにかを唱えている。やがて先頭がはっきりしてくる。痩せこけた僧がヨボヨボと頼りなげに進む後に僧侶の一団が経を唱えながら続き、さらに多勢の人々がつき従っているようだった。清経の立つ辻まで来ると行列は朱雀大路に進路を変えて南に向かった。従う者は老いも若きも男も女も貴賤の区別もないらしかった。朱雀大路に人影がなかったのは皆、この列に加わっていたからだ、と清経は納得したが列がなんであるのかは定かではなかった。

清経は僧侶達に歩調を合わると、

「あの僧の名は」

と並んだ僧に訊いた。

「六波羅密寺の覚信殿だ」

僧は経を中断して知らぬのかと言いたげな顔を向けた。

「鳥辺山《とりべやま》に行かれるのか？」

僧は答えずに首を横に振った。京の東端、阿弥陀峰を京人はいつの頃からか鳥辺山と呼ぶようになる。峰より岡にちかい山容で平素は死者を葬るために訪れる縁者以外に人影を見るのは希な地である。この地に僧侶と京人等が死者の安寧を願ってしばしば行列をつくって訪れることは知られていた。だが僧侶が首を横に振ったところをみると鳥辺山を目指しているのではないらしかった。

行列に加わる人は進むに従って増え、牛車に乗った富貴の者も列の中に見受けられるようになった。錦小路の辻に行き着く頃には行列の参加者はさらに膨れ上がり、まるで京人全てを吸い寄せるように列は長く太くなっていった。四条大路との辻に出るとそれを左に曲がって今度は四条大路を東に進む。やがて行列は四条河原に行き着いた。

「四条河原？　ここで何をするのだ」

自問した清経は行列の全容を知りたくて振り返ったが、後から後から押し寄せる人々に立ち止まることも離脱することも叶わず流れに身を任すしかなかった。留守にしている間に京では予想もつかぬ何かが起こっているようだった。人々に押されながら河原を進むと丸太を井桁に組んだ塔のようなものがしつらえてあるのが目に入った。

その塔の周りを僧侶達が取り囲んだ。塔の高さは一丈（約三メートル）程で周囲に杉や檜の葉が堆く積んである。覚信は僧侶の中に紛れ込んでしまったのか姿がない。

人々が口々に経を唱えながら塔を十重二十重と取り囲んでゆく。暫くしてどこからか覚信が覚束ぬ足取りで現われ、塔に近づいた。人々は口を噤み覚信を注視する。

注がれる視線に耐え切れなくなったのか覚信は俯いて深く息を吸い込むとゆっくり顔を上げて空を仰いだ。それから両手を少しずつ上方に移動させ、天空を包み込むように大きな輪を描き、一瞬息を止めて後、一際高い声で何かを唱え始めた。和讃、極楽六時讃だった。和讃とは仏、菩薩、教法などを和語で賛嘆した七五調の歌のことで、源信（恵心僧都）が京人に広めた。渡来の経文と違って日常語の七五調で仏の教えを優しく教え説き、褒め称える和讃は熱狂的に京人に受け入れられた。人々は何度も何度も繰り返し唱えるうちに一言一句間違わずに諳んじられるようになっていた。

覚信に耳を傾けていた群衆はいつの間にか口を合わせて極楽六時讃を唱えはじめる。和讃は聞き取れぬほどの小さなざわめきに聞こえたがやがてはっきりと流れるように人々の口から滑らかにほとばしり大きくうねって四条河原を覆った。

ある者は立って泣きながら、ある者はその場にしゃがみ込み、ある者は背中に負った赤子が泣き叫ぶのもかまわずに和讃を続ける。

覚信を見、覚信に触れようと押し寄せる人々に押されて清経は塔の間近に押し出された。期せずして眼前に覚信が立っていた。

ボロと見まごう墨衣の下から肋骨が浮き出た垢まみれの胸がのぞき、痩せこけた姿は今にも倒れそうであるが顔は威厳と尊厳に溢れていると清経は思った。

陽は少しずつ西に傾いている。川筋に沿って吹き下る北風は身を切るほどに冷たいはずだが群衆の人いきれと体温で蒸れ返っていた。微かに西山の端が赤く染まり、陽がゆっくりと落ちていく。山の端に陽が半分ほど隠れ、群衆が薄墨色の塊になった。すると覚信は群衆に背を向け丸太で組んだ塔の中に入り込んだ。

人々は覚信に向かってさらに大きな声を挙げて極楽六時讃を続ける。もうだれも声を合わせることはせず、思い思いに絶叫し、覚信に触れようと塔めがけて押し寄せた。井桁に差し込まれた人々の手で塔が崩れるほどに揺れる。

僧侶達が必死で群衆を押し戻す。それを無視して人々はさらに前に出た。

暗闇はまだ訪れていないが一人一人を見分けられる明るさはもう消えかかっていた。急に風が吹き始める。陽が山の端に隠れた。

僧侶達は墨衣の裾が風で舞い上がるのを無視して人々を一歩たりとも井桁の塔に入れまいとして一段と大きく声を張り上げ経を念ずる。その唱声《しょうみょう》は深く澄んだ和音となって押し寄せる人々を包み込んでゆく。

清経は唱声に魅せられて目をつぶった。再び目を開けると一人の僧侶が松明を掲げている姿が目に入った。僧は偉丈夫で清潔な墨衣を纏い、剃刀をあてた頭が青々としている。僧は松明を群衆に向かって数度振った。

人々がオオッと、どよめきの声を上げ、一瞬後、固唾を呑んで口をつぐんだ。唱声だけが四条河原に響いた。読経三昧で鍛えられ練られた僧侶達の唱声は艶やかで張りがあり、低く、高く、弱く、或いは強く、河原を流れていく。人々はおし黙ったまま唱声に聞き惚れていた。

突然、大きな声で赤ん坊が泣き出し、それを叱る母親らしき者の声が聞こえると再び人々は我に返ったかのごとく極楽六時讃を讃じ始めた。僧侶達の唱声は群衆の声でかき消された。

松明を持った僧が井桁に近づき、松明を覚信にさし出した。覚信はそれを両手で押し頂いて右手に持ち換え二度、三度と回し、回しながらなにか唱え始めた。聞き逃すまいと人々は一瞬押し黙り耳をそばだてた。

覚信の声は濁声でかすれた叫びに変わっていた。円を描く松明を人々は半ば口を開けて腑抜けたように見入った。

叫びと松明の回転が唐突にやんだ。覚信の口がパクパクと息を深く吸い込む。胸に何かが痞《つか》えているような仕種のまま、なおも口を二度三度開けて、それからひきつった咳をした。咳がおさまると松明を高く上げ、ぴたり、ととめた。それから松明はゆっくりと下りていき、塔の回りに積み上げてある杉檜の葉に押しつけられた。

葉は暫く白い煙を上げて後、ボッと音を発して一気に燃え上がった。炎と白煙の中に覚信は座して瞑目した。

「ならぬ、それはならぬ」

清経は絶叫し覚信めがけて突進した。それに気づいた人々が清経を押しとどめた。清経は井桁にとりつくと身をよじって燃え盛る二種の葉を両手で払いのけた。手に熱さは全く感じられなかった。さらに火を消そうと両手を盛る火に入れようとした時、何十という手や足が清経に襲いかかり塔から引き剥がした。蹴られ殴られ罵声を浴びせられて清経は群衆の外にはじき出された。

六波羅密寺は応和三年（九六三）に創建され、その開基は空也上人である。いつも麻衣を身に纏い、鹿杖を引きずって、首にかけた叩き鐘を打ちながら、市中にあって念仏を唱え民衆を教化して歩いた市聖《いちのひじり》である。

この焼身の思想は空也よりもさらに古い奈良期の行基の教えに基づいているらしい、行基の徒衆は官のたびかさなる禁止にもかかわらず、焚身剥臂《ふんしんはくひ》、焚身捨身《ふんしんしゃしん》の行をもって人々の教化にあてている。覚信以後、治承二年（一〇六六）までの間に十数名の僧侶が焼身をしている。

（四）

群衆から受けた打撲の痛みが疼くのをこらえながら清経は四条大路を西にたどり、朱雀大路に戻ると、南へ向かった。空腹は最早限界に達していた。行列に遭わなければ東市で腹を満たせたのに陽が沈んでしまったこの時刻では商いを終えている。今夜は蓄えてある干飯《ほしい》を湯漬けにして食するしかない。まだ館まで半里ほどある。それまで腹はもつのだろうかと心細い思いがしてくる。空腹になると食べ物のことしか頭に浮かばなくなるのは小さい時からだったと思わず清経は苦笑する。

暮れなずんだ朱雀大路を心もとない思いのまゝ進み、七条坊門小路の辻を西に辿って六日ぶりの館が闇に紛れてかすかに見えた時、清経の疲労は極に達していた。清経は朽ちた門口まで行くのが億劫で崩れた土塀を跨いで敷地内に入った。すると館内に明かりが点っている。不審に思いながらいつも出入りに使っている小扉を開けると人影がある。明かりは土間に設えてある竈からだった。米が炊けるいい匂いがして清経は思わず唾を飲み込んだ。

「お戻りになられましたか」

恵女の声が柔らかく届いた。

「おお、来てくれていたのか」

清経は訳もなく嬉しくなる。空腹は耐え難くなっていた。

「昨日、延喜寿院に亮斉様がお越しになり、一日遅れで今日、清経様が戻られる。清経様は空腹と寒さと睡眠不足で震えて戻るだろうから暖かい食べ物を用意してやってくれ、と申されました。いつも夕餉を作って差し上げたいと思いながらいざとなると躊躇ばかり。亮斉様はそのようなわたくしの心中を察して背中を押してくださったのかもしれませぬ」

亮斉の心配りに清経は胸が熱くなる。

「お寒かったでしょう。竈の火でも暖はとれます。お近くにお寄りなさいませ」

清経は竈から噴き出す炎に顔を近づけ、手をかざした。

「そのお顔、どうなされました。目のまわりと頬が赤黒く腫れております。水で冷やした方がよろしいのでは」

竈の火であぶり出された顔に恵女は声を潜めた。

「大事ない、それより夕餉を早くしてくれ」

清経は着替えのためいつも使っている小部屋に向かった。灯明を部屋まで持参するのが面倒なこともあって、いつも手探りで所用を足すことに慣れている。闇の中で着替えて土間に行くと竈に近接した板の間に膳が二つ用意されていた。膳には恵女の手料理が並んでいた。

「わたくしも一緒に頂いてよろしいでしょうか」

遠慮がちな恵女に清経は深く頷くと椀に盛られた飯を口いっぱいに含んだ。無言で料理を次々に片づける清経の食欲に恵女は目を細めて見入った。

「恵女も食べてくれ」

人心地ついた清経は箸を着けない恵女に気づいて促す。

「夕餉をご一緒するのは初めてですね」

微笑む恵女に、

「うまい。生き返った」

と笑い返した。暖かい汁が胃の腑に浸み入ると身体の筋が弛緩していくのが感じられた。

「お顔の腫れは水で冷やした方がよさそうです。一体どうなされたのですか」

箸を執りながら訊く恵女に清経は覚信焚身の顛末を話した。

「列に加わった方々が清経様を殴ったのは仕方ない仕打ち」

恵女だけは己の行為を分かってくれるだろうと思っていた清経は意外な言葉に驚いた。

「焚身を止めようとしたのではない。四条河原を穢して欲しくなかったのだ」

「焚身で河原は清められる。河原に参集なさった方々はそう思っておいでなのでしょう」

「焚身は鳥辺山や愛宕の埋葬の地で行うのが通例。河原は京人が四季折々に行楽をなすところ。京を離れている間に何か起こったのか」

「裳瘡《もかさ》が襲ったのです」

恵女は声を潜めて不味いものを口から押し出すように言った。

「裳瘡？　いつのことだ」

「清経様がお発ちになったその日の昼でした。それから二日も経たずに裳瘡は京中を荒れ狂って何百人もの方に取り憑いて路筋は急に人影が少なくなりました。一昨日は裳瘡をもたらす疫病神が大路、小路を行き過ぎるとの噂。家々は固く門や戸を閉めて疫病神が通り過ぎるのを息を潜めて籠もっておりました」

裳瘡とは今で言う疱瘡のことである。現代人には長い年月をかけて免疫が体内に育成され罹病しても重篤に至ることは少ないが、この時代は罹病する者の半数近くがなす術もなく死に至った。

平安京を疫病が初めて襲うのは遷都後十四年、大同三年（八〇八）の正月である。この年、街角は罹病して骸と化した京人で埋め尽される。朝廷は新年間もない正月十三日、京中の路傍に捨て去られた死骸を埋葬させたが、なお疫病は衰えをみせず、再度、二月に死体の埋葬を命じなければならなかった。各神社や寺々で祈祷を再三行い疫病神の退散を祈ったが霊験は現われず、終息したのは五月であった。

さらに十年後の弘仁九年（八一八）、大飢饉をきっかけに再び疫病に襲われ、餓死者と疫病死の屍が京中に溢れた。

飢饉や氾濫とそれに続く疫病の流行はほぼ十年おきに繰り返される。正暦四年（九九三）に流行した疫病について『本朝世紀』には、死亡者は路頭に満ち、往還の過客は鼻を掩いて之を過ぐ。鳥犬は食するに飽き、骸骨は巷を塞ぐ、とある。賀茂川には掻き流さなければならないほどの死体が浮かび、このとき京の人口の半分が死んだという。疫病は貴賤を問わず万人を襲った。

このころ疫病は鬼形の疫病神がもたらすものと信じられており、朝廷は祈祷を盛んにしてその退散を祈った。疫病神が巷を横行するという日は門戸を堅く閉ざして息を潜め、餓死者と疫病者の横たわる京の街は不気味な静寂につつまれた。

さらに一昨年、すなわち長保二年（一〇〇〇）から翌三年にかけての疫病の流行について、『日本紀略』は、天下病死大いに盛り、道路の死骸の数は其数を知らず、況んや斂葬（埋葬）の輩に於いては幾万人とも知らず、と記している。埋葬された死体の数からすれば道端や賀茂河原で朽ち果てた疫病者などごく一部にすぎなかった。

「すると覚信の焚身捨身は疫病神の退散を願ってのことか」

「裳瘡が襲った二日後に京中に覚信様焚身の噂が流れ、焚身の煙を浴びれば疫病神はその人には取り憑かないとのこと。京の方こぞって歩いていける四条河原での焚身を望んだのでしょう。鳥辺山では遠すぎます。焚身の煙で河原は清められたに違いありませぬ」

「なるほどそういうことか。秋口の賀茂の洪水、大内裏の焼亡、そして裳瘡。この先京はどうなるか分からぬが、恵女も疫病神に取り憑かれぬよう用心に用心を重ねてくれ」

「裳瘡は老人と幼子に取り憑くことが多いとか。老いた母が気がかりです」

「いや、母堂は大丈夫だろう」

清経は東市で京野菜などを売る小さな店を切り盛りする恵女の母、多勢《たせ》の姿を思い浮かべた。やや太り気味の血色のよい頬をした多勢に疫病神が取り憑くとは思えなかった。多勢は清経に館を捨てて多勢と恵女が住まう家に同居することを勧めた。多勢は清経の館を密かに訪れたようだがあまりの荒廃ぶりに驚いてその思いはさらに強まったようだ。高貴な階層の男は妻の館に共住みすることが理想とされていたが清経のような官位の低い官人には妻とその係累を自邸に引き取って暮らす方が気楽でもあった。

「母は今日も出がけに、清経様が一緒に住んでくれるように申し上げてくれと」

多勢は将来の生活に見通しをつけたがっているように清経には思えた。

「恵女はどうなのだ」

「わたくしは清経様のお決めになることに従います。このお館も手直しすれば昔日の姿を取り戻せましょう」

「大火の後で京の木材は高騰の一途。館の修復には手が回らぬ」

「延喜寿院から比べればまだこのお館の方が小さい分、修復は楽かもしれませぬな」

「延喜寿院と比べられると冷や汗が出る思いだ。それで思い出したが大火の折に駆けつけた繁雄殿にはその後会われたか」

「次の日に延喜寿院に参られました」

「肝の据わった男だ。車輪作りにしておくには惜しい」

「繁雄殿は頼った叔父がたまたま京で牛車の車輪作りをなさっているとのことであまり身が入らぬようです」

「ああいう男が防鴨河使に居れば龍の岩を砕くのに一抹の光が見えるのだが」

「変わったお方で石に関わって暮らせるなら一生娶らずとも楽しく生きていけると自ら申しております」

「ほう、恵女に思い入れているのではなかったのか」

「繁雄殿からそのように感じたことは一度もありませぬ。もしそう感じたなら清経様に繁雄殿のことを心穏やかにお話致すことは難しゅうございます。延喜寿院に参るのは庭に置かれた様々な石に興をそそられるからと申しております。何でも六つもの地方から石曳して据えたとのこと。それもことごとく何百貫もの大石。延喜寿院の創建者はとても官位の高いお方であったに違いないと感心しておりました」

「確かに院の格式は高い。大火のおり館主は無事であったのか」

「ご無事に戻られたと満刀自様からお聞き致しました」

恵女には雇われた主を知りたい願望が薄いようだった。それは生来の性格のようで身近な人の履歴にも感心がないらしく清経の生い立ちについても全く頓着せず、まして清経の両親について尋ねようともしなかった。おそらく恵女は清経の官位や防鴨河使でどんな地位に就いているかさえ興味ないのかもしれない。

恵女は夕餉を済ませると膳を下げに炊事場に立った。清経はしばらく恵女が水を使う音を聞いていたが腹が満たされ暖まった身体から猛烈な睡魔が襲ってきて座したまま眠りに入っていった。

翌朝、朝餉の用意をすませた恵女は起きたばかりの清経を板敷きの間に座らせると素裸にした。傍らには湯を入れた木桶が置かれている。恵女は湯に布を浸し、緩めに絞ったそれで頭髪から顔さらに首、肩と下方に向かって擦るように清経の裸体を洗い流していく。手慣れた手さばきは恵女の母に同じようなことを日々行っていることを彷彿させた。それにしても他人に介添えしてもらうのはなんと楽であるのか、と清経はつくづく思い至る。七歳の時に広隆寺へ引き取られて以来、人の手を借りて何かをしてもらうことは絶えてなかった。女手がない広隆寺では洗い、食事、縫製、全て己を頼るしかない、それが恵女を知って初めて人の手になる食事や衣服のほころびの繕いをしてもらった、それだけでも恵女に感謝していた。

清経の裸体から流れ落ちる湯が床を濡らしていくのを恵女は頓着せず、上半身を流し、それから清経に布を渡すと、下半身は自らが拭うよう促してその場を離れた。清経は言われた通り立ち上がって下半身を洗い流し、丁度終わった時に恵女が新たな木桶を抱えて戻ってきた。木桶には熱い湯が入っていた。清経に再び座すように指示した恵女は木桶に布を浸し、火傷をしないように何度も布を持ち替えて硬く絞ると清経の頭髪を包んで髪を蒸し上げる。暖気が頭部から身体のすみずみまで浸み渡っていく。清経は思わず大きく息を吸い込む。

「母にこうしてあげると同じように大きく息を吸うのですよ。そしてこれで一年長生きできる、と」

「母上は恵女にも同じことをしてくださるのか」

「わたくしが断っております。年老いて手足が利かぬようになりましたら誰かにお願いするかもしれませぬが」

「なんだか吾がひどく年寄りのようだな」

「昨夜の清経様は年寄りのように疲れておいででした。夕餉を食されて体も拭かずまさに睡魔に襲われたような深い眠り。この方もお疲れなされるのだとなんだかひどく近しい方に思われました」

頭髪を巻いた布を解き、再び熱湯に浸して硬く絞ると髪の毛の水分を拭き取るため何度もせわしなく布を左右する。さらに顔から首、肩へと熱い湯で絞った布で丁寧に肌についた水分を拭き上げると、再び清経の手に布を握らせ、下半身は自身で拭うように告げて新たな布を持ってくると床に流れこぼれた湯水を拭き取った。言われるままに下半身を拭き切った清経は平素使っている小部屋に行くと新しい褌をつけ、洗いざらしの水干を着、白袴をはくと刀子を携えて恵女のもとに戻った。整った朝餉の膳に恵女は座るよう促したが清経は木桶に残った熱い湯に再び布を浸し、固く絞ったそれで口を覆い、十分に潤すと刀子でゆっくりと髭を剃った。恵女は慎重に刀子を動かす清経を物珍しげに見入る。男が髭を剃る姿を見るのは恵女にとって初めてなのだろう。


朝餉が終わり、恵女を家まで送って、朱雀大路を北に向かうと昨日の閑散が嘘のような人出で皆忙しげに往来している。小半刻ほど歩いて着いた左京職の門はいつも通り開いていた。門を通り抜け主典執務室に着くとすでに亮斉、蓼平それに河川踏査に加わった下部達が座していた。床には清経等が詳細に調べ上げた絵図が置かれてある。蓼平が昨日持ち帰り筆を入れたその図面は清経が思っていたより完成度の高いものだった。疲れ切って戻った蓼平の労苦に清経は頭が下がる。

「長官殿、判官殿がお越しになる前に伝えしておきたいことがある。御両所はご機嫌が悪いと思われるので河川踏査の詳細を話すに際してはくれぐれも言葉使いに気を配りなされ」

皆がそろったところで亮斉は持って回った言い方をした。

「それはわたくし達が予定より一日遅れて帰着したことによりますのかな」

蓼平が首をかしげながら訊く。

「それもあるが皆が踏査を始めた日の昼近くに裳瘡《もかさ》が京を襲い、その勢いは日を追うごと増していった。皆が踏査に出かけた二日後、諸行様のもとに六波羅蜜寺の僧が四、五条河原を使わせて欲しいと嘆願しに参った」

亮斉はそう言ってひと渡り皆の顔を窺った。

諸行が使用目的を質すと裳瘡退散のための焚身行《ふんしんぎょう》とのこと。六波羅蜜寺の僧侶達ならば参集者はさして多くあるまいと高を括っていた諸行は、すぐにでも許可を出すつもりもあって軽い気持ちで参集者の人数を尋ねた。

「すると僧侶は困惑しながら二万になるか三万になるか定かではないと答えたのだ。諸行様はその数に仰天なされた」

六波羅蜜寺では裳瘡襲来の噂がたつと同時に裳瘡退散の焚身行を鳥辺山で数日後に行うと報じた。これを聞きつけた京人が焚身行を拝みたいと六波羅蜜寺に殺到した。その数は一万を超え二万、三万人とふくれあがっていった。参集希望者は高貴な者も老いも若きも男女の区別もなかった。疫病退散を求めて参集する京人を拒むわけにもいかず、さりとて三万人を超えると予想される京人が鳥辺山に押しかけたらどうなるか六波羅蜜寺の僧達は困惑した。

「存じておろうがあの山は京内から離れているうえ、坂道が続き平坦な地が少ない。そのような地に雲霞のごとく京人が押し寄せたらどうなるか」

そこで僧達は鳥辺山をあきらめ他の地を探した。数万の京人を収容できる広場は唯一、賀茂河原であった。

「二、三万と聞いて諸行様は即座に嘆願を一蹴なされた。この亮斉も諸行様のご判断は正しかったと思っている。だがこれに京人は憤慨し、防鴨河使庁に押しかけ河原を開放するよう強訴したのだ。恐れをなした諸行様は京人に河原使用の応諾を二日待って欲しいと伝えた。二日待てば清経殿一行が雲ヶ畑より戻ってくる。清経殿なら下部達と忌憚なく話し合って必ずや良策を探り出してくれる。そう思われたのだ」

僧侶達は二日も待てぬ、明日までに許可を下ろせと諸行に迫った。困り果てた諸行は左右両京職大《か》夫《み》と検非違使別当を庁舎に招いて賀茂河原使用の応諾について可否を仰いだ。京職と検非違使でも焚身行の噂は届いていて加わる京人の多さに困惑していた。検非違使別当は四、五条河原に万を数える京人が押し寄せれば、七、八条河原に住まう者達と予期せぬ諍いが起こると憂慮を露わにし、断るよう求めた。左京職大夫は河原に入ることを禁じれば京人の怒りが暴発しかねないと主張し、受け入れるよう忠告した。どちらに決めても河原を管理する防鴨河使長官の責務は免れない。

「その席に武貞様とわたくしも加わらせて頂いた。迷われた諸行様は武貞様にご相談なされた。わたくしは武貞様が検非違使から異動なされたこともあって別当様の求めに応じて河原使用を断るよう諸行様に申し上げるとばかり思っていたが、河原を開放するようにと述べられた。わたくしは武貞様が防鴨河使庁へ赴任なされてよりずっと仕えて参ったが今ひとつあの方のお考えがよく分からない」

諸行は迷ったあげく検非違使、両京職の全面的な協力を取り付けたうえで四、五条河原の使用を受け入れることにした。

「焚身行を行う日を昨日と定めて六波羅蜜寺の僧に許可を与えた。昨日とお決めになったのは他でもない清経殿一行がその前日に帰着することになっていたからだ。清経殿に河原で指揮を執るよう諸行様は命じるおつもりだった」

その目論見は外れて清経一行は帰着しなかった。

「昨日、諸行様は仕方なく防鴨河使庁の下部達全てを伴って五条河原と六条河原の境に早朝から出張りました。検非違使庁、京職でも四等官を庁舎に残し各門を閉じて他の全ての官人を河原に派遣し、諸行様の指揮下に合流させました。平素、風に吹かれお和歌《うた》をおつくりなさるのが似合うお方が京職、検非違使の三百を超える方々の指揮を執る、今日まで諸行様がこれほど困惑、苦渋、錯乱なされたことはなかったに違いない。ところが諸行様のそのような思いをよそに河原に住する者は誰一人焚身行に加わる者はなかったのだ。ために河原に住する者達と京人との諍いは起こらず焚身行は何事もなく終わった。河原に住する者達が加わらなかったのは闇丸殿の強い意向が働いていたとこの亮斉は思っている」

清経は希にしか河原に出向かぬ長官が何万もの人々の諍いを防ごうと冷や汗をかきながらおろおろと河原を駆け回っていた姿を想像して思わず失笑した。

「そこまではよかったのだが諸行様の指揮下に入った京職の者が、四等官を除いた全ての者が河原に出張《でば》ったのに防鴨河使では三十名、確か総勢は四十数名のはずだが残りの者はなぜ加わらなかったのかと大変な剣幕。諸行様は言い訳も叶わず平身低頭、河原を引き上げた後、京職大夫のもとに赴き、その非を詫びられたのだ。そのようなわけで長官様のご機嫌はあまり良くないと思われる」

「吾等が遅れたのは遊んでいたからではありませぬぞ。長官《かみ》様は非をわびる前に賀茂川踏査の困難さを申して分かって頂くのがすじではないか」

気色ばんだ下部の一人が声を荒げた。

「いっそ、河原で一悶着起こればよかったのだ」

他の下部が憤懣を露わにする。すると亮斉は、

「そうだ、一つだけ悶着があった」

と表情を緩めて笑顔をつくった。その顔を見た蓼平が、

「亮斉殿にはなにか楽しい悶着でもありましたのか」

と質した。

「どこの者か分からぬが、ひげ面の偉丈夫が無謀にも焚身行を止めようと井桁に入ろうとしたらしい。諸行様達が京人をかき分け騒ぎに近づいた時はすでにそのひげ面、群衆の手で排除された後だった」

「それのどこが楽しいのですか」

蓼平はさらに訊く。

「五条河原は京人の歓楽の地、そこで焚身行を催すのにこの亮斉は違和を感じてならぬ。京人は歓喜して僧覚信殿を崇め褒め称えたがわたくしは焚身を受け入れ難い。その焚身を吾等防鴨河使が懸命に保守し管理してきた四条河原で催した。見るに忍びない。だれか奇特な者が焚身を止めはしないかと密かに願っていた。髭面がどのような思いで井桁に突進したのか分からぬ。酒に酔っての狼藉かもしれぬ。ほんの憂さ晴らしでしたのかもしれぬ。だが亮斉には何となくその髭面の心が分かるような気がしてならぬ」

そこで亮斉は再び表情を緩めた。清経は黙したまま思わず体を小さくした。しばらく雑談をしていると長官と判官が主典執務室に現われた。下部等の雑談がぴたりと止み、緊張が走る。図面の正面に座している下部の二人が素早く座を立ち、二人に席を譲った。

「昨日、予定より一日遅れて戻りましたこと長官殿に告げるべく庁舎に参りましたが京職の門は閉ざされており、果たせず、あらてめてここに吾等総勢九名踏査を終え戻って参りました。帰庁が一日延びたのは雲ヶ畑までの遡上途中を雪に阻まれたためにございます」

清経は丁寧な言葉遣いで諸行に頭を下げた。

「雪に阻まれたのは致し方ないが、ならば下部の一人を一日早く切り上げさせて、帰着が遅れる旨この諸行に報せるのが主典としての責務であろう」

亮斉が忠告したごとく長官はご機嫌斜めだと思いながら清経は深々と頭を下げた。なにか反論するだろうと身構えていた諸行は恭順を表する清経に拍子抜けして返す言葉がなく、

「探査の詳細は粗々にし、結論だけ申せ」

と命じた。蓼平がひと膝前に進んで図面を指さす。

「はじめに高野川、鞍馬川、貴船川と遡上致し流域をつぶさに踏査致しました。高野川流域で八百、鞍馬川流域三百、貴船では二百本ほどの杉檜が用材として使えるまでに育っていることが判明致しました」

蓼平が図面を指さしながら簡便に述べる。

「目論見通りの本数だの」

諸行の表情が和らぐ。

「しかしながら鞍馬、貴船両川の谷は深く、おまけに多くの滝があります。木材を切り出しても水運を利用しての搬出は困難でございます」

「鞍馬、貴船はともかくとして高野川の八百本は切り出せるのだな」

「これもまた難しゅうございます」

「一木も切り出し叶わぬと申すか」

諸行の表情が一変する。

「おぬしら、木材探査の手を抜いたのではないか」

武貞が気色ばんで言い放った。

「今、なんと申されました」

温厚と言われている蓼平の唇がかすかに震えている。

「おかしいではないか。高野川にたった八百本の杉檜だと？　そのような訳はなかろう。高野川両岸の斜面には杉檜が密生してるはずだ」

「高野川流域の全ての杉檜、それこそ吾等の背の高さほどのものまで切り倒しても千本もはありませんぞ」

「つぶさに探し出せば二千や三千本は見つかるはずだ。それを八百と申すのは手を抜いたとしか思えぬ」

その言葉に蓼平が体を震わせ目をつり上げてひと膝前に出た。清経の頭の中で何かがプッツンと切れる音が響いた。清経は両の拳を硬く握りしめ、後方に振りかぶろうとしたとき隣に座している亮斉の手が拳を包むように優しく制した。

「密生しているはずですと？　さも判官殿は見てきたような口ぶり。この近在で二、三千本もの杉檜が密生する山など見たこともありませぬ。それでは山じゅう杉や檜だらけ。山とはクヌギ、カエデ、クリ、ケヤキ、サクラ、ナラ、ウルシ、さらに名もない雑木と草々が混生し、春には新緑が芽吹き、夏には濃緑の木々が鳥や虫たちの憩う台《うてな》となり、秋には獣たちの食餌となる実を実らせ、紅葉を経て冬に葉を落とす。その木々の中にぽつんぽつんと杉や檜、松、柘植などが四季に関わりなく緑葉《みどりば》のまま立っている、それが京を囲む山々ですぞ。判官殿が申される杉檜だけが密生する山があるとすれば鳥の飛来もなく獣も寄りつかず下草も生えぬおぞましく奇っ怪な代物。そのような代物は京近在を歩き回っても見つけることは叶いませんぞ」

亮斉は怒りを抑えて諭すような口ぶりだ。

「山の論議は後にせよ。蓼平は水運叶わぬと申すが清経はどうなのだ」

諸行は亮斉と武貞の言い争いにうんざりした様子であらためて清経に質した。

「高野川は下流域と上流域に分けて考えなくてはなりませぬ。下流域の山の斜面は草と小木ばかりで切り出せるような太い杉檜は一木も見当たりませぬ。上流域は深い谷底の斜面に八百本ほどの杉檜がありますが伐採は難渋を極めましょう。それにもまして鞍馬、貴船の谷は深く行き着くことさえ難儀」

高野川下流域は清経が思った以上に荒れていた。京に近いこともあって建築用材として川の両斜面の杉檜一木残らず切り倒したばかりでなく、足場確保と運び出し路のために周囲の楢、クヌギ、楓などのいわゆる雑木も切り倒されていた。むき出しになった斜面の表土は雨水に削り取られ泥流となって高野川内に流れ込んで濁り、流路を変え、河底に積もり、淀みを作って流れを阻害していた。それに比して上流域は切り立つ斜面が人の往来を厳しく拒んでいることが幸いして杉檜が少しでも陽光を浴びようと上へ上へと真っ直ぐのびていた。

「難渋を極めようが伐採するしかあるまい」

「伐採のための道を造らねばなりませぬ」

「造ればよいではないか」

「造れるような緩やかな斜面は皆無」

「お主等がそこまで行き着いたごとく河道を通ればよい」

「吾等が易々と貴船川の最上流まで行き着いたわけではありませぬぞ。河水に全身浸かり、岩をよじ登り、あるいは谷底から這い上がって迂回して、一丁進むのに三刻も要したほど険しく難儀なところですぞ」

「しかし、お主等一行は一日遅れであったとしても無事にそこを踏破したのであろう。岩に梯子を架け、迂回路を造り足場を確保すればなんとかなろう」

「人は通れましょう」

「人が入れば急斜面の木材も切り出せる」

「切り出せても高野川下流域の流入土砂を取り除き、河底を深くせねば水運は拓けず搬出は叶いませぬ」

「水運拓けずと太政官に具申するなら童でも叶う。拓く手だてを太政官では望んでいるのだ。そのためにおぬし等は踏査にいったのではないか」

「百年かかっても土砂を取り除くのは難しゅうございます」

二人のやりとりを苦々しげに聴いていた亮斉が首を横に振った。

「百年もかかるだと？」

気色ばんだ諸行の言葉づきが思わず荒くなる。

「わたくし達が日数《ひかず》をかけて土砂を浚っても一度雨が降れば前にも増して多くの土砂が河底を埋めます。もはや高野川下流域は半死半生の川となり果てました。今から二十五年前、長官様も判官様もすでに加冠をすまされておりましたでしょうから貞元の大地震は覚えておいででしょう」

「忘れはせぬ、あの時、わたくしは文部省文章の書生であった。朝堂院の含章堂を退出したときだった。大地が突き上げられて立っていることも叶わず恐ろしさに怯えながら地に両手を着いて為す術を知らなかった」

諸行はその時のことを思い出したのか眉間に皺を寄せた。

貞元元年（九七六）の大地震で八省院をはじめ豊楽院、東寺、西寺それに官舎など夥しい建物が倒壊し近江でも甚大な被害を被った。

「あの時、復興用木材として賀茂川周辺の山々に生える杉檜を丸坊主になるほど切り倒したため翌年、さしたる雨も降らぬのに京内は大洪水に見舞われ人々は大地震の被害より甚大な水害を被りましたのですぞ。以来、京は毎年、野分でなくとも洪水に見舞われるようになりました。さらに一昨年、内裏修理用に今度は高野川下流域の杉檜を切り出したために高野川は半死半生、賀茂川は遠からず死にましょう。その予兆がこの度の三条堤決壊、賀茂川は防鴨河使の手に余る暴れ川となりました」

「だからと申して朝堂院修復を地方《くに》に押しつけて京で知らん顔をしているわけに参らん」

武貞が不快げに割ってはいった。

「これ以上の賀茂川の荒廃は京を滅ぼしますぞ。高野川流域から一木の切り出しもなりませぬ」

「亮斉が決めるのではない。お決めになるのは長官《かみ》殿だ」

武貞が声高に非難する。口を固く結び息を詰めた亮斉の顔がみるみる赤くなっていく。

「亮斉の気持ちも分からぬではないが太政官では高野川流域木材切り出しは織り込み済みだ。堆積した土砂を取り除く算段を考えなくてはならぬ」

諸行は苦々しげに告げた。

「極寒での川底浚いとなれば吾等からの犠牲者も覚悟しなければなりませせぬぞ」

清経は雲ヶ畑川の身を切る河水の冷たさが蘇って思わず身を震わせた。

「何も真冬にやれとは申しておらぬ」

「冬枯れの渇水期にしか川底を浚えませぬ」

「水が温む春を待ってやればよい。そのくらいの猶予なら太政官とて認めるであろう」

「真夏でさえ高野川の水は身を切る冷たさ。春になっても水は温みませぬ。それに亮斉が申すように春に川底を浚ったとて梅雨で土砂は再び流入し川底を埋め尽くしましょう。いくら浚っても甲斐はありませんぞ」

「お主等は楽でよい。川底浚いは難しいと申し立てればそれで済もうが、この諸行はそうは参らぬ。川底浚いをせぬ前から太政官に、能わず、と申せると思うか。まずは浚ってみることが何よりも肝要」

太政官の意向に添うことしか頭にない諸行に清経等は口を噤むしかなかった。

二日後、諸行は太政官へ高野川下流域の川底浚渫と木材切り出しを行う旨、上申した。

第五章　苦　寒

十二月下旬、数日前に降った雪が残る五条河原に寒風が吹き抜けてゆく。

風を避けて堤の裾に座り込んだ亮斉、蓼平等の下部達が昼餉をとっていた。堤は風を弱めてくれるが寒さを凌ぐにはほど遠かった。震えながらの昼餉はすぐに終わり、干飯を包んだ布をせわしなく懐に仕舞った下部達は手足を上下左右に振り身体の屈伸を始めた。そうしないと凍えた身体がもとに戻らないのだ。

「まるで猿楽舞のようだな」

清経が堤上から声を投げかけた。

「おお、戻られましたか。長官様からの急な呼び出し。皆、また無理難題を押しつけられるのではないかと気をもんでおりました」

蓼平が手足の動きを止めて堤上の清経を見上げる。

「図星だ。高野川の川浚いが決まったぞ」

清経は堤を駆け下りた。

この日は一条河原から九条河原までを踏査し、来春、補修する損壊箇所を特定することになっていた。早朝から清経と下部総勢が一条河原に集まった矢先、長官付きの書生が駆けつけ清経に呼び出しをかけた。清経は亮斉と蓼平に予定通り踏査を始めるよう命じて書生と共に庁舎に赴き、諸行に会い、所用を済ませると五条堤に先回りして下部等が到着するのを待っていたのだ。

「川浚いは二月からですか」

亮斉はそれしか考えられないと言いたげだ。

その二月には例年賀茂川の小規模補修作業が始まることになっている。梅雨と野分に備えるには二月着手は外せず高野川浚渫と重複することになる。

「一昨日と昨日、大納言様一名、少納言様二名それに高位の官人十数名が裳瘡で命を落とされたそうだ。長官殿はそのようなことが起こっているから川浚いは中止されると思ったらしいが、今朝、太政官より川浚い決行の報せが届いたとのことだ」

「とうとう大内裏まで疫病神が入り込みましたか。やはり疫病神はこの度も満遍なく生ける人々を襲いましたな」

七十有余年生きながらえてきた亮斉は、門戸を閉ざし、祈祷を行い、用心に用心を重ねた公家等にも河原の住人や京人と等しく疫病神が取り憑く様の繰り返しを何度も目の当たりにしている。

「宮中や大内裏の官人官衙では皆息を潜めて疫病神が退散してくれることをひたすら願って、誰も政務に身が入らぬらしい。それにひかえ吾等防鴨河使は毎日毎日、賀茂川の水に浸り禊ぎをしているようなもの、疫病神も避けて通る」

下部たちは賀茂川に近い七条坊門小路付近の自宅から賀茂川への行き来だけで京内や大内裏付近には滅多に足を向けない。それだけ疫病神に襲われる機会がすくないのだが賀茂川に邪を払う力があると信じ込んでもいた。

「もう少し手の掛らぬ賀茂川なら高野川の川浚いも余裕をもって行えるのだが、龍の岩がある限りそれも望めぬ」

亮斉は龍の岩をいまいましげに見はるかし、下部達を促して六条河原に向かった。六条河原一帯は葦小屋から立ち上る何千本もの細々とした竈の煙で靄懸かっている。

「煙が発っているうちはここも平穏」

下部の一人が呟く。

「いやここにも裳瘡は襲っているはず」

他の下部が応じる。

「疫病神に襲われてもここの者は医師《くすし》や祈祷師を頼ることも叶わぬ」

蓼平は眼前に広がった無数の葦小屋をひとわたり見る。

「いやあの者達には悲田院がある」

亮斉の言葉に下部達は等しく肯いた。

「残る踏査は六条から九条河原。しかし六条から八条河原は葦小屋に占拠されて踏査も叶いませぬ。吾等は九条河原へ先に参ります故、お二人はゆるゆると参りなされ」

蓼平は葦小屋に占拠された河原の踏査に及び腰で下部達を引き連れて九条河原へ直行したい口ぶりである。亮斉は蓼平を横目で一瞥したが何も言わなかった。

「そうしてくれ」

清経の承諾に蓼平は下部達に、参る、と一声掛けて足早に二人のもとを離れた。

「まるで清経殿の気持ちが変わって引き留められるのを恐れているような走りっぷり」

亮斉は皺の多い口元を緩めた。

「悲田院の再建は進んでいるのか」

清経は久しく院を訪れていない。

「流失前の悲田院の面影などまったくありませぬ。みすぼらしく以前よりひと回りもふた回りも小さくなりました」

亮斉は時々悲田院の再建現場に行っているようだ。

「回収した木材で再建しているのではないのか」

「どこに用いたのかそれらしき木材はどこにも見当りませぬ。人の目に触れぬ土台や壁の中に塗り込めて使っていると思われます」

「検非違使や京職では再建が官の承諾なしに始まったことに不審を抱いている」

「再建に闇丸殿が関わっていると睨んだ検非違使は捕縛しようと躍起になっているらしいですな」

「清掃令での遺恨もあろうがどう見ても闇丸殿の方が別当房行様より上だ。捕まるようなことはあるまい」

「河原に住する者にとって闇丸殿はなくてはならぬお方、同じように静琳尼様もまた悲田院ではなくてはならぬお方」

「官ではこの度の再建を悲田院と認めていないようだ」

「そうでしょうな。以前とは似ても似つかぬ粗末極まりない建物。壁は泥と葦、屋根は板葺きと葦、まるで葦小屋を大きくした姿。そのような建物を悲田院と認めれば官の沽券にかかわりますからな。そこがまた闇丸殿のねらい目なのでしょう」

「いくら立派な建物でもそこに携わる者達に熱い思いがなければ病人は救えぬ」

「この度の悲田院は静琳尼様が居る限り前にもまして困窮者や病人には心強い拠り所となるはずです」

「久しく静琳尼様にお会いしておらぬ」

「数日前から裳瘡に罹った人々の収容と治療を始めたそうでございます」

「静琳尼様に疫病神が取り憑かねばよいのだが」

「昨年の裳瘡の流行では多くの罹病者が救いを求めて悲田院に押しかけました。そのおり、救済に先頭切って介護なされたのが静琳尼様。多くの罹病者と接して感染なさらなかったのです。おそらくこの度も疫病神は静琳尼様を避けて通る、亮斉はそう信じております」

六条から八条の堤裾に沿って歩く二人の周りは葦小屋と異臭に満ちている。蓼平等が踏査を敬遠するのはもっともで、堤裾を踏査するには葦小屋の撤去を強要しなくてはならず、そこに住む者達と一悶着起こるのは目に見えていた。

「亮斉、ここがいつの日かなにもない石ころだけの河原になるのだろうか」

「なりますまい。わたくしが初めて防鴨河使になって以来、この光景は増えこそすれ減ってはおりませぬ。いや、幾代過ぎた後に石ころだけの河原に戻るかもしれませぬが、そのような先のことに夢を託すには亮斉年をとりすぎました」

静かに話す亮斉は嘆いても悲しんでもいないようで、ただ、今、目の前に映る姿をそのまま受け入れるしかないと思っているようだった。

下部達は九条河原に入る手前で二人を待っていた。

「九条河原の踏査は如何致しましょう」

蓼平が気の乗らぬ訊き方をする。九条河原は見放された河原といってもよかった。京の南東端に位置し、低い土手が手入れもされずに放置され改修、補修の順位は最も低く、荒れるに任せてある。そのはずで九条河原から河水が溢れてもほとんど人家がないのだ。京人は九条とは呼ばず、苦条河原と呼んで近づこうとしなかった。

「カラスどもめ」

亮斉が雲天を仰いで呟く。上空に何百羽ものカラスが飛び交い嫌な鳴き声をあげている。ここにも雪は河原を斑にして残っている。川幅は痩せ、河原がその分だけ広がっている。ここには葦小屋さえ建たない。河原のいたる所に骸が横たわっていた。ほとんどの骸は息をひきとったばかりだ。長く放置された骸も厳寒のため腐らず、まるで生きているように見える。カラスが群がって黒く大きな嘴を骸の柔らかい部位に何度も激しく上下させている。骸を縫うようにして罹病者達が徘徊していた。

清経は腐臭が体内に流れ込んで体のすみずみに回っていくようなおぞましさに駆られて思わず片手

で鼻を覆った。

「あれは?」

亮斉が河原の一点に目を凝らした先に白い布で頭を覆い、墨染衣を身につけた尼と巨躯の男が立っていた。

まさか、と清経は思った。まさかあそこに居る方は静琳尼ではないか、もしそうならなんと無謀なこと。瞬間、清経は骸を避けながら走り出した。近づくにしたがい静琳尼であることがはっきりしてきた。

まだ動ける罹病者達が静琳尼のまわりを取り巻き、触れようと手を伸ばしている。片手に数珠を巻いた静琳尼がその手を一つ一つ丁寧になぞっていく。低く、しかしはっきりした念仏が静琳尼の口から洩れていた。罹病者達が取り囲んだ輪の外で黒丸が為す術もなく立っていた。

清経は黒丸の傍らで足を止め、静琳尼の名を呼ぼうとしたが口を開けただけで声は出なかった。亮斉と蓼平が追いついて清経に並んだ。

「お戻りくだされ」

囁くように呼びかける黒丸に静琳尼は気づかないのか罹病者が差し出す手に触れながら一心に経を唱えている。

「疫病者に接すれば病が感染ることを知っているはず。なぜお止めしないのだ」

清経は思わずきつい言い方になる。

「あのお姿を目のあたりにしてだれがお止めになれるか」

黒丸は悲しげに顔を左右に振った。

「薬王尼殿達はいずこに」

「悲田院で罹病者の介護に当たっておられる。それに静琳尼様がお供を禁じている」

経がやんだ。静琳尼は清経達に初めて気づいたのか軽く会釈し、取り巻いた罹病者達を割って歩み寄った。足下がおぼつかなげで昏倒するほど体が左右に振れた。清経は素早く走り寄り静琳尼を支えた。静琳尼の頬はそげ落ちて唇には血の気がなかった。

「お久しゅうございます」

静琳尼の声は驚くほどか細かった。

「かようなところに近づいてはなりませぬ。もし疫病にでも感染ったらどうなされます」

「心しても感染るときは感染るものです。九条河原に参った方達は肉親に見放され、施薬院、悲田院で断られた疫病者。それではあまりに惨うございます」

寒風に立ち続けて冷え切った体に清経の体温が気持ちよかったのか静琳尼は全身を脱力して清経に身を委ねた。

「黒丸殿、まこと悲田院では罹病者の救済を拒んでいるのか」

「すでに五百人を超える罹病者が収容されています。流失前の悲田院でしたらこのような緊急時に千を超えての収容が叶いましたが、再建途中では五百人でも収容しきれず、行く場を失った罹病者は九条河原で施療を受けられるという噂を聞いてここに集まってきています」

「だからと申して静琳尼様おひとりでここに参られるのは無謀というものですぞ」

清経は諭すようにやさしく言った。

「薬王尼達にも参って欲しいのですが、悲田院を離れるわけには参りませぬ。ここはわたくしがひとりで処するしかありませぬ」

「市井の聖達は救済に参らぬのでしょうか」

「聖は京内にうち捨てられた骸の埋葬や救済で手一杯」

市井の聖達は京人の教化には熱心だが河原の住人には距離を置いていることも事実であった。九条河原に来る罹病者のほとんどは河原の住人であることから市井の聖達も二の足を踏んでいるのかもしれない。

「早く悲田院が昔日の姿に戻ればよいのですが。さすればこのような時に多くの罹病者を収容できますものを」

支えた腕の中で静琳尼がほっと溜め息をつく。

「皆が力を合わせて造っておりますぞ」

大きな体をかがめて語りかける黒丸に安堵したのか静琳尼は目を閉じ全身を清経の腕に預けた。静琳尼の体温が清経の腕を伝わって熱く感じられ、同時に洪水の時に背負った重みに比べるとひどく軽いことに気づいて驚いた。静琳尼を軽く揺すってみたが返事がない。

「うかつだった。静琳尼様のお心を重んじたがために」

異常に気づいた黒丸が顔をひきつらせ、

「よもや瘡瘡に」

とおそろしいことを口にしてしまったとでも言いたげに顔をゆがめた。

「猶予はならぬ。ともかく静琳尼様が養生できる所まで運ばねば。黒丸殿、頼みがある。姉小路北、西洞院大路東に延喜寿院という古い館がある。そこに恵女と申す下婢が勤めている。訳を話して館の主に取り次いでもらい、牛と牛車《ぎっしゃ》を借りてきてほしいのだ」

「牛と牛車？」

黒丸の不審な面もち。

「太秦《うずまさ》の広隆寺にお連れする。衰弱激しい静琳尼様を背負っていくわけには参らぬ。牛車にお乗せするのだ」

「そのような遠いところに運ばなくとも京内に養生なさるところがありましょう」

「言った通りにしてくれ。一刻でも早くお連れせねば命取りになるかもしれぬ」

「ならばなおさら近い所にお連れ致すのが肝要かと」

「そのようなところを探している暇などない」

「闇丸様にご相談なされば河原に住する者で医術に心得がある者を差し向けてくださるでしょう」

「どこで養生をなさるのだ。河原の葦小屋か？　川面を渡る風は身を切る冷たさ、そこで手厚い看護と施薬が叶うか。それに河原に住まう者の中からすでに多くの罹病者がでているではないか。さあ手遅れにならぬうちに延喜寿院に行ってくれ」

「乗り物は公家等にとっても貴重なもの。吾ごとき者を信用してくれるか否か」

確かに黒丸の衣服はボロにまみれ一見して京人とは思えなかった。

「恵女には吾からの依頼だと告げてくれ。恵女は身なりで人を判ずるようなことはせぬ。きっとうまく借り出してくれるはずだ」

朝堂院焼亡の折、延喜寿院の防火に助力したことを館の主は覚えてくれているはずだ。牛車借用を無碍《むげ》に断ることはないとだろうと思いながらも一抹の不安は残った。

「分かり申した」

黒丸は堅い表情で首をたてにふると河原の小石を蹴散らして駈けだした。

「広隆寺とは良い所を気づかれました。清経殿の育ての親、勧運和尚に静琳尼様をお託しなさるのは賢明」

走っていく黒丸の後ろ姿を見送りながら亮斉が呟く。

「疫病がはびこる京から少しでも遠く離れた地での養生がなにより。太秦なら京の外」

「たとえ千里あろうとも広隆寺にお連れ申すのが最上。勧運和尚様はその昔、疫病を治癒、退散させること薬師様の如し、と京に知れ渡ったお方ですからな」

「ほう、そんな噂が和尚にあったのか」

「清経殿がお生まれになる前の話です。広隆寺の門前には貴権者、貧者を問わず市をなして疫病退散の祈祷と施療を頼みに殺到したと聞いております」

「それは初耳。ただ広隆寺近隣のおばば達が病になると施療を求めて和尚のもとに参っていた。広隆寺に静琳尼様を運ぼうと思いついたのは、和尚は名医だ、と治してもらったおばば達が申していたのを覚えていたからだ」

静琳尼は清経の腕の中で昏睡し始めていた。

「いかん、この疫病、深い眠りは黄泉への誘い、と言われている。亮斉、吾の上衣を静琳尼様にお掛けしてくれ」

高熱のためか静琳尼の身体がかすかにふるえている。亮斉は素早く清経の上衣を脱がせるとそれで静琳尼を包みこんだ。上空には相変わらずカラスの群れが舞っていて河原にも数えきれぬほどのカラスが黒く固まって息絶えた罹病者をついばんでいる。

「五十年を越える防鴨河使下部の日々、河原で起こる悲喜こもごもには慣れましたが九条河原で繰り返し繰り返し起こる惨状だけには未だに慣れることはありませぬ。見なされ、九条河原で目に入るものは死者と死を待つ罹病者とカラスども、それに罹病者を捨てに来る縁者だけです。こうした惨状が十年、あるいは五年に一度出現するのです。防鴨河使の任務は賀茂川の一条からこの九条までの保全と管理。だが六条から八条は葦小屋に占拠され九条河原は見捨てられた河原」

「嘆くことはあるまい。さきほど亮斉は石ころばかりの河原になる日は遠い先のように申したが、吾が生きているうちに賀茂の河原全て一条から九条が河原本来のすがすがしい姿を取り戻し、人々が行楽の場として押し掛けるようになる日が必ず来る。そう思わなければ防鴨河使などという令外の吹けば飛ぶような下級官衙でやってられないぞ」

「そう思えることが若いということなのでしょうな。若かりし頃、この亮斉も清経様と同じような思いで懸命に勤めて参りました。だが五十数年経った今も龍の岩はそびえ立ち、こうした惨状の繰り返し。もはや賀茂川と賀茂河原に若かりし時に託した思いは捨て去りました」

老いると言うことはこういうことなのか、と清経はあらためて亮斉の言葉をかみしめたが同時に動かしがたい重みに返す言葉を思いつかなかった。その一方で五十年後も賀茂河原はこのままの惨状と龍の岩が有り続けるとはどうしても思えないのだった。

「ここは川上から凍えるような風が吹き抜けてゆきます。それに河原まで牛車は入れません。後の踏査は蓼平等に任せて東京極大路まで静琳尼様を運びましょうぞ」

亮斉は寒さに耐えかねてか、あるいは静琳尼の様態を気遣ってか、少しでも九条河原から離れたがっているようだった。清経は静琳尼を抱えてゆっくりと河原を横切り東京極大路まで運んだ。昏睡したままの静琳尼は荒い呼吸を繰り返しているが苦しそうな面差しではなかった。

およそ半刻（一時間）後、

「おお、黒丸殿がこちらに向かって参りますぞ」

亮斉が東京極大路のはるか先に目を細めて眺めやった。やがて黒丸の巨体に引きずられるようにして牛と牛車が間近に来た。それにしてもなんと痩せた牛だろう、腰周りがそげて凹み、骨の形がはっきり分かる。車もひどく古く、速く走らせることなど思いもよらぬ、この牛にこの車、よく合っていると清経は感じ入って思わず苦笑した。すると今までの暗く沈んだ気持ちが僅かに軽くなった。

「この牛しか用意かなわぬと恵女殿が申されました。それにしてもこの牛、走ることを忘れたようなヨボ牛ですぞ」

黒丸は三人の前に牛車を止めるとため息混じりに告げた。

「無事に借りられただけで感謝せねばなるまい。ご苦労だった」

ねぎらいをかけた亮斉は、あらためて牛車と牛を検分する目つきになっている。

「ほう、これは糸毛車。それにしても色ははげ落ち見る影もない。さもあろう、あの荒廃ぶりからすれば手入れされた牛車など思いの外」

亮斉は防火のために延喜寿院に入り込んだときの荒れた様子を思い出したようだ。糸毛車は高貴な女性や身分の高い女官の乗用で宮中に仕える女房には許されていない。檳榔の葉を細く糸のように裂いたものを染めて車の箱を作る。糸の色によって乗る人の身分が判るようになっていた。牛車の色彩はほとんど剥げ落ちているが目を凝らしてみれば、所々に青い色が残っていた。青糸毛車は皇后、中宮、それに東宮、親王、摂関等の女しか乗ることが許されていない。この青糸毛車は院主がその昔仕えていた皇族あるいは摂関家から下賜されたものだろう。それら下賜された様々なものを保管することで院主はかって己が栄達を極めたことを懐かしむよすがとしていてもおかしくない、清経はそう考えると恵女にも顔を見せない延喜寿院の主の姿が少しだけ見えてきたような気がした。

黒丸に御簾を上げさせると清経はゆっくりと静琳尼を牛車の中に運び込んで寝かせ、清経の上衣をあらためて掛け直した。

「参りましょうか」

黒丸が手綱をとり、牛の尻を軽く叩くとのろのろと牛車が動き出す。痩せた牛に偉丈夫の組み合わせが亮斉には異様に映ったのか口の端をゆるめて穏やかな顔をした。

「どうやらうまく牛車を借りることができたようですな」

黒丸の横に並んだ清経が話しかけた。

「恵女殿にお会いして事情を述べましたところ直ぐに奥に伝えてくださりました」

「不審者と疑われずなにより」

「お美しいかたですな」

恵女をさしていることは分かっていたが、

「誰のことか」

と清経は聞き返した。その言い方にはどこか己が讃美されたような誇らしげな響きが含まれている。

「恵女殿は清経殿の名を吾が口にしたそのときから、てきぱきと取り計らってくだされた」

「あるじにお目にかかれましたか」

「いえ、不在とのことでした」

だが奥を仕切る女が対応し老舎人に牛と牛車を用意させると、どんなことでも手助けする、と述べたという、その配慮に黒丸は驚いたらしく、

「よほど清経殿は延喜寿院の方々に信用されておられるのですな」

としきりに感心する。

「牛車にどんな方をお乗せするか、その方はお尋ねにならなかったのか」

「もちろんお尋ねになりましたので静琳尼様のお名と病に罹られていることも告げました」

「それでも牛車をお貸しくださると」

「はい、なんと慈悲深い女性《にょしょう》、そのうえ手助けしたいとのお申し出。京人は権高で人を蔑むことしか能がないと思っておりましたが少し見直しました」

そこまでの対応をしてくれるとは清経も考えていなかった。貸すにしても渋々で、まして癩病者を乗せると聞けば拒むかもしれないが恵女が意を察して根気よく説得してくれたのだろう、そう清経は思った。そのうえさらに助力を申し出たともいう、おそらくその女性は満刀自であろう、その満刀自の思いやりに清経は暖かさ以上のものを感じた。

第六章　広隆寺

開け放たれた本堂に風がわたっていく。風は身を固くさせる冷たさを含んでいるが射し込む陽光には春を思わせる暖かさがあった。枯れ残ったススキの細葉の陰に餌を求めて数羽の雀が体を丸めてせわしげに動きまわっている。

静琳尼は本堂の庫裏に座ったまま群雀の動きに永いあいだ目をやっていた。

突然、雀が一斉に飛びたった。敷き詰めた砂利を踏みしめて老僧がこちらに向かって歩いてくる。老僧は顎に長い真っ白な髭を蓄えていた。痩身を包んだ墨衣は洗い晒して清々しく、なによりも白眉の下からのぞく穏やかな眼が、とがった顔立ちの輪郭を和らげていた。坊主頭に陽が当たり艶やかに光った。

老僧は静琳尼が座している庫裏の縁まで来て無造作に隣に腰かけた。

何か言おうとして静琳尼の口がかすかに開きかける、それを老僧が目で制した。二人は黙ったまま庭に目をうつした。

「雀を追い払ってしもうた。お経には雀と仲良くする術がしたためてないでの、どうすれば雀と親しくなれるのか今もって会得出来んのじゃ。悪く思わんでくだされ」

しばらくして老僧はつぶやくように言った。静琳尼は崩していた足を組み直し、老僧に深々と頭を下げた。

「雀を見ながら明日はお暇を致したいと考えておりました」

うつむいた頬を涙がつたってこぼれ落ちた。

「雀は無心にて愛でるが最上と申すが……。涙をお見せになられたのはここがどこかお分かりになられたということですな」

「目覚めていずこかで見た所だと気づきましたがすぐに思い起こせなくて……」

「この寺もずいぶんと荒れ果てましたからの」

「庫裏の彌勒菩薩様を目にして、ここが広隆寺だと気づきました」

「静琳尼殿と呼べばよいのかの」

「悲田院ではそう呼ばれております」

「院にいつから」

「もう八年になります」

「わしは八十になった。そなた様と最後にお逢いしてからすでに二十三年が過ぎております」

「ほんに二昔ですね」

「長い年月ですな」

「いまでも托鉢を続けておられるのでしょうか」

「細々との。なにせ、このボロ寺を維持していかなくてはなりませんからの」

「勧運様は昔とお変わりありませぬな」

「すっかり変わってしもうた。里人はわしを勧運と呼ばず風運《ふーん》と呼び捨てにする。なんでもわしが里の者と話を交わすとき、ふーん、ふーんと顎鬚を触りながら肯くのと歩く姿が風に運ばれているように心もとない姿なのじゃそうだ」

勧運和尚の名は広く京の街に聞こえていた。骨と皮ばかりの長身を風に漂わせて辻々を歩いている姿を京のほとんどの人々が目にしていた。和尚を異人だと噂する者もいた。黒い瞳でなく、焼き物の赤土の色に近かったためかもしれない。しかし今の勧運の風貌は穏やかで異形には見えなかった。

「ここに運ばれて参りました折のことを覚えておいでかの」

「まるで覚えておりませぬ。この様に衣着《ころもぎ》までお借りしてなんと礼を申してよいのやら」

「召していた着衣《べべ》や法衣は洗い干してありますぞ」

「どなたがお世話してくだされたのか、謝意を申し上げたいのですが」

「広隆寺の近隣には心優しいお婆が大勢おります。少しの間だけでもよい、お婆達の好意に甘えることも養生の一つと思いなされ」

九条河原で清経の胸に倒れかけたところまで覚えているがその後のことはまったく記憶になく、気づいたとき広い部屋に一人寝かされていた。法衣も白布も身につけておらず代わりに一番下に単《ひとえ》、次ぎに打衣《うちぎぬ》、そして小袿《こうちぎ》が着せられていた。気がついてから一日半、そのあいだ食べ物を持ってきてくれたのは見知らぬ年老いた女だった。

「その小袿でのお姿を見ていますと……。いや昔のことはなにも言わぬことにしましょう」

剃髪で肩のあたりまでしかない静琳尼の髪は異様に見えたが、それがかえって鮮烈な美しさとなっていた。

「清経様がこの寺にわたくしを伴われたのでございましょうか」

悲田院と離れた京郊外の北西、太秦の広降寺になぜ運ばれたのか静琳尼には分からなかった。養生をするならば静琳庵で薬王尼に介護を頼むのが理にかなっている。

「八日前の夕暮れじゃった」

勧運和尚は痩せて骨張った指で顎髭を撫でながらその時のことを思い出したのか目を細めてかすかに口元をほころばせた。

和尚、お久しぶりです、とその男は言った。和尚はすぐに清経だと気づいたという。

「あいつの声を聞いておるじゃろう。野太いが深みのある暖かい声を。わしは死んだときにあいつの読経で葬られたいと心底思ったことがあっての、坊主になることを勧めたが即座に断られた」

清経は和尚を庫裏の隅に連れていった。そこに尼が横たわっていた。勧運は一目見て尼が高熱を発して衰弱が激しいことを見抜いた。

悲田院の静琳尼様です。大事な方です。病を治せるのは和尚しか居りませぬ。そう言い残して清経は京に戻った、と和尚は話した。

「あいつを引き留めたのだが、寺外に牛車と二人の仲間を待たせているとのことで、静琳尼殿のことは何も話さずまるで逃げるように京に戻っていった」

そういって勧運和尚は静琳尼をやさしく見た。

「まさかと思いました。われとわが目をなんども疑いました。まぎれもない、遵子《じゅんし》様、あなた様が横たわっておられた」

「このように変わり果てたわたくしがよくお分かりになりましたね」

「私室にお移した際にお顔を覆っている白布がわずかにずれました。昔のままのお顔です」

「あのときは二十、今は四十四でございます。もうだれも昔のわたくしを覚えている者はおりませぬ」

「ここに……。いや昔のことは言いますまい」

勧運は枯れススキの葉陰に戻ってきた雀の群れに目をうつし大きく息をついた。静琳尼は目を閉じてかるく唇を噛んで動かない。

「わたくしがここに運ばれて八日も経つのですね」

「そうですな。この寺で長保四年の正月を迎えられ、今日が七草。運ばれてきた翌日に尼殿が見えられましたが門前にて引き取って頂きました」

「おそらく薬王尼でしょう」

十日後に訪ねるよう勧運は頼んだが薬王尼は介護看病をしたいと門前を動こうとしなかった。勧運は己一人で看護は十分でありそれ以外の者の看病は却って病状を悪化させる、と告げて門前を立ち去らせたという。

「清経様はその後いかがなされておりましょうか」

「今日までなんの便りもない。人に預けて安否も聞いてこぬ」

六十歳近くも年の離れた二人がどんな縁で繋がっているのか静琳尼には知る由もないが口振りから二人の親密な間柄が察せられた。

「河原を管理なさる防鴨河使、忙しい日々なのでございましょう」

「いまさら防鴨河使主典などが忙しく立ち回ったとて、どうなるものでもあるまいにの」

「京に異変が起こるたびに人が河原に押し寄せます。氾濫、疫病、飢饉で路頭に迷った人々の行き着く先は賀茂河原」

「特に今年の河原は悲惨だ」

「このような時に悲田院が流失してしまってなおさらです」

「野分の襲来は誰にも止められぬが裳瘡の流行は人知によって少しは減らせる」

「再建中の悲田院は以前のそれに比して粗末ですがそれでも罹病者には唯一の拠り所。ともかく京に戻ってみるつもりです」

「戻るのは薬王尼殿が来られた時になされませ。二、三日すれば参られるはず。そのころには憂いなく回復なさっておられましょう」

「その二、三日が惜しゅうございます」

「昨日、悲田院まで行ってみました。確かに再建中の院は昔日の偉容に及ぶべくもなく貧弱でしたが施療にあたっている方々は困窮者救済の心意気に燃えておりましたぞ」

「わざわざ行ってくだされたのですか」

「清経の奴、悲田院の静琳尼様と申した外は何一つ事情を告げなかったので托鉢と喜捨のお願いをするために京に参ったおり院の近くを通りかかったついでに様子を見に立ち寄っただけ」

太秦から賀茂川縁の悲田院までの往復に老人の足では小一日はかかる。八十歳の老和尚が疫病の猛威にさらされているこの時期、托鉢にわざわざ行かなくてはならないほど寺が困窮しているとは思えなかった。勧運はボロ寺と卑下するが広隆寺の寺域は広大で常時二十余人の修行僧が勧運を慕って勤行に励んでいる。托鉢は修行僧に任せているはずで、わざわざ悲田院まで赴いてくれた勧運の好意を静琳尼はつよく感じた。

「収容しきれぬ罹病者が悲田院近くの路傍に放置されておりませんでしたか」

「確かに放置されておりますが、それは悲田院周辺ばかりでなく京の裏路地や辻々にも見受けられました」

「それらの方の一人でも救えるならすぐにでも戻りたいのですが」

「今戻れば、また熱はぶり返しましょう。罹病者を介護するにはまずは御身健やかなことが肝要。尼殿が迎えに参られるまでここで静養なされ」

「勧運様の見立てではわたくしはまだ本復していないと?」

「御身は快癒しておりましょう。だが心の疲れはどんなものでしょう。清経がこのように京から離れた太秦広隆寺にお連れしたのは病の治療ばかりでなく、巷ですり減らした御心を癒すことも望んだからでしょう」

「ですが今日飢えている方達、明日死ぬかもしれぬ人達のことを考えるとすぐにでも戻らねばとの思いが募ります」

「戻って、また倒れるようなことになればそれこそ命取りになりかねません。悲田院を頼る数多の病人や困窮者にとってあなた様は大事なお方。ここでしばらく安静なさるのも御仏の心ですぞ」

静琳尼は本堂前庭の奥まった塀際に植えられた大きな欅の梢を嘆息まじりに見た。すっかり葉を落とした枝々に群雀が早春の陽を浴びて黒くかたまっている。その後ろに澄んだ空が広がって欅の小枝が漁網のように見える。雀声以外の音は何ひとつしない。二人はしばらく無言で梢にとまっている雀を眺めていた。

どれほど群雀の鳴き声を聞いていたのだろうか、庫裏の奥に人の気配を感じて静琳尼は振り向いた。足音は板張りの床に響いてこちらに近づいてくる。雀が先を争って梢から空に散っていった。

庫裏の中ほどに清経が立っていた。

「和尚、外から見るとここは無住寺のように荒れた風情ですぞ。瓦は欠け落ち、泥壁は禿げ崩れ、おまけに腐れ柱が数本折れている。その昔、当寺の建立を発願された聖徳太子様がこれでは泣きますぞ」

「この寺が今日まで持ちこたえられたのは無住寺の如く荒れたる風情のため。だからこそ時々の権者どもに嫉まれることもなくひっそりと在り続けられたのじゃぞ」

「しかし屋根に半分しか瓦がないのでは遠からず朽ち果ててしまいますぞ」

「おおそうじゃった。道々辻々を勧進して瓦の寄進を頼みまわらなくてはならん」

勧運は庫裏の縁から腰を上げると静琳尼に頭を下げた。静琳尼も無言で礼を返す。二人の挨拶はまるで見知らぬ者同士のようにぎこちなかった。それから勧運は清経に一瞥をくれて先ほど来た方へ歩いていった。

清経と静琳尼は勧運が建物の陰に見えなくなるまで無言で見送った。再び辺りが静かになる。清経は静琳尼の後ろに来て座った。

「ありがとうございました」

静琳尼は清経の方へ向きを変えようと座っていた膝を崩した。

「ご回復のご様子、安堵致しました」

和尚との豪放磊落な話し振りと違って、丁寧で絶え入りそうな声だった。静琳尼はその落差に笑みがこぼれた。

「和尚様とお話するときと随分異なった口振りですね」

「和尚とは小さい時から親子のようにして付き合ってきました。和尚には、つい憎まれ口を叩いてしまう。いけないと思うのですが口が止まらないのです」

「親子のようとは？」

「吾は小さい時にふた親を亡くしました。七歳の時、このボロ寺に引き取られ勧運和尚の手で育てられました」

身の上話を他人に話すのは初めてでひどく照れ臭く、すぐに話を打ち切って、

「薬王尼殿に頼まれて法衣と白布を届けに参りました」

と脇に抱えていた包みを縁に置いた。

「薬王尼は変わりありませんでしたか」

気がかりだったのだろう静琳尼は清経の方に体を向けると性急に尋ねた。いつも白布で頭部を覆い額さえ見せなかった素顔が清経のすぐ近くにあった。宮中の女房たちは眉ぬきしたうえに白粉を塗るため眉の跡が分からなくなるが、化粧をしていない静琳尼の額には眉ぬきした跡がかすかに青味を帯びて形良くのこっている。剃髪で紅をつけず歯黒めも引眉もほどこさない顔は髪上げする前の七、八歳の童女を思わせた。

「いつもの薬王尼殿のように見受けられました」

そう答える清経に静琳尼は瞑黙してから包みを開けた。法衣のほかに白布、数珠、下着、草履《げげ》などが入っていた。包みから微かな香が匂いたった。その香りはかつて清経が病人の濃密な死臭が漂う流失寸前の悲田院の薄暗い二階で嗅いだ香りと同じだった。

「薬王尼が安否を気遣ってここまで訪ねてきたとのことですが、わたくしがここに運ばれたことを清経様が薬王尼に伝えてくだされたのですね」

「報せたのは黒丸殿。薬王尼殿は報せを受けて、すぐにここまで参ったのでしょう」

静琳尼は包みから数珠を取り、左手に巻くと顔の高さに上げて目を閉じた。数珠の一粒ひと粒が透きとおり陽光でルリ色に輝くのを清経は幻でも見るようにして眺めた。

「これで清経様にお助け頂いたのは二度目ですね。改めてお礼を申し上げます」

上げた左手を下げて目を開けると静琳尼はゆっくりと頭を下げた。

「悲田院流失の折は亮斉が舟を寄せてくれたから、またこの度は広隆寺にお運びしただけで病を治したのは勧運和尚」

「皆様によって生かされていることをしみじみ感じております。御恩返しは永らえた命に代えて悲田院で勤めることだと心得ております」

「その悲田院ですが年々賀茂は暴れ川の様相を呈してきています。いつまた洪水で流されるかしれません」

「そのたびに悲惨な目にあうのは困窮者の方々」

「龍の岩さえなければ氾濫は減るのですが」

「龍の岩をなだめる方はないものなのでしょうか」

「岩を砕く鉄物《くがねもの》があればなんとかなりますが、それだけの鉄を防鴨河使で用立てられるわけがありませぬ」

「外の手だてはないのでしょうか」

「五条堤をもっと西に移し、川幅を広げればなんとか減らせましょうが、それには莫大な銭が費えます。やはり龍の岩を取り除くのが一番の安上がり。しかしその鉄を手に入れることは夢のまた夢」

「夢が叶うとよいのですが」

「いつかは叶うでしょう。それまで氾濫を小さく押さえるよう防鴨河使が精をだすしかありませぬ」

いつしか欅の梢に雀の群れが戻ってきていた。

第七章　回　想

（一）

長保四年（一〇〇二）春一月、朝勤行幸、下鴨社への巡幸、白馬節会《あおうまのせちえ》など宮中恒例慶事が軒並み中止された。裳瘡は下火になったがまだ終息してはいなかった。

焼亡した昌福堂など六堂四門の再建は二月から基壇の土盛に手を付けることが決ったが建築群の復興はその計画すら立っていなかった。地方から徴用した工人達は裳瘡流行に恐れをなし、京に行くことは死ぬことに他ならず、ならばと逃亡を企てる者があとを絶たなかったのだ。

その上、摂津、河内、丹波、若狭、山城には建築用材の備蓄がほとんどないことも判明、権大允藤原惟良は急遽、木材伐採を指示したが、建築材に仕立てるための乾燥に多くの日数を要するため、京への木材運び込みは当初予定より大幅に遅れることとなった。

大極殿、含章堂、昌福堂等の再建の遅れに伴い応天門を含む四門の再建は更に先送りされた。それに伴い高野川流域の杉檜伐採と河底浚渫は見合せることとなった。防鴨河使は常態に戻り一月は比較的手の空く月となったこともあって清経は二十日ぶりに広隆寺を再訪した。

「勧進はうまくいっているのですか」

勧運の居室で清経は挨拶もそこそこに尋ねた。

「例年なら貴顕者達がちょいちょいと喜捨してくれるが、あの大火と裳瘡、誰も相手にしてくれぬ。やむを得ず当寺の僧達が廃屋の瓦で使えそうなものを掻き集めてきて窮場を凌いでいる」

掻き集めの屋根瓦は色も形も不揃いで、これでは相変わらず雨漏りは続くに違いないと清経は案じる。だがその一方で広隆寺は弥勒菩薩などの仏像を雨漏りから守れる程度のボロ寺として在り続けるほうが相応しいとも思っていた。時の権力者から目を掛けられ庇護された寺々はやがて権力者が移れば見放されてゆく。細々ながらも権力から離れたところで信者からのわずかな喜捨で存続する寺は時を越えてあり続ける、そういつも勧運は清経に話していた。

「裳瘡も収まりはじめたようだな」

「漸く大路に人が戻りました」

「悲田院も少しは楽になるとよいのだが」

「静琳尼様が多忙から逃れるのは難しそうです」

「院に収容された罹病者の半数ほどが快癒したとの噂。ならば静琳尼殿は拙僧より名医」

「和尚は昔、病を治すこと薬師如来の如し、と言われたそうですな」

「だれに聞いたか知らぬが随分昔のことだ。昨今、京では拙僧を思い出す者も居るまい」

「薬師様の如しとは驚きです。吾は幼い頃、和尚を閻魔様の如しと思っておりました」

「口の減らぬ奴じゃ。まさか憎まれ口をたたくために参ったのではあるまい」

「暇になると和尚の顔を無性に拝したくなります」

「顔など見に来る暇があったら拙僧への孝行を考えたらどうじゃ」

「確かに和尚に孝行せぬうちに死なれたら泣くに泣けません」

「拙僧が死んでも泣くことはない。三途の川でおまえの泣き声など聞きたくもない」

「そう申されても吾は大声で泣きますぞ。泣いて泣いてその声が三途の川はおろか閻魔様まで届くほど泣き続けます。泣き声を聞きたくなかったらともかく長生きしてくだされ」

「おまえの両親は短命だった。その分拙僧が長生きしているのかもしれぬ」

「和尚の五つ歳下の妹が吾の母を産んだ。和尚は吾の叔父に当たる、そう聞いてますが」

「妹はおまえの母を産んですぐに亡くなった。そのくらいのことは聞かされているだろう」

「いえ、なにも。母は父と一緒になった縁についても口にしませんでした。あまり話したくなかったのかもしれません」

「おまえが幼すぎて話し相手にもならなかったのだろう。二人を結びつけたのは拙僧だ」

「それは初耳」

「拙僧と蜂岡殿の父とは旧知であった。それが縁で二人は一緒になった。蜂岡家は幾世代にも亘って防鴨河使判官《じょう》を勤める由緒ある家柄だ」

「防鴨河使はたった四十余人の官衙ですぞ。その判官が由緒ある家柄なのですか」

「防鴨河使は令外の官衙だが、遷都後すぐに創設され、二百有余年何度かの閉庁はあったが今に続いている。それだけ京人にとっては欠かせぬ官衙なのだ。防鴨河使下部達のほとんどの家系は代々蜂岡家を頭首と仰いで賀茂川を守ってきたのだ」

「亮斉や蓼平が陰になり陽になって吾を補佐してくれるのもその由緒ある家柄ゆえ、なのですか」

「でなければ知識も経験も浅く、おまけに短慮なおまえの補佐など誰がするものか」

「手厳しいですな」

「亮斉達はおまえに清成殿の再来であって欲しいと願っている」

「それは無いものねだりと言うもの」

「下部達にとって清成殿の死は悲嘆と失意と賀茂川防備の情熱を失わせるに十分だった」

「父はそれほど慕われていたのですか」

「下部達には父であり師であり兄でもあった。清成殿亡き後、下部達は落胆しながらも不平も漏らさず黙々と任務を遂行した。何故だか分かるか」

「亮斉等と共に働いていると賀茂川とともに寝起きし、賀茂川を敬い、恐れ、河水の一滴が亮斉等の血の一滴となって流れているのだと思い至ります。賀茂川は次から次へと息つく暇もなく防鴨河使に難題を突きつけ、京人はその解決を強要します。不平を漏らす暇など亮斉等にはありませんぞ」

「それもあろうがもう一つある。亮斉等は清成殿の嫡男が成人し防鴨河使庁に来る日を待ち望んでいたからだ。十七年も待ったのだ」

「それが吾ですか」

「そう、おまえをだ。亮斉や蓼平があのように再び生き生きと動き回るようになったのはおまえが主典として防鴨河使庁に参った時からだ」

「亮斉達がどう思おうと勝手ですが吾に父の再来を託するのは迷惑至極」

「迷惑であろうがなかろうが亮斉等はおまえを慕いおまえに清成殿を重ねるだろう」

「若輩の吾には荷が勝ちすぎます」

「おまえが蜂岡清成殿の嫡男である以上、その荷は担がねばならんのだ」

「荷を担がせるために吾の加冠を待って太政官が官位を授けたのですか」

「清成殿が亡くなって十七年だぞ。太政官にそのような配慮や温情があるはずもない。清経が清成殿の嫡男と知っておる者など太政官ではもう誰一人居らぬ」

「ではなにゆえ吾が従六位下の官位を授かったのか」

「拙僧が清成殿と同じ官位をおまえに賜るようにさるお方に懇請したのだ」

「和尚の願いを聞き入れてくれる貴権者が居るとは思えませんぞ」

「その昔、高貴な方の重篤な病を薬師如来の如く治して進ぜたことが何度かあったのだ。その中の一人に関わるお方だ」

「そのさるお方とはどなたですか」

「さるお方はさるお方としか申せぬ」

「そのお方の力で防鴨河使主典にしてもらったというわけですか」

「いや、そうではない。官位を授けてくれとお願いしたがどこかの省庁に奉職など叶わぬと思っていた。なぜ清経が防鴨河使に推挙されたのか拙僧には未だに大きな謎だ。謎ではあるが防鴨河使となった以上、亮斉等の望みを踏みにじるような行いは慎まねばならぬ」

「なにやらますます気が重くなりますな。官位を授かったことはそれなりに和尚に感謝しましょう。おかげでささやかながら官から幾ばくかの銭と米が支給されるようになり、和尚の世話にならず広隆寺を出て父が残した館で暮らせるようになりましたからな」

「あの館は十年もほったらかしてあった。時々拙僧が見回りに行って見ると驚いたことに家回りの雑草がきれいに取り除かれていた。おそらく亮斉等防鴨河使の下部達が代わる代わる管理してくれていたのだろう」

「和尚に言われる今の今までそのような亮斉等の気配りに気づきもしませんでした」

「拙僧の目が届かなくなったのをいいことに、京内を勝手気ままに彷徨し、腕力に任せて暴れ回り、京人から悪清経ともてはやされていい気になっておったのを見て、拙僧は官位の授与が良かったのか悪かったのか思い悩んだものだ」

「和尚、暴れ回れたのはたった一年半ですぞ。官位を授かった翌年突然、太政官から呼び出され防鴨河使主典を申し渡された時は天罰が下ったと思いました」

「今でもおまえのその時の顔をよく覚えておるぞ。まるで闇で突然殴られた牛のように面玉を丸くして怒っておったな」

「それはそうでしょう。広隆寺での堅苦しい暮らしから解き放たれ、気ままに京内を歩き回る日々はまさに得難いものでしたから」

「拙僧はおまえに何一つ強要したものなどない。寺蔵の書物や仏典をことごとく読破し、その上独学で算学を見事に会得したのはおまえ自らが進んで求めたもの。そうであろう。絶えていた蜂岡家を再興することに拙僧が力を貸したのだ。その上、父の跡を継いで防鴨河使になった。それは亮斉や蓼平達の願いでもあった」

「吾は親の跡を継いだなどと毛頭思っておりません。血筋とか由緒ある家を絶やさぬとかに心が動かぬのです。傾きかけた館を修復しないのも見えざる父や亮斉等の思いをどこかで重荷だと感じているからです」

「ならば僧侶になればよかったではないか。今からでも遅くない、この場でおまえのむさ苦しい髪を剃り落とし得度して進ぜる」

「僧侶はいけません。吾は僧侶になるにはあまりに血の気が多すぎます。和尚には申し訳ないが一番なりたくないのは僧侶です。その気持ちは今も変わりませんぞ」

「そう拙僧を悲しませんでくれ。おまえほど読経にふさわしい声を持った者は居らんぞ」

「和尚、安心なされ。このボロ寺で七歳から十二年間毎日和尚の読経を耳にして育った身、法華経でも阿弥陀経でもお望みの経文で和尚を黄泉の国へ送って差し上げます」

「相変わらずの憎まれ口、この世で拙僧にそのようなぞんざいでずけずけものを言う輩はおまえを置いて外に居らんぞ」

「和尚、吾が和尚をよろこばすような言葉を口に乗せたら、気を付けてくだされ。その時は和尚がすっかり弱って余命幾ばくもないときですから」

「ならば今すぐでも拙僧をよろこばすようなことを口に致せ。拙僧はもう八十路《やそじ》を一つ越えたぞ」

「そうでしたな。次に訪れる際には思い切り和尚に優しい言葉をかけましょう」

清経が笑いかけると勧運は目を細めて何度も肯く。二人にとって久しぶりの至福の一刻と言ってよかった。

清経を送り出した勧運は庫裏に戻ると座して瞑目し、長い間動かなかった。清経と談じていた晴れやかな表情は失せてどこかもの悲しげである。

「清経は二十三歳、そうかあれから二十四年も経つのか」

と呟いた。

（二）

二十四年前、貞元二年（九七七）、円融天皇が即位して八年が過ぎようとしていた。

五十をいくつか越えた勧運は京で広隆寺の高僧として名を馳せていた。法経が顕著であることもさることながら容貌怪異なことも名を知らしめた大きな要因だった。

黒く長い髭を顎にたくわえ、がっしりとした体躯に太い首、濃い眉毛の下には赤みがかった双眼が憂いを含んでおさまっていた。

早朝から陽が落ちるまで京の辻々に立ち、喜捨を受けながら路地や軒先に行き倒れた病人達を介護してまわった。喜捨は病人達の食物や衣類に使われた。来る日も来る日も勧運は辻々に立った。やがて京では勧運に介護された病人は必ず治癒するという風聞がながれた。京人は勧運の容貌を見て恐れ、勧運に接して尊敬と親しみを懐いた。

その年の五月のことである。

丑刻（午前二時）にまだ少し間があった。真夜中の広隆寺はさまざまな夜行性の獣の鳴き声が聞こえてくる。庫裏に続く私室で勧運は深い眠りに落ちていた。

「勧運様、和尚様」

枕辺で声がした。

「どなたか？　寺門は閉まっているはずだが」

名を呼ばれると同時に勧運が目覚めたのは仏道修行の賜物である。

山門は常時開けておくことになっていたが、数年前の疫病流行の折、勧運の名声を伝え聞いた癩病者が寺に引きも切らずに訪れ、その中に癩病者を装った夜盗が寺宝のいくつかを盗み出したため夜間だけ山門を閉めるようになった。

「怪しい者ではありませぬ」

男の声は落ち着いて悪びれたところがなかった。

「ならば白昼に出直されよ」

勧運が寝具の上に起き上がると黒い影は勧運の間近まで寄った。

「左大臣藤原頼忠が家人小黒麿と申す者」

身分ある者が深夜、広隆寺に忍び込んで枕辺に立つことに勧運は不審を抱いた。

「お願いがございます」

男が一礼して座した気配があった。

「これは内密にして欲しいのですが、実は頼忠様が高熱を発して伏せっております。このままではどうなるか、もし……」

小黒麿が言い淀む。

「もし、身罷ればせっかくの左大臣の座も水泡に帰す、と言うことかな」

言いにくいことを勧運が代わって口にした。

「巷での勧運様の噂は左大臣のお耳にまで届いております。法妙が病に効験あらたかであると」

「噂は真とは異なる」

勧運は舌打ちした。お経で病は治せない。病に罹った者の多くはほとんどが飢えで死んでいく。だから病人になるべく食物を与え体力をつけることが病気治癒になにより欠かせないのだ。確かに経を聞き、手を触れただけで治癒したと思われる京人も居なくはなかったが、それは初めから病を克服できる人なのだ。病退散に仏法の効はなく、まして信心の有無などさらに無縁であると勧運には思えた。

「寺外に牛車を待たせてあります。どうか四条邸までお越し願いたい」

左大臣の館は大宮大路西、四条大路北にあることから四条邸と呼ばれていた。

「断れば？」

「牛車と共に二十名ほどの舎人、雑色がいつでもここに踏み込めるように控えております」

小黒麿は平然と答えた。

その時、私室の戸が勢いよく開いて明かりを携えた大きな人の黒い影が戸口をふさいだ。

「和尚、ご無事ですか。勝元です」

爽やかで若々しい声だ。姿勢を低くした小黒麿は腰に帯びている太刀を抜き、声に向かって構えた。

「なにやら異様な気配。鼠が一匹、和尚のそばにいるようですな。おやその鼠、剣まで抜いているのですか」

勝元と名乗った男は恐れげもなく部屋に入り、携えていた灯明を床に置いた。

「何者か」

小黒麿は白刃を勝元に向けた。

「深夜、広隆寺に勝手に入り込んで、何者か、はなかろう」

勝元が陽気に言い返す。

「この寺に住まいしておる秦勝元という者だ」

勧運が穏やかに答えた。

「おぬしこそ何者だ」

一歩、勝元が近づいた。

「頼忠様の家人だそうじゃ」

勧運は小黒麿が秘密にしてくれと頼んだことなどまるで意に介していないようだった。

「おやおや、あの左大臣藤原頼忠様の」

そう言って勝元は床に腰をおろした。小黒麿はあっけにとられて声もでない。まるで脅しがきかないのだ。抜き身の太刀などはじめから無視している。

「どのような話かは知りませんがこのような夜更けに夜盗の如く訪れる者の話など聞くことはありませんぞ」

「左大臣様が病に倒れたとのこと。そこで拙僧に出向いて欲しいと言われる」

「左大臣様ともなれば中務省陰陽博士の有り難い御宣託や宮内省典薬寮が調合する薬で病などたちまち退散。なにもオンボロ寺の僧侶などに頼ることもありますまい」

勝元の口調は磊落《らいらく》そのものだ。

「その陰陽師達の宣託通りにしたのだが一向に効験があらわれぬのだ」

小黒麿の声は切羽詰まっている。

「陰陽師が額に汗して調伏しても回復しない。となれば和尚の法力をもってしても無理。深夜に和尚の枕辺に立ち、脅しつけて連れていこうとする。嫌々連れていかれた和尚に法力を期待するのはちと虫がよすぎぬか。法力は自ら勧んで祈ることによってあらわれるもの。帰られよ」

大きな声だ。秘密も内緒もあったものではない。

「お越し頂ければ望みの礼を致す」

「無理やり連れていけば病退散どころか祈り殺すかもしれぬぞ」

勝元が冗談混じりに応じた。

「わたくしはただ勧運殿をお連れ申せとの命を受けただけ」

「もし法妙が力及ばず左大臣様が身罷れば和尚はどうなるのだ」

勝元の声がにわかに変わり神妙な口調になった。

「わたくしがここに残りましょう」

突然女の声が開け放たれた戸口からした。三人が戸口を窺い見ると灯明の薄明かりに微かに透けて小柄な人影が立っていた。

「こ、これは遵子様」

小黒麿は太刀を収め、戸口に駆け寄った。

「お車でお待ちくださるようお願い申したはずです」

「遅いので来てみたのです。やはりわたくしが参るべきでした」

声に張りがあり衒いがない。

「頼忠が女《むすめ》、遵子です。勧運様が四条にお越しなされている間、わたくしが広隆寺に留まりましょう。もし勧運様がお戻りなさらぬときはわたくしを殺すなり、売るなり、どうとでもしてくだされ」

「和尚に代われる者はこの世にだれもおらぬ」

苦々しく言う勝元には先程までの勢いがない。

「遵子殿と申されましたな。左大臣様の大事な姫君。そのお方が深夜、郊外の寺を訪れるのは感心しませんぞ」

勧運の声も優しくなっている。

「和尚、行くしかありませぬな。左大臣様の姫様が直々に参られたのでは断るわけにも参らぬでしょう」

勝元の態度がコロリと変わったのに勧運は驚いた。勝元は灯明に浮かび上がった遵子の横顔に見入って惚けたような顔をしている。

「姫様の心情に免じて参りましょう」

勧運は一瞬に左大臣邸に赴く決心がついたらしい、立ち上がると法衣を纏い部屋を出た。

「お戻りになるまでここでお待ちしております」

入れ替わりに遵子が部屋に入った。

「いや、一緒に参られよ。頼忠様が命脈は頼忠様自身がお持ちになっている寿命、それが今日までのものならばどんな手立てをしても詮ないこと。拙僧はただ祈るだけじゃ。勝元そなた、供をせよ」

「そのつもりでした」

勝元が大きく頷いた。

四人が外に出ると傾きかけた半月が寺庭をうっすらと照らしていた。庭を横切り小門から寺外に出ると塀際に大小二台の牛車が待機していた。小黒麿の勧めに従って大きな牛車に勧運が乗ると続いて遵子も同じ牛車に乗り込もうとする。

「なりませぬ。遵子様はそちらのお車にお乗りくだされ」

小黒麿がオロオロ声でたしなめた。同じ牛車に男女が一緒に乗るのは珍しくないが、それは通常婚姻をしている者に限られていた。

「叶う限り速く走らせなくてはなりませぬ。わたくしの車の牛はおとなしいだけが取り柄の小柄な黄《あめ》牛《うし》、これでは四条に戻るまでに刻がかかり過ぎます」

さっさと乗り込んでしまった遵子は勧運の隣に座って出ようとしない。小黒麿がしぶしぶ出発の合図をした。

月明かりをたよりに遵子と勧運を乗せた牛車が急ぎに急ぐ。小黒麿、勝元それに二十名程の武装した家人達が牛車を囲んで一緒に走る。やがて一人欠け、二人欠けし、とうとう牛車と一緒に走っている者は牛飼童と勝元の二人になってしまった。勝元はほとんど息も切れていない。走りながらときどき牛車の簾を上げて勧運に冗談さえ言っている。

広隆寺から東へ約一刻（約二時間）、走り続けて四条邸へ着いたとき牛の鼻紐を握っていたのは勝元だった。牛飼童も途中で大路にへたりこんでしまったのだ。

（三）

勧運は直ぐに頼忠の寝所に通された。遵子と勝元が続く。隅々に備えた灯明が寝所を明るく照らしている。目を閉じて寝具に横たわっている頼忠の枕辺に一人の女性が座っていた。女性は頼忠の世話を任されている女房らしく、それなりの身分の高い出自のようだった。頼忠はかすかに目をひらいた。

「広隆寺の勧運でございます」

素早く勧運は頼忠の顔を窺った。

「造作をかける」

頼忠は荒い呼吸で喘いでいる。

「御坊は巷で多くの病人《やまいびと》を治してきたとのこと。わたくしはこの病に勝てるか」

起き上がろうとする頼忠を勧運は無造作に押しとどめ、長い間、仔細に観察した。

「人から恨まれ、怨霊にとり憑かれるようなことをなさりましたかな」

漸く勧運が口を開いた。

「左大臣ともなればさまざまな者から恨まれよう。心当たりは幾人もおる」

「左様、左様、数多の者が左大臣様を怨咀しておるでしょうな」

勧運が心地良げに言い放つ。

「だが、今は死ねぬ。今がわたくしにはもっとも大事な時じゃ」

熱で赤くなった顔をひきつらせる。

「人はどのようなときでも今このときこそが、かけがいのないもの」

「死にとうない」

頼忠が呻く。

「ならば生きたいと念じなされ。何があっても生き抜くと肝に銘じなされ」

「それでわたくしに取り憑いた怨霊は去るのか」

それに勧運は答えず、

「怨霊どもは気になさるな」

と諭すように言った。

「その怨霊を退散させる法妙をわたくしに施してくれぬか」

それにも勧運は答えず頼忠から女房へ目を移した。

「左大臣様に明日からしぼりたての牛の乳を差し上げなされ。嫌がっても口に押し込み是が非でも飲まされよ。それに鹿の生肉も添えますように」

「お言葉ですが、陰陽博士から精進の食物以外口をつけぬよう御宣託をうけております。乳牛院より乳脯《にゅうほ》を取り寄せればいかがでしょうか」

女房は口を歪めて抗弁した。女房にとっては鹿の生肉を食するなど考えただけでも嘔吐しそうで、まして牛の乳を飲むなど気持ち悪いに違いなかったのだろう。乳牛院は一条西洞院にあり、乳牛を飼い、乳師が牛乳を搾り、乳脯や酪《らく》、蘇《す》と呼ぶ乳製品を造っていた。脯とは乾肉のことで乳脯とはチーズのようなものである。これはもっぱら薬用として用いるもので、未加工で搾りたての牛乳を飲むことはなかった。

「拙僧が申した二つの物を心して食されることだけを考えられよ」

勧運は女房をたしなめるように告げた。

「鹿の生肉や牛の乳はどこにあるのでしょうか」

遵子が身を乗り出して尋ねた。

「さて、その食物《じきもつ》だが……」

勧運はそう言って勝元を見るとニヤリとした。勝元は嫌な予感がする。和尚が目を細めて嬉しそうな顔つきをするときは、いつも何か他愛もないいたずらを考えつくときだからだ。

「二つの食物は遵子殿とこの秦勝元の両名が力を合わせて調達し、頼忠様に差し上げなくてはなりませぬ。他の者の手を煩わすと拙僧の法力が霧散してしまいます。よいかな、二人だけですぞ」

勧運はかたわらの勝元を顎でしゃくるようにして指した。

「で、和尚はどうなされます」

楽しさで今にもくずれそうな勧運の顔を睨みつけた勝元は、このくそ坊主、一体なにを考えているのか、あきれてものも言えぬ、と心の中で叫んだ。

「広隆寺に戻る」

勝元は驚いた、ここに来たのは和尚の護衛で食料の調達をするためではない、戻るなら一緒に戻りたい。

「お戻りになる前に是非、怨霊退散の祈祷を施してくだされ」

女房が懇願する。

「頼忠様にとりついた怨霊はすでに落ちております」

勧運がもっともらしく部屋の四方に目をやる。

「陰陽博士はここに怨霊が満ちていると申して何度も祈祷を行いましたが一向に退散することが能《あたわ》なかったのです」

信じられないというように女房は部屋の隅々を見回す。

「万事は勝元の指示に従われよ」

勧運は再びニヤリとした。

「勧運殿、わたくしは治るのか」

立ち上がった勧運に頼忠は心細げな眼差しを向けた。

「よいかな、怨霊はすでに退散しております。後は頼忠様が病と戦うだけ。戦うのはあなた様一人、だれの助けも役にたちませぬ。生きることだけを考えなされ。今の地位に居続けたいのなら病と戦って勝たねばなりませぬ」

勧運は頼忠に顔を近づけ、ひたっ、と見すえた。

(四)

勧運の気まぐれで四条邸に居残ることになった勝元は落ち着かない。

殺生を堅く禁じているはずの和尚が鹿の生肉を調達しろという、なんともメチャメチャな命令だったが、今となっては従うしかない。

「館に仔牛を産んだばかりの母牛がおりますか」

勝元が遵子に尋ねた。

「丁度わたくしの牛車の牛が先日仔を産みました」

女が乗る牛車は性格がおとなしく小振りな雌牛を使用する。左大臣ともなれば牛車用の牛を常時十数頭飼育しているので、その中に一頭位仔牛を産みたての母牛がいてもおかしくなかった。牛舎は四条邸に隣接してあるという。勝元は女房に松明と小鉢を用意するよう頼んだ。

「これから雌牛のいる牛舎に行って参ります。遵子様は左大臣様のお側を離れませぬよう」

部屋を出ようとする勝元に遵子は当然のように後についてきた。

「二つの食物は二人で調達せよ、との勧運様の御宣託。一緒に参ります」

勝元は傍らにぴたりとつかれて思わず身を堅くする。お構いなしにさらに身を寄せてくる遵子に追い立てられるようにして二人が四条邸の中庭に出ると松明を持った男、数名が侍していた。

「どこに参られますのか」

女房に頼んでおいた小鉢を持った小黒麿だった。

「松明と小鉢をこちらへ」

遵子が催促した。

「遵子様はお館にお戻りくだされ」

牛車に乗った遵子を守れなかったのがこたえているのか、小黒麿にはさきほどまでの勢いがない。

「小黒麿。わたくしは童ではありませぬ。さあ渡してくだされ」

遵子が甘えた声で乞うと小黒麿は腑ぬけたようになって素直に松明と小鉢を渡した。勝元は思わず下を向いて口元をほころばせる。

「勧運様の御宣託で父が治癒なさるまで一切のお世話はこの方とわたくしで看ることになりました」

「このような男に任せてよろしいのか」

小黒麿は勝元への警戒を緩めていない。

「病を治すこと薬師様の如し、と聞こえた勧運様の御宣託です」

遵子が嬉しそうに言った。勝元は今にも吹きだしそうになる。なにが薬師様だ、和尚はいまだかつて一度も持って回った御宣託などしたためしがない。勧運に少しばかりからかわれたに過ぎない。それにしてもなぜ遵子はあのように嬉しそうなのか勝元には理解できない。父の病が篤いなら、もう少し心配して暗く振る舞ってもよさそうなものだ。

牛舎に向かいながら勝元はやや不機嫌な声でそのことを遵子に尋ねた。

「もし、父の命が危ないなら勧運様は必ずや四条邸にお残りになったはずです。それが勝元様だけがお残りになった。つまり、父の病は治るということです」

遵子は父頼忠の病気回癒を信じて疑わない、勝元はヤレヤレと思う。それほど左大臣の病は軽くない。いつ急変するかしれぬ。ただ勧運は頼忠を裳瘡でなく気の病からくる過労だと看立てたようだった。

邸と隣接した林の奥に牛舎はあった。二人のほかに誰も従う者はない。遵子が勝元の腕にしがみついてくる。香をたきしめた小袿から柔らかで暖かい香りが匂いたち、勝元の鼻孔をくすぐる。

「怖いなら、左大臣様の元にお戻りくだされ」

勝元はどう対処してよいのか困惑するばかりでついつい言葉つきは乱暴になる。

「怖いけどおもしろい」

ほとんど抱きつかんばかりにして歩く遵子に勝元はヤレヤレとまた思う。仕方がない、ともかく役目を果たしたら早々に四条邸から退散しよう、今頃、和尚は広隆寺への道すがら腹を抱えて笑っているに違いない。和尚の嬉しそうなからかいの顔が眼に浮かんだ。

牛舎の一番端に母牛と仔牛が繋がれていた。勝元は松明を灯明台に立てた。

「かわいい」

遵子が無造作に仔牛に近づいた。瞬間、勝元は遵子を背後から乱暴に押し倒した。倒れた遵子の上を母牛が角を立てて横切った。すぐに勝元の腕が遵子の両肩を優しく抱き立ち上がらせた。

「お怪我をなさらなかったですか。仔牛に無闇に近づいてはなりませぬぞ。母牛が仔牛を庇うのです」

遵子は眼を丸くして大きく頷いた。母牛が首に付けられた紐をいっぱいに張って遵子を威嚇している。遵子を後ろに下がらせて勝元はゆっくりと母牛に近づき、手を牛の背に置くと優しく囁くように言葉を発した。するとどうしたことか警戒していた母牛がおとなしくなり、勝元に擦り寄る仕種をした。遵子はまた眼を丸くしてその光景に見入った。

「さあ、そっと母牛に触ってみなされ。己は牛の仲間、そう心に念じるのです」

「少しだけお乳を頂戴」

言いながら牛の背を恐るおそる撫でると母牛は心地よげに遵子にもすり寄った。勝元はしゃがみこみ素早く母牛の乳に手をかけ持ってきた小鉢に乳を搾り込んだ。

牛舎から持ってきた牛の乳を頼忠はなにも言わずに飲み干した。生き永らえることが叶うなら牛の乳を飲むことなど頼忠には何の苦でもなかった。

左大臣の位を得たのは自らが望んだものではなく単に強運があったからで、他の公卿らをおとしめたり出し抜いたりした覚えはなかった。だからと言って他の者達から怨嗟や羨望を受けなかったというわけではない。気づかぬところで様々な者から恨まれているに違いなく、左大臣という地位は人の恨みや羨望が避けられないもの、そう覚悟しているが一度病に伏すと急に心が弱くなり、恨みを持ったまま死んでいった人々の怨霊が己を死の縁に引きずり込むのではないかという恐怖が頼忠の胸中を去来する。その気持ちを見抜いた勧運は『怨霊はすでに落ちております』と告げた。それで頼忠は急に体が軽くなり息苦しかった呼吸も楽になった。

夜が明けぬうちに勝元は小黒麿に用意させた馬を駆って東に向かった。左手《めて》に梓弓、右手《ゆんで》に手綱、背には五本の矢を背負っている。梓弓は弓丈八尺（約二メートル七十センチ）ほどの強弓で膂力に長けた者でなければ引けない。

四条河原で賀茂川を渡り、さらに東に走り、八坂神社の鬱蒼と茂った森に着いたとき夜が明けた。一緒に行きたいと言い張る遵子を叱り飛ばすようにして残してきた。馬に乗った勝元を見上げた遵子を思うと胸のうちが得体の知れぬもので熱くなってくる。今までに味わったことのない甘酸っぱいやるせない感覚に勝元は戸惑った。

馬から下りて八坂の森に入り一刻後、再び馬の元に戻ってきた勝元は大きな雄鹿を背負っていた。鹿の胸に一本の矢がつき刺さっていたが、ほとんど流血はない。矢が急所を射貫いていたのだろう。四条邸に戻った勝元を門外で遵子が待っていた。かついだ大鹿を見て目を丸くし、馬から下り立った勝元を見ると丸い目は急に細められて笑顔に変わった。

「お戻りになりましたのね」

いかにも嬉しそうに大鹿の背をぽんぽんと軽く叩いた。

「これより鹿をさばかなくてはなりませぬ。半刻もすれば左大臣様に生肉を差し上げられるでしょう。それまで遵子様はお休みなされ」

「いいえ、勝元様に助力致します。でないと勧運様のお言い付けにそむきます」

鹿をばらす手伝をするつもりでいる遵子に勝元は慌て、あのくそ坊主、とまたもや胸中で叫んだ。

こうして遵子と秦勝元の奇妙な組み合わせの共同作業が始まり、一日、二日経ち、三日、四日と過ぎていった。頼忠は目に見えて回復し、五日目には床があがり、牛の乳と鹿肉以外のものも口にするようになった。

十日目、勧運が四条邸を訪れた。勧運を迎えた頼忠は血色もよく幾分肥えてみえた。

「病に勝てた。これも勧運殿の法力があったればこそ」

頼忠は勧運の手を取り涙せんばかりに礼を述べた。頼忠のそばに遵子と勝元が座っている。ニコニコと笑っている遵子に比べ、勝元は幾分痩せて生気がない。

「礼はそこの二人に申してくだされ」

勧運が破顔して勝元と遵子を見くらべた。

「牛の乳も鹿の生肉も勝元殿が調達してくれた。ついては和尚殿に礼をしたいのだが何か望みはおありか」

頼忠は見違えるほど威厳に満ちていた。

「そこの二人の手厚い看病があったればこそ。勝元、なにか欲しいものがあったら遠慮なく申せ。今をときめく左大臣様じゃ、遠慮はいらぬ」

勧運がわざとらしく訊く。

「早く寺にかえしてほしい」

勝元がうつむいてポツリと言った。勧運は穴の開くほど勝元を見た。勝元は勧運の視線を感じて顔をうつむけ体を小さくして申し訳なさそうにして座っている。勧運はなおも見つづけた。

突然、勧運が口をあけ、体を反らせて大声で笑い出した。さもおかしくてたまらないらしく腹を押さえ、身をよじって目に涙をためて笑い続けた。勝元の顔が真っ赤になっていく。頼忠があっけにとられて勧運の笑いがおさまるのを待った。やがて勧運は笑いを納め、急に真顔になった。

「いかがした」

頼忠の怪訝な顔。

「とんだご無礼を致しました。いや、ここに来る道すがら暴れ牛が急におとなしい黄牛に変わってしまったのに出会いましてな、そのことを思い出したものですから」

勧運がちらちらと勝元を見る。

「はて、それがなにゆえ笑いの因となる」

頼忠には一向に分からない。

「和尚、左大臣様は見ての通りすっかり本復なされた。役目は終わりました。寺にもどりますぞ」

勝元は不機嫌な声で告げると腰を浮かした。それを無視して勧運は遵子に目を移すと遵子はまともに見返してきた。しばらく勧運は遵子を射抜くように擬視して後、かすかに頷くと今度は頼忠に向かうと、

「拙僧がこの室に入った時、異様な霊気を感じました」

と急にむずかしい顔になった。

「怨霊がまたわたくしに憑いたのか」

頼忠の表情が一瞬曇る。

「左大臣様は明日から朝議に参画されても一向に構いませぬ。十日でこのように快癒なされたのはまさに仏のご加護。だが……」

そう言って勧運は再び勝元と遵子を代わる代わる見ていかにも嬉しそうに破顔した。

「だが……、だが、どうしたのじゃ」

頼忠は勧運の笑いに気づくほど心に余裕がない。それより勧運の次の言葉が気掛りでならない。

「だが、そこの二人に少々厄介なことが起こっております」

「なに、遵子と勝元殿にか」

頼忠は驚いた様子だが声には己でなかったと言う安堵感がありありと表れていた。

「遵子殿、御父上を看病なされてから後、しばしば体が熱くなったり、頭がボーッとしたりすることがありませぬかな」

遵子が赤くなってうつむき小さくうなずく。勧運はニヤリとする。

「これ、勝元、おまえはどうじゃ」

ほとんど笑い出しそうな勧運。勝元は、ううっ、と呻いたきり浮かした腰を下ろした。

二人がうつむいたり、声が出せないのは余程体の調子が悪いのかもしれぬ。己の看病のためにそうなったとしたら、そう思うと頼忠の心中は穏やかでない。

「本来なら、頼忠様に憑くはずの怨霊がどうしたことかこの二人に憑いたようじゃ」

「なんとも奇怪。どうすればよい」

頼忠の言い方に余裕がでてきた。

「このまま放置すれば遠からず二人から放れ、頼忠様にとり憑くのは必定」

勧運がもっともらしく言った。

「な、なに、再びわたくしにとり憑くとな」

頼忠の声が震えている。勧運は頼忠の小心さに呆れた。こんな男が左大臣とは情ない世の中、それに比べ遵子はなんと爽やかで大胆かと思った。

「二人には四条邸から出て頂きます」

勧運がもっともらしく続けた。

「勝元殿は広隆寺に戻るがよかろう。だが、遵子はならぬ」

頼忠の顔が改まった。

「このまま遵子殿を四条邸に留め置けば霊はふたたび頼忠様に取り憑きますぞ」

「それはならん。勧運殿、なんとかそなたの法力をもって助けてくだされ」

「逃れるにはただ一つ、遵子殿をこの邸から離すこと」

「別邸が五条町尻にある。そこに移ってもらうことにしよう」

「なりませぬ。拙僧の寺にお越し頂きます」

「なに、広隆寺とな。してなぜじゃ」

「されば、遵子殿の憑きものを追い払うには拙僧が広隆寺本尊の御前にて法力の限りを尽くして祈祷しなくてはなりませぬ」

そこまで言われると頼忠は従わざるをえない。

その日のうちに供も連れずに徒歩で勧運、勝元、遵子が広隆寺に向かった。街中を牛車でしか通ったことがない遵子はたのしくて仕方ない。それにくらべ勝元は無口で不機嫌そうに見える。勧運はそんな二人を見てニヤリとした。

（五）

通りは初夏の風をはらんでいたがまだ暑くはなかった。

一日、二日と遵子の広隆寺での滞在が過ぎていった。寺内ばかりか周辺まで出歩き、楽しげに一日をすごす遵子の傍端には必ず勝元の姿がみられた。

十日が過ぎて小黒麿が広隆寺を訪れた。

「頼忠様よりの書状でございます。お読み頂いたら遵子様を邸にお戻し願え、とのことでございます」

勧運は受け取ったが読もうともしない。

「頼忠殿にお伝え願いたい。遵子殿はこれから一年間、ここに留まると」

「頼忠様にとって遵子様はかけがえのないお方。藤家の行く末を左右するお方です」

頼忠が今上帝に遵子を入内させ、姻戚関係になりたいと強く願っているのは容易に察せられた。遵子は頼忠にとってまさに掌中の玉だった。いつまでも京外の太秦、広隆寺にとどめておくわけにはいかない。一刻も早く四条邸に連れ帰り、入内の準備を急がなくてはならない。すでに遵子は二十歳になっている。帝の后としての適齢期を二、三歳も過ぎているのだ。頼忠が権力をふるえる左大臣の地位に留まっているうちになんとしてでも入内させたい。そんな思惑が勧運には手にとるように分かった。

己が病から立ち直ることだけがすべてだったのが、ひとたび生死の危機が去るや、貪欲に保身の術を張り巡らす。勧運は病に怯えて震えていた頼忠が別人のように思われた。

「遵子殿がなんと申されるか」

勧運は寺内を楽しげに飛び跳ねている遵子を思い浮かべ、それから勝元を思った。

「遵子様がどうであれ、四条邸にお戻り願います」

「まだ遵子殿には霊が憑いておりますぞ」

勧運が苦々しく言った。遵子にも勝元にもはじめから霊気など感じられなかった。二人が出会ったその時から強烈にお互いに魅せられてしまったことを勧運は見抜いていたのだ。だから勝元と遵子に頼忠の看病を任せたのだ。看病をしている間に二人はなんらかの答えを出すに違いない、そう勧運は考えた。十日過ぎて四条邸で勧運が見た二人はまさに霊がのりうつったかと思われるほどの相思相愛になっていた。このまま、二人を引き離すのは忍びないと思った勧運が嘘をついて二人を広隆寺に連れてきたのだった。

「頼忠様はそのことをいたく心に留めており、寛朝大僧正様にお伺いをたてたそうでございます。大僧正様が遵子様の霊気退散祈願法要を密かに敢行してくださるとのことでございます」

「ほう寛朝様が」

寛朝は東寺の大僧正で宇多天皇の孫である。頼忠は病床から勝元と遵子が惹かれ合っていくのが手にとるように分かっただろう、勝元はすぐに広隆寺に戻る。その間だけならば遵子との仲もかえって微笑ましいと思ったのかもしれない。だが広隆寺では監視のしようがない。遵子を四条邸に戻せと強要すれば遵子から憑きものがまだ去っていないことを理由に勧運は承知しないだろう。承知させるには京で名を馳せている高僧を当てることしかないと考えたのだろう。頼忠も馬鹿ではない、と勧運は思った。

「それでも広隆寺に留まれと申したらいかが致す」

「わたくしは遵子様をお連れすることを命じられただけ。寺外に五十名ほどの武装した者どもが控えております」

「なるほど、また力ずくと言うわけか」

「いえ、この度は検非違使も加えました」

「検非違使？　まるで拙僧が罪人のような口ぶりだな。で、如何なる理で捕縛する」

「遵子様、誘拐にございます」

小黒麿の口ぶりには左大臣の権力を持ってすれば如何なることも意のままに操れるという奢りが見え隠れしていた。

「致し方ない、遵子殿には四条にお戻り願おう。ついては頼忠様へお伝え願いたい」

勧運は憤怒の顔を小黒麿に近づけた。

「遵子殿の霊気はいかなる法妙を用いても退散能わず。たとえ東寺第一の長者たるお方が加持祈祷をなされても、これから一年間遵子殿の体内に霊がとどまるだろう。そう申し上げてくだされ」

「それはまことでございますか」

小黒麿は半信半疑だ。

「おぬしは瀕死の頼忠様を快癒させた拙僧の法力を信じぬのか」

勧運は大げさに顔をしかめ小黒麿の耳元でささやいた。

「滅相もない、一点の疑う余地もありませぬ」

「その拙僧が申すのだ。遵子殿はこれより一年、霊が落ちることはない」

勧運が割れんばかりの大声で言い切った。

（六）

五十の兵でかためた牛車が四条邸に着いたとき頼忠をはじめ弟の公任《きんとう》や女房、乳母、雑司までが遵子を鄭重に出迎えた。広隆寺に行っていた十日の間になにかが変わったと遵子は感じた。頼忠は血色もよく上機嫌である。

「おお、遵子、戻られたか。健やかそうでなによりじゃ」

遵子は広隆寺での暮らしが終わるかと思うと寂しくてならない。いや、それより勝元との別れがさらに哀しかった。だから四条邸で皆に迎えられたとき自身は悲哀に満ちた面差しで健やかであるはずがない。そう思うと父の言葉が白々しく聞こえた。

「わたくしはまだ広隆寺に留まるべき身」

父頼忠と二人だけになったとき遵子は不満をもらした。

「勧運の法妙はたしかに効験あらたかじゃ。広隆寺には丹後にある当家の荘園の一部を寄進して謝意をあらわすつもりでおる。それで勧運も異議はあるまい」

「わたくしに宿っている霊が出ていくまで広隆寺にとどまらぬと父様にまた災いがかかります。どうかもう一度、広隆寺にお戻しくだされ」

「おお、父のことをそれほどまでに思うてくれるとはなんと心がやさしいことよ」

頼忠は遵子に近寄り両肩を抱いた。

「だが、心配は無用。この父と遵子、二人のために東寺の寛朝様に加持祈祷をして頂くことになっている」

「勧運和尚様は寛朝様の加持祈祷では効験はないと申しております」

遵子はもう一度広隆寺に戻り、勝元に会いたい一心だった。

「ならば勧運和尚に四条邸に詰めて頂き加持祈祷を施して頂こう」

頼忠の目が細くなり鋭くなったがそれは一瞬で、すぐに笑顔にもどった。

「遵子」

急に改まった頼忠は座を正すと遵子の手を握った。

「今上帝への入内が決まったぞ」

握った手に力が入り、頼忠の目から涙が落ちた。

「なぜ黙っておる、遵子」

催促するように頼忠は握った手をやさしく振った。父の汗ばんだ手を感じながら遵子は勝元のことを考えていた。勝元のところへ戻りたい。勝元と言葉を交わしたい。勝元ならなんと言うだろう。勝元に逢いたい。

「円融帝には皇后様がおられます」

遵子は悲しげに呟いた。

天延元年（九七三）関白藤原兼通の女《むすめ》、媓子《こうし》が皇后となった。媓子このとき二十七才、円融帝十五才、どうみても強引で無理な立后だった。宮中の主だった参議が反対する中で頼忠だけが強力に賛意をあらわした。その立后からすでに四年過ぎているが二人の間に御子は誕生していない。皇后はすでに三十一才、しかも病を得てほとんど寝たきりだという。

「左大臣家の行く末はすべて遵子、そなたにかかっている」

頼忠は遵子の手を放し両手を床についた。五十四才になる頼忠の頭髪は真っ白だった。この歳の男親なら何人かの孫達に囲まれているのだが頼忠にはまだ一人もいない。父の期待にそって今上帝の御子を宿せるか、否、勝元を知ってしまった今となってはたとえ帝の后となっても叶わぬ、と遵子は思った。

「一つだけお願いがあります。もう一度だけ広隆寺に行かせてくだされ」

このままでは勝元のことを忘れられない。

「それだけはならぬ。入内は来春。だいじな御身。四条邸から出ることはならぬ」

頼忠のきつい言葉に遵子はそれ以上強くは出られなかった。

その日から遵子は再び四条邸で暮らし始めた。

三ヶ月が過ぎた七月のある夜、遵子の部屋に一組の男女が密かに呼ばれた。男は小黒麿、女は遵子を育てた乳母の娘で遵子より八歳年上の加々女である。

「これは二人だけに打ち明けるのです」

遵子はほかに人が居ないのを確かめ、声をひそめた。

「勧運和尚様が御宣託なされたようにわたくしの身体の中に霊が宿ったようです」

「霊が宿る？」

いぶかしげに小黒麿が問い返した。

「霊とは勝元様のお子のことです」

遵子がはっきりと答える。

小黒麿と加々女はしばらく声もでない。来春、円融帝に入内する女がこともあろうに懐妊しているという。とても信じられることではなかった。

「勝元様のお子を産みます。どうすればよいか二人の知恵を貸して欲しいのです」

そう言われても二人に妙案など浮かぶ筈もない。

「勧運様はこのことをすでに知っておられたのです。広隆寺に一年間とどまるように勧めたのはこうしたわけがあったのです」

遵子はひとり頷いた。

「すぐに頼忠様に申し上げなくてはなりませぬ。その上でこれからのことをお決め致します」

小黒麿が言えることはそれ以外になかった。

「言ってはなりませぬ」

「ではどうなされますか」

「勧運様と勝元様にお知らせしてくだされ」

遵子は強い口調で告げた。遵子の意志が固いのを悟った小黒麿は退出すると、その足で広隆寺に向かった。すでに闇があたりを覆っている。太秦の広隆寺へはこれで三度目、三度とも広隆寺は左大臣家の命運を握っていると小黒麿は思った。

広隆寺に着いたとき出迎えたのは勧運和尚ひとりで勝元は修行のために奈良東大寺に出向いたとのことだった。

遵子懐妊の知らせを受けた勧運はしばらく瞑想して後、

「おぬし、遵子殿のお味方か」

と尋ねた。

「わたくしは左大臣家の家司《けいし》、左大臣家に忠実を捧げております」

小黒麿は勧運の真意を探りながら答える。

「今からその考えを改めて頂こう。頼忠様にはこの重大事を乗り切れるだけの度胸も叡智もない。ない以上頼忠様には内密にことを運ばなくてはならぬ。それには遵子殿に強力なお味方が要る」

「それをわたくしにせよと」

「いや、すでに小黒麿殿は遵子殿のお味方になっておる。もし頼忠様第一と考えるなら、拙僧のもとに参るより頼忠様に注進しているはず」

小黒麿は返答に困った。そのことは何度も考えたのだ。左大臣をさしおいて広隆寺の僧侶ごときにこの重大事を託してもなんの解決があろうかと。その一方でこの重大事を切り抜けられるのは勧運和尚以外にないとも考えていた。

「もし、小黒麿殿にその覚悟がないなら即刻四条邸に戻られよ」

勧運がカッと目をむいて小黒麿をみすえた。小黒麿は弾かれたように身を引いて、大きく息を吸い込むとゆっくりと頭を上下した。

翌未明、勧運は墨染衣に身をつつみ四条邸の大門の前に立っていた。

案内を乞い、すぐに頼忠に会った。寝起きを襲われた頼忠の額に寝乱れた髪がところどころほつれている。

「昨夜、広隆寺で読経をしておりますと東の空から大きな火の玉が流れました。流れた落ちた先は四条邸」

低い声で告げる勧運に頼忠が嫌な顔を向ける。

「なぜわが邸と分かるのだ」

「しかも西の対の屋」

勧運は頼忠の疑惑に答えずに続けた。対の屋とは四条邸の本邸の東および西にある別邸のことで、その大きさや構造は本邸と同様だが造りは簡素にできている。通常、子女や家司などが住し、遵子もそこで暮らしている。

「遵子殿が気掛りです」

勧運が憂い顔で囁いた。

「やはり遵子か。どうすればよい」

「一年間広隆寺に滞在せねばならぬと申したはず。それを数多の兵をもって呼び戻したのは左大臣様」

「あの男と共に遵子を広隆寺に留め置けと申すか」

「勝元は東大寺に修行に出てすでに三ヶ月が経ちます。再び当寺に戻るのは十年後、いや二十年後になるでしょう」

「遵子はわが左大臣家の宝。円融帝のだいじな后がね」

「人は欲深になるものですな。拙僧が四条邸に呼ばれたとき、頼忠様は生死の境におられ、病を治すことが唯一の望み。あれからわずか四ヶ月、変われば変わるもの」

「和尚、わたくしは五十四、あと何年生き延びられるか、このほどの病でそのことを知らされた。少しでも動けるうちに左大臣家の行く末を磐石にしたい」

「磐石とは遵子殿の入内であると申されるのか」

頼忠が深くうなずいた。

「拙僧に遵子殿を預けられぬなら、来春まで何人たりとも遵子殿にお会わせになりませぬよう」

「そうしてくれると安堵致す」

「たとえ頼忠様でもですぞ」

「遵子の世話はだれが致す？」

「加々女殿と小黒麿殿のお二人にすべてを任せなされ」

火の玉をにわかに信ずるわけにもいかず、さりとて否定もならず、頼忠は承知せざるを得なかった。

勧運は頼忠のもとを辞すと遵子、小黒麿それに加々女が待つ西の対の屋に赴いた。

「さぞやのご心痛。拙僧が来たからには安心なされ」

慈愛に満ちた勧運の言葉に遵子は黙って頭をさげた。

「昨夜、赤光が四条邸に落ちたと頼忠様に申し上げた。遵子殿にお会いする方便だがの」

勧運は遵子の肩に手をおいて軽くぽんぽんと叩いた。

「小黒麿から聞きましたが勝元様は東大寺へ修行に参られたとのこと」

「遵子殿が四条邸にお戻りになった翌朝、これから東大寺へ参るので拙僧の修行仲間であった奝然《ちょうねん》に書状を認めてくれと勝元に懇請された。その書状を懐に奈良へ旅立った」

「わたくしになにか言伝はなかったでしょうか」

「あの男が大粒の涙を出してオイオイと泣きおった。滑稽じゃった。おかしいじゃろ。のう、遵子殿、笑ってくだされ」

遵子の目がみるみる潤み、涙が頬を伝わった。

「最早、選ぶことは叶いませぬ。すべてを捨てて入内なされ」

勧運が静かに言った。

「なにも捨てませぬ」

遵子は口を結んで首を横に振った。

「その覚悟はおありか」

「覚悟などありませぬ。ですがなにも捨てませぬ。わが身に宿った勝元様のお子も父がすすめる入内も」

「辛いことになりますぞ」

「勝元様との別れから比べればその辛さも小さいものに思えます」

遵子は流れる涙を拭おうともしなかった。

勧運が去ったその日から対の屋に遵子は籠り、かたく蔀戸を下ろして誰にも会わなかった。勧運は頼忠や弟の公任等肉親をはじめ四条邸の人々全てに遵子に話しかけることも会うことも厳しく禁じた。遵子の世話は勧運が許した小黒麿と加々女が担った。勧運は祈祷を行うという名目で十日に一度の割りで対の屋を訪れた。

夏が過ぎ、秋が来ても遵子は一歩も外に出ず、だれにも会わなかった。勧運は訪れるたびに頼忠のもとに赴き遵子は少しずつ良くなっているがまだまだ時がかかりそうだ、とむずかしい顔で繰り返すのみだった。頼忠は東寺の寛朝に相談しようとしたが、もし遵子に怨霊が憑いていることを世間が知れば入内することはむずかしくなると思うと黙って勧運の指示に従うしかなかった。

(七)

「勧運殿、遵子にはいつ会えるのだ」

頼忠が質したのは四条邸の池に氷が初めて張った晩秋だった。

「定かではありませぬ」

勧運はとぼけるしかない。遵子の腹部はすでに人目につくほど大きくなっている。出産月《うみづき》は来春二月、それまでだれ一人遵子に近づけてはならない。

「四月に遵子の入内を決めた」

「なぜそのように急ぎますのか」

「関白様が危篤におちいった」

関白太政大臣藤原兼通が病床に就いたのは夏だった。秋口の涼しい季節になっても一向に快方に向かわず、円融帝の御心痛もひとかたならず、陰陽博士を遣わし薬を送り届けるのだが悪くなるばかりだ、と頼忠は述べた。

「関白様と兼家殿の確執、京では五歳の幼子さへ知っているというから勧運殿もよく存じておろう」

先の関白藤原伊尹《これただ》には兼通と兼家という二人の弟が居た。

天禄三年（九七三）伊尹は五十歳で病死する。このとき四十八歳の兼通は権中納言、四十四歳の兼家は大納言だった。

冷泉天皇が即位した康保四年（九六七）まで兼通、兼家兄弟は仲良く同じ昇進を続けるが、この年を境にして四歳年下の兼家は頭中将、従三位、中納言へと順調に昇進し、兄である兼通を追い越してしまう。その上、兼家は女《むすめ》の超子を入内させ宮中での地位をより確実にしていった。関白職を継ぐのは兼家だとだれでもが思った。ところが、兼通は伊尹の病が篤くなると急ぎ参内し、十四歳になったばかりの円融帝に書状を差し出した。そこには『関白は兄弟の年齢順を違えず譲ること』と書いてあった。書状の主は円融帝の実母、安子である。安子は兼通の妹で、すでに八年前に逝去している。そんな書き付けがあるとはだれも知らない。しかし、円融帝は書き付けを亡き母の直筆と認めざるを得なかった。

兼通は弟兼家をはじめ上位六人の公卿を飛び越して関白の座を手に入れる。

「わたしが左大臣になれたのは兼通様の特別な引立てがあったからじゃ」

頼忠がしんみりした口調で言った。

兄兼通は常に弟兼家の明晰な頭脳に強い劣等感をいだいていた。位を極めていけばいくほど必要な才能が弟にはふんだんにあり、己にはないことがますますはっきりしていく。兄は弟を抹殺することに血道を上げることになる。そのためにはどうしても強い味方が必要だった。それが頼忠であった。

頼忠はこの時、右大臣の要職にあり、兼通より一つ年上で従兄弟の関係である。頼忠はおとなしく愚鈍とさえ評され、右大臣の職をいつ辞するかと宮中ではもっぱらの噂だった。

「兼通様はこのわたくしに同じ資質をみつけだのだ。わたくしは兼通様のこうした心中を痛いほどよく分かった。だから関白様にはけして逆らわず、補佐役に徹して誠心誠意勤め上げた」

頼忠の顔にうっすらと笑みが浮かぶ。

「宮内省、典薬寮の医師が先日、わたくしに密かに告げたところによれば関白兼通様がお命は池に氷がはる頃までしか持たぬだろうとな」

頼忠が目を転じた池には薄く初氷が張っていた。

「秋の陽はまだ氷を解かす力を持っておりますぞ」

薄氷に晩秋の陽射しが映えている。

「解けるだろう。だが明日はもっと厚い氷が池を覆う」

「なるほど」

勧運は半ば感心してうなずいた。地位が人を作るという諺どおり、頼忠は少しずつ図太く狡猾になっていく。愚直だけが取り柄だった頼忠にもうその面影はない。

「氷が張って後、関白職はだれがお継ぎになられるのですかな」

「だれにも分からぬ」

頼忠が険しい顔付きになる。

「関白に一番近い要職におられるのは左大臣頼忠様」

「近いが実に遠い。勧運殿、わたくしは遵子を早々に入内させる。遵子に親王様をもうけてもらわなくてはならぬ」

頼忠の表情がさらに険しくなった。

五日後、兼通は病身をかえりみず円融帝の御前に出頭し、最後の除目（人事）と称して頼忠に関白職を譲った。また、弟兼家が就いていた右近衛大将の職を剥奪し藤原済時に与える決定を下した。二人の仲は想像以上に憎悪でかたまったものだった。死を前にした兼通に帝は逆らえず、頼忠を関白にすることを認めた。官人、公家等は等しく頼忠を羨望し同時に兼家に同情した。病で錯乱した兼通が決めた関白頼忠という風聞が流れはじめていた。頼忠はそう噂されることが一番気にかかった。

十日後、貞元二年十一月、藤原兼通死去、五十三才であった。

（八）

翌、天元元年（九七八）春二月。

細く眉をひいたような三日月が東の山の端に上っていた。四条邸、西の対の屋に明かりが点り、そこに勧運、小黒麿、加々女が遵子の枕辺に集まっていた。

「遵子殿、心を強くしてお聞きくだされ」

勧運の言葉に遵子がゆっくりと頷いた。勧運はしばらく遵子の顔を痛々しげに見た。

「御子は死して生まれて参りました」

遵子の表情はまったく変わらなかった。耐えるしかないと覚悟をしているようだった。

「御子をみせてくだされ」

遵子が声を絞り出して頼んだ。

「なりませぬ」

勧運は首を強く横に振る。加々女の押さえて泣く声がかすかに聞こえた。

「すべて御仏の心のまま。これでよいのです。これしかないのです」

勧運の目が徐々に細められ鋭くなり遵子をみつめた。遵子は勧運の視線をはねつけようとしたがしっかりと捕らえられ、やがて無表情になり重たげに目を閉じた。

「ゆっくりお眠りなされ、そう、ゆっくりとな。目覚めた時、遵子殿は今までのすべてを忘れ、円融帝の后がねとして生まれ変わるのです」

目をつぶった遵子の表情が和らいでいった。

蔀戸が開かれ勧運と小黒麿が密かに庭にでる。二人は人影がないことを確かめて裏門から四条邸を出ると綾小路を一気に西へ走った。

「四条邸を出たときから何者かが吾等をつけております」

道祖大路を横切った時、小黒麿が小声で告げた。

「厄介なことにならねばよいが」

「次の宇多小路の辻を右に駆け込みましょう。おそらく吾等を見失った尾行者は一気に間を詰めてくるはずです。勧運様は先を急いでくだされ。わたくしは尾行者をそこで待ちます」

二人はそのまま数丁進むと綾小路と宇多小路が交わる辻を逃げ込むようにして素早く右に曲がった。

「手を貸したいが大事な預かりもの、とどまっているわけにはいかぬ。拙僧が西の対屋を去ったことが分かれば関白頼忠様はすぐにでも遵子殿に会おうとなされるに違いない。遵子殿のお身体は静養が必要。そこで関白様を七日間ほど遵子殿にお会わせせぬように取り計らってくだされ。くれぐれもあとはお頼み申す」

勧運が懐に両手をそっと当て小黒麿に頭を下げた。闇に消えていく勧運を確かめてから小黒麿は建物の陰に身を潜めた。丑刻（午前二時）をいくらか過ぎた辻に人影はない。月光に路面が白く浮き上がって見える。思った通り走り寄る人影が辻で立ち止まり闇を透かして辺りに目を配っているようだった。

「探しているのはわたくしか」

建物の陰から現われた小黒麿が男の行く手を遮って辻の中程に立った。不意をつかれた男は数歩後ずさりし、それから月の光に目を凝らして、

「いかにも」

と尾行を見破られたことを悟ったのかふてぶてしく応じた。

「何者だ」

「検非違使庁の者、と申せば思い当たろう」

「はて、分からぬ」

そう応じて相手を仔細に見る。確かに走衆装束で太刀を帯びているところを見ると検非違使庁の者らしい。

「では四条邸を警護している検非違使、看督長《かどのおさ》と申せば腑に落ちよう」

頼忠の関白職が決った昨年十一月から七名の検非違使庁の者が日夜を分かたず四条邸および頼忠の身辺警護にあたっている。

「看督長が任務を放棄して四条邸を離れ、わたくしの跡をつけるわけを訊こう」

「それは小黒麿様がよくご存じのはず」

「ほう、わたくしの名を知っているのか」

小黒麿は遵子の居宅にあてられた西の対の屋にずっと詰めている。検非違使の四条邸警護は寝殿造りの母屋の外回りに限られていて邸内はもちろん、そのほかの館に足を踏み入れることは堅く禁じられている。昨年十月から小黒麿は母屋との行き来を絶って西の対屋に籠もり遵子に仕えて屋外には希にしか出ていない。警護の者達に顔を見せていないはずだった。

「関白家の家司、小黒麿様を知らぬ者は検非違使庁には誰一人おりませぬ。勇猛果敢、沈着冷静、関白頼忠様が今あるのは小黒麿様があってこそ、そう京人は噂しております」

「世迷い言はどうでもよい。なぜ跡をつけた」

「真夜中に人目を憚ってどこに参られる」

「そのような詮索は無用だ」

「四条邸を出られた折は僧侶らしき者と一緒だったはず。姿が見えぬのは、その者は先を急がれた、そう思ってよろしいか」

「それを知ってどうするのだ。看督長は関白警護が任務。任務以外のことに首をつっこまぬことだ」

「そうしたいのですが見逃せぬ大罪を葬るわけには参りませんからな」

看督長は小黒麿に近づき自信ありげに告げた。小黒麿は大罪と聞いて瞬時に遵子出産の秘密が看督長に露見したことを悟った。どうして分かったのか、あれほど用心に用心を重ね頼忠にさえ近づかず、西の対屋に加々女と二人で籠って遵子の極秘の出産に備えたはずだった。

「何を申しておるのか見当もつかぬ」

看督長がどこまで知っているのか、また看督長以外の警護者も知っているのか、知っていれば七名のうちの誰なのか、もう少し探りを入れなくてはと小黒麿は考えた。

「見当がつかなければつくような言葉をお教え致しましょうか」

ふてぶてしい言い方は看督長が動かし難い事実を掴んでいる自信のあらわれのようだった。

「是非、伺いたいものだ」

「お断りしておきますが、この大罪を握っているのは吾一人とは限りませんぞ。万が一、小黒麿様が吾の命を奪うようなことになれば外の者がすぐにしかるべき所に訴えますぞ」

「おぬしを殺めたりせぬ」

言葉と裏腹に小黒麿の腹はこのとき決った。殺すしかない、だが看督長以外の仲間を特定し、その者も葬らなくはならないとなればうかつに手を出すわけにはいかない。

「昼夜を問わぬ四条邸の警護、さぞご苦労なことと思われるが今まで何名の者にご足労ねがっているのか」

「吾等は四条邸門外に警護の小屋、門内の庭すみに寝泊まりする家を借りております。そこに七名の者が張り付いております」

「七名の警護者は月ごとに替わるのか」

「つまり、四条邸警護者の総勢をお知りになりたい。そう申されるのですな」

「いや、いやしくも関白家の警護にあたる検非違使庁の者であってみれば選りすぐりを送り込んできているはず。そう思っただけ」

「申されるとおり、検非違使庁でも優秀な者を選りすぐったと思われます」

「お主もその一人ということか」

「さあ、吾がどうかは分かりませぬ」

「であろうな。選りすぐられた者ならば任務に忠実のはず。外のことに首などつっこまぬであろう」

「ともかく、選ばれたのは七名だけ。昨年十一月からこの七名で警護をして参りました。警護者の入れ替えはならぬと関白家からのご要望でしたからな」

「さて、見当がつくと申す言葉を教えてもらおうか」

小黒麿は言いながら懐に右手を入れた。

「おっと、その手をお出し願います。懐に物騒なものが仕舞われていること、承知。それに吾の口を封じても仲間の者がこのことを公に致しますぞ」

看督長は一歩退いて警告めいた言い方をした。小黒麿は手を懐から出すと素手であることを見せるように数度開いた手を振った。

「一度しか申しませぬ」

看督長が大きく息を吸う気配が小黒麿に伝わった。

「あ、か、ご」

看督長はひと言ずつ区切ってつぶやき、闇を透かして小黒麿の反応を確かめようと顔を突き出した。だが小黒麿は黙したままだった。

「何も返答がないところをみると心あたるようですな」

沈黙に抗しきれなくなった看督長がたまらず念を押す。

「大罪、赤子、何を言っているのか更に分からなくなった。一体、おぬしの思惑はなんなのだ」

「思惑をお尋ねなさるのは大罪、赤子に心当たりがある、そう読んでよろしいのですな」

「そうではない。根も葉もない世迷い言を告げるにはなにか狙いがあると思ったまでだ」

「狙いでなく望みですな」

「望み？」

「左様、栄達という望みでございます。関白様なら除目は思うがままでしょうからな」

「わたくしにその仲介をせよと？」

「吾は関白様に直にお目にかかれるほど官位は高くありませぬ。いずれ関白様、いや帝の御前に伺候が叶う官位を頂けると思っております」

「仲間が居ると申したがおぬし一人でよいのか」

「もちろん仲間にもお願いしたいものですな」

「おぬしを入れて何名の者を推挙すればよいのだ」

「二名でございます」

瞬間、小黒麿は一気に詰め寄り、看督長の胸に激しく己の肩をぶち当てた。不意をつかれた看督長は大きく後ろにのけぞったが、たたらを踏んで態勢を立て直すと腰を低くして小黒麿の腰に食らいついた。看督長ともなれば罪悪人の捕縛に何度も関わり、修羅場をくぐり抜けている。膂力も筋力も並の者の及ぶところではない。小黒麿は身体を大きくよじって腕から逃れようとしたが、看督長は渾身の力で容赦なく締め上げてくる。小黒麿は息を詰め両足を踏ん張ると一歩前に出た。こらえる看督長がわずかに腰を浮かせた。すかさず小黒麿は看督長に身体を押しつけながら沈み込んだ。締め付けていた腕の力が抜けた。小黒麿は身体をよじって腕から逃れた。両者は至近距離でにらみ合う。

「吾に手を出せば、事は公になると忠告したはずだ。もっとも小黒麿様に力では負けるとは思わぬがな」

看督長は剣を抜く間合をとろうとしたのか一歩後に退いた。それを察した小黒麿は一歩前に出る。看督長に剣を抜かれたら勝目はない。間合をつめておけば剣を抜く瞬間に看督長の懐に飛び込み、剣を封じられる。看督長がさらに一歩退く。小黒麿が一歩踏み出す。また看督長が一歩退く、小黒麿が一歩進む。お互いの鼻息がかかるほどの近さで睨み合い、二人は動かなくなった。しかし辻の中央でそういつまでもにらみ合いを続けているには危険すぎた。もうすぐ早起きの京人が辻に姿を現わすはずだ。小黒麿は気づかれぬように月を目に入れた。時々薄雲が月を覆うがそれでも辻にわずかな光は届き、お互いの動きを見失うことはない。だが西から東に流れる雲が少しずつ増していくように思えた。油断なく看督長と対峙しながら小黒麿は雲の動きにも注意を払った。四半刻も過ぎただろうか、突然月が厚い雲に覆われ闇が増した。その時を待っていた小黒麿は腰を折り、頭を突きだして看督長の胸に激しく当った。看督長が大きく後ろにのけぞった隙をついて素早く看督長の背後に回り込み首に両腕を巻き付けた。看督長は剣を抜いたが背後の小黒麿に刃先は思うようにとどかない。それでも苦し紛れに振り回す剣が小黒麿の肩先をかすめて皮膚を切り裂いた。しかし、それ以上の深手を与えるには至らず剣は空を切り裂くばかりだった。苦しさに看督長は剣を投げ捨て両手で首に巻き付いた腕を解こうと掴んだが、小黒麿は容赦なく腕を締めていった。月はまだ雲の中である。看督長がむせるような声を出すと小黒麿の腕にかけた手の力を抜いた。小黒麿は腕がしびれてくるのをこらえて更に締め付ける。看督長の両足の力が抜けて体の重さが小黒麿の腕にのしかかった。たえられず小黒麿は看督長と共に倒れ込んだが両腕は首に巻き付けたままだった。月が雲から出たのか辻に薄明かりが戻った。小黒麿は投げ出された剣が月光に白く反射しているのを見届けると初めて看督長の首から両腕を解いた。ゆっくり立ち上がると剣を拾い、逆手に持つと看督長の首筋を突き通した。看督長が絶命したことを確かめた小黒麿は月を見上げ、むせるように大きく何度も息を吐き、それから四条邸に向かって歩み出した。道々、小黒麿は看督長に推挙する人数を尋ねたのに対して二名と応じたことに考えを巡らしていた。四条邸を警護する六名の中に看督長と組んだ者が一人居る、その者を特定し、おびき出して口を封ずることが関白家、いや遵子を守る唯一の道だ。小黒麿はそう己にいいきかせた。看督長と組んだ男が四、五人であると告げられたら殺害でなく外の手を考えたはずだ、だが一人ならば密告する前に探し出せると小黒麿は読んだ。

四条邸の裏門に着いたとき東の空が白く光りだした。ひところの寒さに比べると凌ぎやすくなったがそれでも体の芯まで凍えるような夜明けの一刻であった。裏門から入った小黒麿は門の掛け金を掛け西の対屋に寄らず母屋の関白の寝所に赴いた。

早朝の訪れに関白は遵子になにかよからぬ事が起こったのかと腫れ物でも触るような気持ちで小黒麿を迎え入れた。小黒麿が関白に会うのは五ヶ月ぶりであった。

「遵子になにかあったのか」

頼忠は性急に質した。

「今朝、未明、勧運和尚は広隆寺に戻られました」

「すると遵子の憑き物は失せたのだな」

頼忠は明るい声で問うた。

「まことに、喜ばしいことにございます」

「よし、すぐに西の対屋に参り遵子に会おう」

頼忠は今にも遵子のもとに行きたい口ぶりだ。

「お待ちくだされ。勧運和尚は戻る間際に、七日ほどはまだ誰にも会わぬようにと堅く命じられました。どうか七日ほどお待ちくだされ。しかし、もう遵子様は大丈夫でございます」

「七日経てば遵子はわたくしと一緒に住めるのだな」

頼忠は安堵した声で応じた。

「その間、わたくしは御本邸と西の対屋を行き来することになりますことをお許し願います」

「五ヶ月もの間、苦労をかけた。なんどおぬしを呼び戻して政に参画して欲しいと思ったことか。今日からまたわたくしの側で仕えてくれ」

頼忠が胸を撫で下ろす様が小黒麿には手に取るように分かった。寝所に朝の光はなく看督長と死闘で傷ついた小黒麿の容姿を頼忠は全く気がついていないようだった。

その日の午後、早速頼忠から呼び出しが掛った。頼忠の居室に駆けつけると二人の男が部屋隅に控えていた。小黒麿は風邪気味と称して直垂《ひたたれ》を着込んでいた。直垂は寝具の上掛けとする衾《ふすま》の直垂と武家の正式装束となった直垂の二種があるが、もちろん小黒麿が着用したのは衾の直垂である。現今のかいまきやどてらの系統で厚手のもに仕立てられ体をすっぽり覆う。小黒麿は負った傷をこの直垂で巧みに隠した。

「検非違使別当藤原為輔殿とここを警護する大志殿《だいさかん》だ」

頼忠は素っ気ない口調で二人を小黒麿に紹介した。看督長殺害の一件が露見したことを小黒麿は察知したが何気ない顔で二人に頭を下げる。

「為輔殿は今朝方、綾小路、宇多小路の辻で検非違使が殺害されていたとの知らせを持って参ったのだ。しかもそれがわが邸を警護する看督長らしいのだ」

頼忠は苦々しげな表情を二人に向けた。両者はうつむいて顔を上げない。

「なぜ殺害されていたのか質したのだが要領を得ぬ」

頼忠の顔から不機嫌さが見て取れた。

「わたくしはこれから内裏に参らねばならぬ。あとのことは小黒麿と話し合ってしかるべき処置をせよ。ただ一言だけ申しておく。よく存じていると思うがわたくしの女《むすめ》、遵子が近々入内することになっている。そのことを念頭に入れておけ」

頼忠はそう命じて部屋を出ていった。

「相当のご立腹のご様子」

頼忠の足音が遠ざかるのを耳にしながら小黒麿はおもむろに二人に向きなおり、そこでわざとらしく咳をした。

「頼忠様は遵子様入内に差し障るのを御懸念なされておられる。四条邸を警護する者の殺害が世間に流布すれば死穢を払うため入内が延期されることにもなりかねない。看督長殺害の捜索は秘密裏に行わなくてはならぬ」

小黒麿は顔をうつむけ言葉を選び感情を抑えて話した。

「看督長は警護中に持ち場を離れるような不心得者ではありませぬ。まして四条邸から、はるか離れた宇多小路の辻まで出向かなくてはならぬ用などないはず。これはなにか深い訳があるにちがいありませぬ」

大志は腑に落ちぬと言いたげに首を横に振る。その様子から大志は看督長と組んでいる仲間ではないようだと小黒麿は思った。四条邸警護は大志を筆頭に看督長一名、火長二名、下部三名の七名が当たっている。下部は無位でありどんなに顕著な業務成果をあげても下部以上の職階に任命されることはまずない。それを考えれば火長二人のうちのどちらかが看督長と組んでいる男と考えるのが妥当であると小黒麿は推察した。火長は衛門府の衛士が推挙されてなるのが通常で出世欲も名誉欲も人一倍強い者が多いのだ。

「大志殿に看督長は断わりを入れて出かけられたのか」

小黒麿は敢えて聞いてみる。

「昨夜は夜間警護から看督長は外れておりました。警護の者誰一人、看督長外出の報告は聞いておりません」

「大門は警護の者が厳しく検問をしているはず」

「看督長の姿を見かけた警護の者はおりません」

「では、他の門から密かに出たのか」

「吾等は大門のみの警護監視。おそらく綾小路沿いの裏門から出たと思われます。真夜中に、しかも皆に気づかれぬよう裏門から密かに退出しなければならない何かが、看督長に起こったに違いありませぬ」

「その何かとは関白家に関わりのあることか」

小黒麿は何気ない素振りで質す。

「関わりがあるならばこの警護を束ねるわたくしに告げるはず。深夜ひそかに持ち場を離れて勝手な振る舞いをしたのは私的で人に知られたくない何かがあったからでございましょう」

「私怨が絡む殺害を関白家に絡めて京人や官人が噂することは避けねばならぬ」

「心得ております。だからこそ取るものも取りあえずこうしてご指示を仰ぎたく参上致したこと、お汲み取りくだされ」

二人のやり取りを張り詰めて聞いていた為輔がとりなすように言った。

「この件は秘密裏に処理するのが肝要。そこで尋ねるが看督長殺害を知っている者はお二人のほかにどなたか居りますか」

それは小黒麿がもっとも訊きたいことであった。

「遺体を引き取りに行った下部二名と放免二名の他に知っている者はおりませぬ。もちろん四条邸警護の者は皆存じておりますが」

「それ以外の者に露見せぬよう検非違使庁別当為輔様の面子にかけて守るよう肝に命じておいてくだ

され」

「心得ました」

為輔は平身して承った。まかり間違えば検非違使別当の職をはく奪されかねないと自覚している様子に小黒麿は内心安堵したが、看督長と組んだ男が居る以上、ことは露見しかねない。それを阻止するにはその男を探し出し口を封じなくてはならない、と小黒麿は意を強くする。

「今後の四条邸警護を別当殿はどうお考えか」

「されば、新たに大尉《たいじょう》を着任させ警護の引き締めを致す所存」

「まさか大尉にこの件を伏せておく訳ではありますまいな」

「関白様の意を十分に含めて着任させます」

「この件は極秘裏に処理することが肝要。大尉が着任となれば大志殿を更迭させることにもなりますぞ。それは大志殿にきつい処置ではないか」

大志の二階級上が大尉である。別当、佐《すけ》（次官）に次ぐ高官で坂上・中原両家が代々任じた由緒ある職であった。

「大尉を着任させれば口さがない官人は鵜の目鷹の目で詮索し噂をするでしょう。ここは大志殿に引き続き任せて何事もなかったようにふるまうのが良策。看督長の補充は無用と心得、六人で引き続き警護をお願いしたい」

「仰せのとおりに従います」

穏便に済むならば別当に否応はない。大志も安堵の表情で頷いた。

二人を邸から退出させた小黒麿は直垂を脱ぎ捨て庭を抜けて雑舎が並ぶ一角まで来て足を止めた。そこから大門とその隅に隠れるように建てられた検非違使警護の官人宿泊兼休憩室が望めた。その晩から小黒麿は宿泊兼休憩室が見張れる雑舎の一つに入り見張りを続けた。看督長と組んだ男が行動を起こすとすれば非番の時で警護仲間に気づかれぬ真夜中だろうと睨んだからだ。

四日後、三条河原に惨殺された男が遺棄されているのを京人が発見し、京職に知らされた。京職の者が駆けつけ検分したが身元は判明しなかった。衣服は着けておらずそのうえ顔面がひどく損傷して判別が難しかったからだ。

その同じ朝、大志が沈鬱な面もちで小黒麿に面会を求め、昨夜火長が出奔して戻ってない、と告げた。

再び検非違使庁別当藤原為輔が四条邸を訪れ、頼忠、小黒麿、為輔、大志の四名が顔を合わせた。出奔した火長と河原での惨殺体と関連があるのか、またないなら火長がなぜ出奔したのか、さらに殺害された看督長と火長との関連も話し合われた。頼忠、為輔、大志の三名は河原の惨殺体と火長は同一人ではない、と判断し、さらに看督長の殺害とも関わりがないということで一致した。小黒麿は終始無言で三人の話に耳を傾けているだけで一言も己の思いを述べなかった。

「これを受理願います」

ひと段落したところで為輔は懐から書状を取り出し頼忠の前に置いた。頼忠は無言で受け取ると無造作に開いて読む。そこには関白家警護の失態の責任を取って検非違使別当の職を辞することがしたためてあった。

「今は遵子入内の大事な時。四条邸がこぞって祝っている、そのさなかにおぞましいことなどを持ち込むことは一切ならぬ。よいか、看督長と火長のことは一切なかったのだ。となればこの書状もないことになる。為輔殿が心掛けることはこの失態を極秘に葬ること。それが叶えば来春の除目に為輔殿は安堵と至福を味わえるかもしれませんぞ」

頼忠の言葉巧みなことは宮中で誰一人知らぬ者はない。藤原北家主流の確執で偶然得た関白の地位ではあるが、頼忠の政敵を作らず穏便にことを運ぶことに巧みな人柄も、おおいに寄与していることは確かだった。そのことが公家の一部には時として優柔不断に見えることもあり、関白として物足りなさを感ずることにもなっていた。

「必ずや遵子様入内に検非違使警護の失態が影を落とすことがないよう取り計らいます」

為輔は平身低頭して何度も謝意を述べた。藤原為輔は中納言で兵衛府の督《かみ》（長官）でもあり、検非違使別当を解かれてもさして苦になることはないのだが、関白から除目に際して至福を味わえると聞かされれば決して悪い気がしない、是が非でも二件の失態を極秘裏に処分するよう腐心するに違いない、と小黒麿は思った。

その二ヶ月後、天元元年四月、遵子は入内して後宮の襲芳舎《しほうしや》に移った。

襲芳舎は別名、雷鳴壺《かんなりのつぼ》と呼ばれていた。この庭の木に落雷があって木が枯れたのにそのまま植え替えることもなかったのでそう名づけられていた。

頼忠は飛香舎《ひぎようしや》を強くすすめた。飛香舎は藤壺とも呼ばれ、藤、菊、紅葉、女郎花などが咲き乱れる明るい殿舎である。だが遵子は胸中に期するものがあるらしく、雷鳴壺にひどくこだわり、父の反対を押し切ってこの殿舎を選んだ。

遵子が入内した翌日、小黒麿が四条邸から姿を消した。その失踪を遵子は知る由もなかった。

同年八月、藤原兼家女詮子《せんし》が入内し、飛香舎に入った。遵子より五つも年下の色の白い美しいひとであった。

十月、冷遇されていた兼家が右大臣に叙せられる。

翌、天元二年（九七九）円融帝皇后媓子が逝去、三十三才の若さだった。

天元三年詮子、懐仁《かねひと》親王を出産。

御子が授からない遵子に頼忠は気をもむが、これぱかりはどうにもならない。

天元五年（九八二）、焦った頼忠は関白の地位を利用して強引に遵子を皇后にする。

通常、親王を出産した女御や更衣、御息所の中から立后することが慣例化しているが、五十九歳の頼忠に遵子の親王誕生を待つ猶予はなく、あと何年生きられるか、はなはだこころもとなかった。

人々は遵子皇后を『素腹の后』と呼んだ。しかし、それは必ずしもあざけりや皮肉の呼称でなく、どこかに同情と憐憫も含まれていた。遵子は巷のそうした噂に全く頓着しなかった。宮中では遵子が皇后となって以来、円融帝が一度も殿舎にお渡りがないという噂がたっていた。この噂に対しても遵子は泰然自若として顔色一つ変えなかった。

寛和元年（九八五）、四歳になった懐仁親王が健やかなのに安心してか円融天皇は譲位し、右京郊外、衣笠山西南麓に円融寺を建立して出家、法名を金剛法と号し、法皇となる。この時、円融帝二十七才、遵子二十九才、遵子入内から八年が過ぎていた。

円融帝のあとに実弟師貞《もろさだ》親王が花山帝として皇位を継承するが、二年後、寛和二年（九八六）懐仁親王践祚、一条天皇となった。詮子の父藤原兼家は帝の外祖父となる。水が高きより低きに流るる如く関白職は遵子の父頼忠から詮子の父兼家に移った。

頼忠、遵子の噂が京人の口から聞かれなくなったのはこの頃からだった。かわって兼家、詮子が宮中をはじめ京中で華やかな話題を繰り広げることになった。

永祚元年（九八九）頼忠、失意のうちに死去、関白職を退いて三年後、六十六才だった。

さらに二年後、正暦二年（九九一）円融法皇が三十三才で崩御する。

一条天皇の国母詮子は時を置かずに出家、兼家の邸宅が東三条にあったことから東三条院と呼ばれるようになる。一方、太皇太后となった遵子は実弟の大納言公任のもと四条邸に身を寄せ、四条宮と呼ばれるようになったがその姿を見た者はいなかった。

第八章　龍の岩

（一）

恵女を通じて防火助勢の礼がしたい、との申し入れに応じて清経と亮斉が延喜寿院を訪れたのは春真っ盛りの三月である。

恵女に導かれた母屋入り口に臈たけた女が二人を待っていた。

「わたくしは奥向きを任されている満刀自と申す者。過日は防火のご助勢、有り難く思うております」

気品のあるふくよかな顔立ちで実に所作が優雅である。

「お招きにより罷り越しました」

気取った声で応じた亮斉は惚けたように満刀自を見つめている。すっかり枯れて恐妻に甘んじているとばかり思っていたが、どうやらそうではないらしいと思わず清経は笑みをこぼす。

「見ての通り院に昔の面影はありませぬ。院主様が庭、館すべて一切、補修や改修を禁じております。ここにはお礼に差し上げるような高価なものはありませぬ」

満刀自は諦めた口振りである。

「どうかお気遣いなく。礼など当てにしておりませぬ」

清経を押しのけて亮斉が一歩、満刀自に近づく。

「院主はお越しの方を雑舎《ぞうしゃ》に案内せよとのことでした」

雑舎は院のさまざまな器物を収納しておく納屋のことである。満刀自は恵女を先に立たせ、庭を横切り、寝殿の北側に位置する雑舎に二人を導いた。朽ちかけた板戸の所々に穴があき、風雨にさらされてほとんど雑舎の役割を果たしていないようだった。

「お見苦しいかぎりでございます」

「手入れの行き届かぬはいずこも同じ、お気遣いなされますな」

亮斉の声はこれ以上出せぬと思われるほど優しい。

「そう申して頂くと幾らかは気が軽くなります。ここからは恵女に案内させます」

軽くほほ笑み、三人を残して寝殿に戻っていく満刀自を亮斉は惜し気に見送る。

「お美しい方でしょう」

恵女は亮斉の挙動に思い当ったのか、からかいの笑顔を向ける。亮斉はあわてて満刀自の後ろ姿から目をそらし、咳払いをすると、

「申されるとおり美しい方ですな」

ため息と共に大きく頷く。

「満刀自様は独身《ひとりみ》で五十路《いそじ》におなりですの」

恵女の揶揄ともとれる言葉に亮斉は平静を装って雑舎の朽ちた戸を勢いよく開け、内に入った。後を追って雑舎に入った清経が、射し込む春陽に透かしてみると、使い古しの厨子や唐櫃、空樽などが乱雑に置いてあり、そのどれもが吹き込んだ雨や風のためにひどく傷んでいることが見てとれた。

「この中に気に入ったものがあったらお礼代わりにお持ちなさるように、と満刀自様は申しております」

恵女は戸口に立ったまま内に踏み入ろうとはしない。雑舎内は黴臭で満ちていて、満刀自も恵女も雑舎には近づきたくないらしかった。ひと渡り見まわしたが返礼代りに持っていけるような代物はない。公家ならば少しでも良く見せようと虚勢を張るのだろうが延喜寿院の主は荒れ果てた雑舎を見せることになんの恥じらいもないらしい。清経はそう思う一方で、返礼に値する代物を物色している己に忸怩たる思いを持ちながら空樽をどかし、厨子と唐櫃を避けて奥に進んだ。

「お礼に頂けるようなものは何一つありませんな」

亮斉も返礼として受け取れるような品があるなどと思っていないようである。満刀自がなぜこのようなガラクタばかりが納められた雑舎に導いたのかその真意を清経ははかりかねていた。気の利いた院主ならば価値もない愛用品を返礼代わりに与えるか、幾ばくかの銭で謝意をあらわすのだが、顔も見せずに傾きかけた雑舎に導きガラクタを持ってゆけとは随分と人を見くびった扱いだといやな気分になった。

「退出致しましょう」

亮斉は踵を返そうとして足を踏み出したとき、土間に転がしてある丸い石に躓いて転倒した。

「そうあわてるな」

清経は笑いながら亮斉に手を貸す。

「雑舎に石まで置いてあるとは恐れ入ったこと」

清経に片方の腕を委ね、空いた方の手を躓いた丸石に置いて立ち上がった。

「頂けるようなものはなかった、と満刀自殿に申してくれ」

亮斉の腕をとったまま外に出た清経は戸口で待っていた恵女に申し訳なさそうに首を横に振った。

「亮斉様、そのお顔、どうなされましたか」

恵女は目を大きく開いて亮斉を覗き込む。亮斉の鼻と頬が赤黒く染まっていた。

「なにかおかしな顔でもしておりますかな」

「そのお手も」

恵女はこらえきれずに破顔した。亮斉が己の手のひらを見ると赤茶けている。どうやらその手で顔を擦ったらしい。

「亮斉、雑舎内で何か手が染まるような顔料に触ったのか」

「いえ、一切雑舎のものに手を触れてはおりませんぞ」

「その手どうしたのだ」

はて、と呟いて亮斉は手を見つめ、それから鼻に近づけて臭いを嗅いだ。

「これは鉄《くろがね》の錆た臭い。すると手に着いたのは鉄の錆。何かに触れたとすれば、雑舎から出るとき躓いた丸石しかない」

「石に錆はつかぬぞ」

清経は半ば笑いながら否定する。

「左様ですな、しかし手にはこの通り鉄の錆がついております」

亮斉は手のひらを清経の眼前に向けた。

「あの丸石が鉄だ、と言うのではないだろうな」

清経は確かめようと再び雑舎に入った。土間の壁際に丸い石らしきものが五個置かれている。どれも頭よりやや大きく不揃いでいびつな球体である。その中の一つに指で触れ、指先を見ると鉄特有の赤錆がついている。

「これは鉄の塊」

「いやどう見てもただの丸い石ですぞ」

雑舎に入ってきた亮斉は信じられない様子だ。清経はその中の一つに手を掛け持ち上げようと試みたが動かない。それではと両腕に抱えて渾身の力を入れたがびくともしなかった。

「石ならばこれほどの重さはない。これは重いぞ。二百斤、いやに二百五十斤はある」

二百斤は約百二十四キロほどである。亮斉は清経を押しのけるようにして五個の球体を次々に手で撫でていった。

「いずれも同じ手触り。これは鉄ですぞ」

亮斉は驚きを隠せない。

公卿達が鉄を所有することはそれほどめずらしいことではない。左右大臣や関白家では板状にした鉄（延金）を何十枚も常備し、非常時には鋳工に命じて農機具や武具、武器を注文通りに加工させた。延金でなく鉄塊ではあるが雑舎に鉄類が常備されている延喜寿院は古に人身の位を極めた人物が住んでいたのだろうと清経は思をめぐらす。

「院主殿は鉄が雑舎に収蔵されているのを失念しているのかもしれぬ」

知っていれば鉄を売却した対価で荒廃した延喜寿院を整備することを考えるはずだ。

「わたくしが生涯かけて得た銭総てを積んでもあの鉄の塊、一個さえ手に入れることは叶いますまい。朽ちかけたこの館にそれが五個もあるとはいやはやただ驚くばかり」

亮斉は己の袖を手拭い代わりにして顔を何度も拭いて付着した鉄錆を熱心に落としている。満刀自が再びここに現われることを考えて顔のことを気にしているらしい。人は年寄ると幼児の如く天真爛漫に戻ると巷間で言われているそのままを亮斉に感じて清経は思わず苦笑した。

「清経様まで胸もとを真っ赤になさって一体如何なされたのですか」

雑舎から出てきた二人に恵女は怪訝な顔を向けた。

「鉄の塊らしきものが収蔵されているのをご存じか。満刀自殿にお聞きしてきて欲しい」

鉄と聞いて恵女は目を見張り、驚いた様子で母屋に向かった。

「過日、清経殿は千組の鉄の鎚となにやら先の尖った鉄の棒があれば龍の岩を砕ける、と申す男の話をなされましたな」

「車作りの繁雄殿のことか」

「この鉄があれば千組とはいかぬまでも二、三百組は用意できそうですな」

清経の脳裏に面長で痩せた繁雄が浮かんだ。

「防火助勢の返礼としてこのような高価なものは頂けぬ。それに院主が雑舎にお宝が眠っていること
に気づけば手放すことはないだろう」

「でしょうな。しかし出来れば盗み取ってでも持ち帰りたい」

「穏やかでないな」

「老い先短い身。死ぬる前にこの鉄で龍の岩を打ち砕き、洪水のない賀茂川を見たいものです」

満刀自に見惚れていた亮斉とは思えぬほど顔つきが厳しくなっていた。

「おお、恵女が戻ってきた」

清経の言葉に亮斉はたちまち相好を崩して先方を窺ったがすぐに落胆の顔に変わった。満刀自の姿
はなかった。

「満刀自様にお越し願うよう申したのですが、お断りなされました」

戻ってきた恵女はすまなそうだ。

「雑舎に鉄が収蔵されていることを申し上げたのか」

顔色を変えて来ると思っていた清経は拍子抜けした。

「申しました。すると一笑なされ、戯言を申すな、ときついお言葉。それから何やら奥から目録のよ
うな書きつけを持参なされてわたくしにお見せくださいました」

それは雑舎の収納物をしたためた綴りで、満刀自は収納物の羅列の中に鉄の記載はないが石見より庭石として丸石五個としたためてある、と恵女に告げた。

「満刀自様はおそらくその庭石を鉄の塊とお二人が見間違えたのだろう。もし気に入ったならお持ち帰り願いたい。そう申し、こちらにお越しになろうとはなさりませんでした」

「石見の庭石、なるほどそう申されたか。そう言えばあの車作りの繁雄殿が、延喜寿院には遠国から取り寄せた庭石が沢山ある、と恵女から聞いたがどうやらそれらしい」

「だとすれば、あれらの丸石は鉄を多く含んだ庭石かもしれませぬな。考えてみれば傾きかけた延喜寿院。なるほど高価な鉄などあるはずもないですな」

亮斉は気がぬけたようで心なしか声も小さい。

「ならばあの五個の丸石を頂こうではないか」

「頂いてどうなさるのですかな」

「庭石と決まったわけでもあるまい。万が一、鉄ということもある」

清経は持ち帰って調べてみたくなった。

「満刀自殿に申してくれ。五個の庭石をありがたく頂きます。ついては日を改めて運び出します、と」

今すぐにでもと思ったが下部等の手を借りなくては運べる重さではなかった。

（二）

恵女に教えられた繁雄の工房は高辻小路南、箪笥小路東の一角にあった。大きな間口から木材を削る音や木槌で叩き込む音が絶え間なく聞こえ、十数名の工人が床に坐して牛車の車輪を作っていた。清経は工房の工長に断わりを入れて繁雄を連れだした。車輪作りに飽きていたのか繁雄は訳も聞かず清経に従って工房を後にした。

道々、清経は丸石についての経緯を話した上で、庭石か鉄の塊なのかを判じて欲しいと頼んだ。

「わたくしに判別がつくか心もとないが、庭石か否かくらいは分かるでしょう」

繁雄は工房で働いていた時に見せていた退屈そうな顔つきが一変して声が弾んでいる。二人が五条堤沿いの防鴨河使材料収納小屋に着いた時、丸石を囲むようにして亮斉、蓼平等が迎え入れた。繁雄は並べられた五つの丸い塊を一つ一つ目で追って清経に目を転じると、一言、

「これは庭石ではない。雅趣もなければ味もない」

と断じ、球体に手をかけると持ち上げようと試みたがビクともしなかった。

「水桶に水を汲んで持ってきてくれ。それから河原の石、平で硬そうなのを五、六個」

繁雄が頼むと蓼平は小屋に備えてある桶を携え、下部二人を伴って賀茂川に走る。

「縄はありますか」

繁雄はさらに注文を出す。心得た下部が小屋に走り、束にした縄を運んできた。それを繁雄は下部にふた尋ほどの長さに刀子で切ってもらい、丸め、手に収まる大きさにした。そこへ蓼平等が河水をあふれるほど満たした桶と平石数個を持ち帰った。繁雄は礼も言わずに丸めた縄束を桶の水に浸し、それで球体の表面を丁寧に洗い始めた。亮斉等が面白そうに繁雄の作業を見守る。繁雄の動きに無駄はなく、たちまち丸石に付着している赤錆を洗い落とし、黒い地肌を露出させた。すると休む間もなく今度は扁平な河原石の中から一番硬そうな石を選び、それで洗いさらした丸石をまんべんなく叩きはじめた。打音はどこを叩いてもほぼ一定の高さで、重く沈んで濁った音だった。その音は繁雄が予期していた音らしく、小さく頷くと今度は平らな川原石を握ると丸石の表面を擦り始めた。地肌は少しずつ剥がれて白色の光沢を放ち、やがて表面のすべてを磨き終わると繁雄は球体に水を掛けて洗い流して顔を近づけて仔細に観察した。

「これは紛れもなく鉄の塊。備中吉野村では砕いた岩を炉にかけて鉄を溶かしだし塊としたものを、すがね、と呼んでおります。砂から取り出す鉄と違って、すがねにはいろいろな物が混じっていることが多いのです。この丸い形からすれば、これはすがねと見てよいと思われます」

「すがねがなぜ延喜寿院にあったのか」

清経には未だ謎めいている。

「その昔、延喜寿院の主が国司として伯耆や備中の地方に赴任し、そこで調鉄の他にすがねを召し上げ私財として隠匿したのでしょう。鉄は貴重なもの、管理も厳重で官の目も厳しいと聞いております。国司の任明けて都に戻る際、延金で持ち帰ることは憚られ、すがねのままで持ち帰ったのが院の雑舎に残り続けたのかもしれませぬ」

繁雄の推測は清経を納得させるに十分だった。調鉄とは税として鉄を物納させることで伯耆、備中、出雲、石見、安芸など鉄を産する地方で適用されている。

「これだけのすがねがあれば龍の岩を砕けるだろう」

「清経殿、ことは易くありませんぞ。まずこのすがねを溶かす炉を用意せねばなりません」

繁雄は首を横に振った。

「木工寮の鋳工が炉を持っている。それを借りる手もある」

亮斉がすかさず応じた。

「あの手の炉は火の勢いが弱く薄い延金を溶かすのがせいぜい。もっと火勢の強い大炉でなくてはなりませぬ」

「その大炉があればよいのだな」

「数百組の鉄棒と鎚を造れても岩を砕く工人数百人を防鴨河使庁で用意出来ますかな」

繁雄はまるで清経と亮斉を挑発するような言い方した。

「そのような無理難題を申すのは繁雄殿に竜の岩を崩せる自信がないからであろう」

亮斉はやり場のない気持ちを繁雄にぶつけた。一瞬、繁雄は表情を堅くしたが直ぐに穏やかな顔に戻り、

「大炉と数百人の工人が揃いましたらいつでもわたくしは龍の岩を砕いてみせます」

一礼すると工房に戻っていった。

「太々しい放言に腹が立ちますが、あの男に龍の岩を砕かせたいですな」

亮斉はいまいましげに呟いた。

二日後、清経は悲田院の建設現場に赴いた。葦小屋を寄せ集めたような建物は粗末だが門がないためか出入りもゆったりとして、権高に対応していた門番が居ないだけでも親しみが持てた。建物の増設は続いていて無報酬で働く京人、寺を持たぬ坊主、尼それに多くの河原に住する者等の熱気に清経は心が洗われる気がする。黒丸を捜したが姿が見えない。数人の者に尋ねたが今日はまだ見てないと口を揃える。そこで急拠、清経は静琳尼の多忙を妨げはしまいかと思いながら静琳尼が執務する建設途中の一室を訪ねた。

「どこにも悲田院と書かれた銘板が見当たりませんが、まだ太政官から認証は交付されてないのでしょうか」

清経は長い無沙汰を詫びた後に尋ねた。いつも傍に居る薬王尼は介護にあたっているのか姿がない。

「昨年は賀茂川の氾濫、裳瘡の流行、大内裏の大火、どれをとっても国を左右する大きな厄災。太政官はその対策で手一杯。悲田院にかまけている暇はないのでしょう。それでよいのです。官の援助で動かすよりも民の力で院が存続するならば、それが一番理にかなっております」

広隆寺で静養していた静琳尼と比べると血色もよく頬にもふくよかさが戻ってきていた。

「しかし、官の援助はあったにこしたことはありません」

「認証は頂いておりませんが黙認はしているようです。例年の如く薬の支給もあり支給米も減らされてはいますが届いております」

太政官が再建に気づかぬふりをしている背景には悲田院を廃止に追い込めば、困窮者や病人の受け入れ先が施薬院一つとなり京人の不安や不満を高めることになる、と読んだのかもしれない。ならば潔く悲田院再建の許可を下ろせばよいのだが再建に携わる者の中に河原に住まう者達が加わっていること、また施設としての基準や規則から外れた建物を悲田院と公に認めるわけにもいかず、かと言って再建中の悲田院で困窮者や病人、捨て子の受け入れを黙認している以上、今まで通り薬や支給米、さらには医師や介護人、事務に携わる官人等の派遣も手当せざるを得ない、そういうことだろうと清経は思った。

「この様に葦ばかりで建てた院では冬の寒さ、夏の暑さに病人や介護人、医師達も耐えられそうにありませんな」

「雨風が防げるだけでもありがたく思っております。寒暑への心配りはまだまだ先のこと。それよりも賀茂の氾濫で二度とこのような流失が起こらぬよう祈るばかりです。それで思い起こしましたが龍の岩さえ取り除けば氾濫は減るのだ、と清経様は申されましたね」

「あれは広隆寺で静琳尼様が静養なされているときでしたな」

「龍の岩を取り除くには鉄物があれば叶うかもしれぬ、それを用立てられぬ、そう申されて途方に暮れておいででしたね。で、その手当はおつきになりましたのか」

「偶然にも手に入りました」

「ほう、それはまた願ってもないこと。氾濫が減れば京の暮らし向きはもっと豊かになり困窮者も少なくなりましょう」

必ずや砕いてみせます、と言い切れなかったが清経は諦めてもいなかった。その時、部屋の戸をたたく音がした。

「清経殿は居られるか」

戸越からの声は黒丸だった。清経は静琳尼に一礼すると部屋を後にした。

「わたくしを捜していたとのこと。それにしてもずいぶんとお見えにならなかったですな」

親しみを込めた黒丸の表情は明るい。

「多忙のようですな」

「雨露をしのげるだけの小屋、以前とは比ぶべくもないが困窮者の受け入れと病人への施薬、それに捨て子の収容は以前より増して盛んですぞ」

黒丸は巨体をゆすって楽しげに応じた。清経は頼み事があるのだがと告げ、人気のない施設小屋の裏に黒丸を誘った。

「実は闇丸殿に会わせて欲しいのだ」

唐突に切り出した清経に黒丸はしばらく無言の後、

「前々から闇丸様よりもし清経様が会いたい旨、申し出があったら直ちにお連れ申せ、と申しつかっております。差し支えなければこれから参りましょうか」

と清経を促し六条河原に向かった。道々、黒丸は悲田院再建現場を京職の官人や検非違使の者らが探索に来るが、余りのみすぼらしさに探索をする気も失せて去っていくのを何度も見た、とさもおもしろそうに告げた。探索目的は黒丸等が回収した内裏改修用の流出木材であるのは間違いなかった。

だが木材の所在を掴めぬまま、今では探索に現われるというより再建の進捗を確かめに来ているとしか思えない、と黒丸は語る。

「河原から回収した木材は何処に用いたのか」

施設に檜や杉の大材を用いた形跡は全くなかった。

「お気づきになりませんでしたか。院の建家は貧弱そのものですが土台に一工夫してあることを」

「土盛りが尋常でないことは直ぐに分かった。あの高さに土を盛ったのは昨年の氾濫を踏まえてのことと思われる」

「その通りでございます」

「土台を守るには盛った土砂の表面を石で覆い氾濫の濁流から洗掘を防ぐのが常道。しかし表土を覆う石組が見あたらない。あれでは万全とは言えませんぞ」

「賀茂河原から石を調達することを防鴨河使が許可してくだされればそうしたでしょう」

「いや、河原の石一個たりとも動かすことも持ち去ることもならぬ。そう決められている」

「土盛りをするにあたって様々な知恵が出されました。その中で覆石に河原石を用いる案が最も多かったのです。悲田院再建には河原に住する者一万八千の思いが込められております。河原石を使ったとしても総勢五十名ほどの防鴨河使では止めることはできまい。そんな考えが大勢を占めましたが闇丸様が防鴨河使には河原に戻ってくるに際して便宜を図ってもらった経緯もある、河原石を用いず他の手だてを考えよ。そう申されて土台に回収木材を用いることにしたのです」

回収し河原に密かに埋められた木材を掘り出し八尺（二・四メートル）に切り揃え、先を尖らせ杭状に加工し、それを二尺（六十六センチ）間隔に悲田院の建築現場の地中に半分ほど打ち込み、杭頭を木材で緊結したのだと黒丸は話す。

「作業はさして難しくはありませんでしたが検非違使や京職の者に気づかれることなくやり果せることが難しゅうございました」

作業は全て深夜に行われ杭の櫓を組んだ部分は間を置かずに覆土してあたかも土だけ盛ったように細工したと言う。

「果たして検非違使等の目を騙せたのか心細い限りですが、今までなんの沙汰もないところをみると知っていて黙認しているのか、あるいは気づかないのか判断に苦しむところです」

「土盛り杭はせいぜい三尺、それが八尺とはずいぶん長い」

「土中に埋めた木材は何十年も腐りません。八尺に切り揃えたのは将来悲田院を本格的に立て替えるとき、あるいは修復するときに用いるために柱として必要な長さです。つまり今、建っている院の地中には立派な施設を建てられるだけの木材が埋められているということです」

彼等の逞しさ強かさに清経は今更ながら驚き感心する。闇丸に会うのもその逞しさ強さを貸して欲しいためだとあらためて思うのだった。

黒丸が案内したのは六条河原に建てられた葦小屋の一つだった。

「ここでしばらくお待ちくだされ」

黒丸は清経を小屋の中に誘うと足早に姿を消した。葦小屋に入るのは初めてだった。河川管理、検分で至近を通ることはあっても入ったことはない。それが防鴨河使と河原の住人達との暗黙の了解である。小屋内は思った通り一坪ほどと狭く、天井は中腰でも頭が当たる。座って寝るだけの外にどう住み暮らせばよいのか清経には見当もつかない。自身の館は朽ちる寸前だが広々として何よりもそこには人の暖かさと手垢の付いた家事調度品がある。だがここにはそうした物は皆無で、木椀と衣服が一揃い隅にたたんで置かれているだけだった。

「お待たせ致した」

屋外から声がして扉が開かれた。黒丸が年老いた男を誘って小屋に入ってきた。三人が対座すると小屋はほとんど身動きがとれぬほどになる。特に黒丸の巨躯は小屋からはみ出るほどで息苦しささえ感じられる。だが年老いた男は胡座をかくとゆったりとくつろいだ様子で狭さを全く意に介していない。

「闇丸様です」

黒丸の声は緊張でふるえている。

「あの時は世話になった」

闇丸はそう言って軽く頭を垂れた。

「やはり、あの時のお方でしたか」

「検非違使別当と向き合った折、わたくしを闇丸の声ではないと庇ってくれた。愉快でしたぞ。もちろんわたくしが闇丸だと分かった上でのことが見え見えでしたが」

「声だけで想い浮かんだ闇丸殿は角が生え、牙を持ち、金の目を剥いた鬼のごとくの怪物と思っておりましたが、あの折初めて拝見した闇丸殿の凛とした姿に接してなにやら無性に懐かしく感じました」

「それは嬉しいことだ。わたくしも清経殿を白日の下で見て心底懐かしく思いましたぞ」

闇丸が懐かしいと応じたのは単なる愛想返しのように思えたが清経はあの時、まるで父に会ったかのような懐かしさを感じたのは確かだったのだ。父と闇丸は旧知の仲であったとあの夜、闇を通して話し合ったおり闇丸から知らされている。ならば己が幼児の時に闇丸に会っているかもしれないとも思った。

「さて、わたくしに会いたい訳を話してくだされ」

息のかかりそうな所から見る闇丸の顔は深い皺に刻まれていて見た目では六十を越えているようだ。だが眼には強い光が宿り、口元は意志の強さを表わすように堅く形よく結ばれていて、若者のような活力がみなぎっていた。その一方で河原に住まう者全ての命運を背負っている者とは到底思えぬ穏やかさが身体全体から漂ってくる。

清経は鉄の塊を得たことから繁雄の話までを掻い摘んで話した。

「つまり、すがねは手に入ったがそれを鉄の棒や鎚に鋳することも数百名の工人の手当もつかぬ、そういうことですな」

聞き終わって闇丸はあらためて尋ねた。

「ここに住まう者の中には地方《くに》で炉を扱った者、金銀や銅の掘り出しに関わった者、さらには鍛冶をこなす者達も居ると聞いております」

「確かに様々な技や知恵を持った者が掃いて捨てるほど居る」

「その技や知恵をお借りして、すがねを溶かす炉を作って頂きたいのです。それに炉を操れる者、すがねから棒や鎚を鋳する者、さらに数百人の神を恐れぬ男達もお借りしたいのです」

「龍の岩を砕いたとて清経殿に官から報償が出るとは到底思えぬ。それよりも官を無視して行えば、今の職を解かれる方がはるかに高い。それでもおやりになりますかな」

「龍の岩がある限り、毎年龍の岩を呪いながら営々と決まったごとくに賀茂の氾濫の後始末だけに追われる防鴨河使。どこかで誰かが龍の岩を砕く算段をしなくてはなりませぬ」

「その算段を清経殿がなさるというわけですか。だが龍の岩を除けば氾濫が無くなるとは限らぬ。賀茂川上流に密生していた木の伐採も大きな要因」

「流域の木材切り出しは今後盛んになることはあっても減ることはないでしょう。だからこそ少しでも氾濫を小さくするために龍の岩を取り除きたいのです」

「炉を作り、鉄塊を溶融し、岩を砕く金物を作り、それを繰る数百人の工人を河原に住する者で手当せよ。鉄だけを清経殿が供するということですな。この話、防鴨河使長官や判官の合意の上と思ってよろしいのか」

「お二方に話せば目を剥いて驚愕し身を震わせて阻止するでしょう」

「それをあえて清経殿が独断でやる、そういうことですな」

「偶然に鉄の塊が手に入った。それだけのことですが亮斉をはじめ下部達のほとんどは喜んで加わるはずです。吾には一片の岩さえ砕く力も知恵もありませぬ。ただ龍の岩を砕くための道筋をつけるだけです」

「長官を無視して河原に住する者達で敢行するとなれば、この闇丸をはじめ河原に住する者達への官からの風当たりは更に強くなろう。しかも龍の岩が粉砕されれば五条河原は広大な広場となり京の憩いの場として更に人々が集うことにもなる。そうなれば河原に住まう者はますます圧迫され排斥されていくことにもなる」

「これを頼むに当たってそのことが一番気がかりでした。だがあえて闇丸殿にお頼みしようと意を決めたのは、河原に住まう者はこのまま未来永劫河原に住み続けるのか、ということでした。やがては河原に住する者も京内に住まう者も、いや、地方にある者も等しく誰でもが行き来でき、何処にでも住まう所を選べる、そうした世が来ると思っているからです」

「まるで絵空事のようなことを申す。この頭につかえそうな低い葦小屋に住まう者達の望みは、やがて来る世のことなどどうでも良いのだ。明日、いや今からでも葦小屋から抜け出して京の街の一軒家に住まうことなのだ。龍の岩を砕けば京内に住める、と申すならここに住む者達は工銭《こうせん》がなくとも喜んで手助け致すであろう」

「なるほど言われてみれば何もかも闇丸殿の言葉が腑に落ちる。闇丸殿を頼ればなんでも叶うと思ったのは吾の愚かさ」

清経は恥じ入るごとくに唇を噛んだ。

「龍の岩を砕く夢を捨てると申すか」

「いやそうではありませぬ。無償で河原に住まう者に助力を頼む虫の良さに吾ながら腹が立っただけ。そこであらためてお願い申す。龍の岩を砕く一切の工銭を吾が購《あがな》いますゆえ、どうかご助力願いたい」

「はて、そのように莫大な銭を清経殿が持っているとは思えぬが」

「家と土地を売り払い、その対価を当てます」

「私財を擲ってまで京人を氾濫から救いたいとは仏のような心の持ち主、と褒めてやりたいが単なる若者の感傷としか思えぬ。土地や館を売ったとて何ほどの銭が得られると言うのだ。数百人に労賃を数日払えば全ては霧散する」

「確かに数日で費え去りましょう。それでも構いませぬ。後々、それが契機となって吾の後を引継ぐ奇特な者が必ず出てくる。そう信じております」

「なんと青臭い言い様。口より先に手が出て誰彼構わず殴りつけ、京人から悪清経と恐れられたおぬしはどこに消えたのだ」

「消えてはおりませんぞ。相変わらず頭の中でプッツン、プッツンと切れる音がして両手両足が勝手に動き出す。気がつくと言い合っていた相手が頭にコブ、顔にアザを作って倒れている。短慮無謀は直りそうもありませぬ」

「そうであろうか。ならばなぜこの闇丸を殴り倒さぬのだ。驚いたことにそこに座す清経殿はこの闇丸を説得しようとしているではないか。巷説の悪清経とは似ても似つかぬ。なぜそのように心境が変わったのだ」

きつい口調の闇丸ではあるが、それが清経には父の言葉のように心に響いてくる。そのことがなんとしても清経には不思議でならない。

「おそらく悲田院に捨て子を預けたゆえ」

「ほう?」

闇丸は感慨深げに目を細めた。清経の真意を探ろうとするかのようなその目に戸惑いながら清経は更に続ける。

「悲田院に関わる方々の私欲を捨てた姿に接すると勧運和尚のもとで勝手気ままに暮らし、悪清経などと京人からもてはやされるのにいい気になり、更に防鴨河使主典の職をなんの苦労もせずに手に入れて飛び回っている吾につくづく愛想が尽きた」

「それ故心境が変わったと申すか。分からぬ」

細められた闇丸の目が不快げに見開かれた。

「青いのう。わたくしや黒丸、それに悲田院で奉仕する者達が私欲を捨てて携わっていると思う青臭さ。静琳尼様はいざ知らず、他の者たちは皆、私利私欲の塊だ。わたくしも黒丸も困窮者や病人を救っているなどと思ったことはない。困窮者や病人によって自身が救われているのだ。おそらく静琳尼様もそうであろう」

つまりはあきらめろと闇丸は忠告しているのだろうと清経は思い至った。

「闇丸殿と話せば話すほど龍の岩粉砕が遠のいていくようですが吾は諦めませんぞ」

清経は席を立とうとして腰を浮かせた。

「まだ話は終わっておらぬ」

闇丸は両腕を上げて清経を制した。

「龍の岩粉砕は静琳尼様も願っておられる。あのお方のお心を無碍にするわけには参らぬ。あのお方は河原に住する者一万八千余人の病や死への恐怖を癒してくださるお方、できればこの闇丸も河原に住する者の一人として静琳尼様に看取られて息をひきとりたいと望んでいる。そこで訊くが岩を砕いた後、無用となった鉄の棒や楔等の処分はどうするのだ」

「再び炉に投じ延金にして延喜寿院の主にお返しする所存」

「延喜寿院の主は防火助力の返礼として庭石五個を下賜なされたのだ。頂いたのは庭石五個、それ以下でもそれ以上でもない。お返しすること無用と思い定め、この闇丸に引き渡して頂けないか」

「引き渡せば龍の岩粉砕に助力なさると」

「左様、すがねの値は清経殿の館や土地の価よりはるかに高価であろう」

「それをもって助力した河原に住まう者達への報酬となさる。名案ですな」

「いや、そのつもりはない」

「まさか私腹を肥やす、と申されるのではないでしょうな」

清経の表情が瞬時に険しくなった。

「この闇丸、一人が頂く」

不快げに詰問する清経に闇丸は穏やかな表情で慈しむように口の端をゆるめた。

「鉄を何に使うおつもりか」

「その詮索は無用。だが私利私欲で私するのではないことだけは申しておこう。それでよければ清経殿に助力致す」

「龍の岩粉砕の見返りとして鉄を闇丸殿が独り占めしたと静琳尼様が知れば悲しまれると思いませぬか。それでもよければ承知致す」

「独り占め、なるほどの」

そう繰り返した闇丸に寂しげな表情がよぎったが、さて、と呟いてゆっくりと腰を上げたときには平静で穏やかな顔に戻っていた。

第九章　再会哀別

（一）

広隆寺の庫裏に柔らかい陽が射し込んでいる。

静琳尼と勧運が庫裏の縁に腰掛けて庭を眺めていた。寺は深閑として二人以外の人影はなかった。

昨日、悲田院へ広隆寺の修行僧が訪れ、静琳尼に勧運の書状を差し出した。書状には明日、広隆寺に参られるよう、と認めてあった。翌早朝、薬王尼に出掛けることを告げ、悲田院を発ったが広隆寺に着いたのは陽がすっかり上った巳刻（十時）を過ぎていた。朽ちた門を入るとそこに勧運がにこやかに立っていた。待ち詫びて何度も京に続く道を門内から眺めやったに違いないのだが勧運はあたかも偶然門に来合わせたかの如く静琳尼を迎えると庫裏へと誘った。

「雀と話せるようになりましたぞ。見せて上げたいがこの時期、雀は里に下りてこのボロ寺を見向きもせぬ」

奥庭の欅の枝が鮮やかな緑を含んで芽吹き、澄んだ空に映えている。

「やはりお経に雀と話せる極意が載っていたのですね」

「いやいやそうではない。雀を今は亡き者に見立ててひたすら話しかけたのだ。それが通じたのか三羽ばかりに話が通じるようになったのだ」

「今は亡き者にですか」

「この歳になると思い出す方々は全て死に絶え、残された拙僧の悲しみは募るばかり。話し相手になってくれた三羽の雀は黄泉の国に旅立った親しい者の化身、そう思ってつくづくと雀を見るのだが目がくりくりと愛らしく、身罷った者等の小憎らしい目つきとかけ離れている。そのことがまたなにやら拙僧を悲しくさせる」

しみじみした口調とは裏腹に勧運の表情は穏やかで、今は亡き者の中に父頼忠や小黒麿が含まれているのだろうかと静琳尼は訊いてみたくなった。そして二人の目を思い出したとき勧運の言うようにどう見てもくりくりしたかわいげなどないことに思わず笑みがこぼれ、それから急に悲しみがおとずれた。

「おお、参られたか」

ふいに、勧運が懐かしげな声をあげて庭の隅から修行僧に導かれて近づいてくる老人に声をかけた。

老人はうつむき加減で二人の前に来ると深々とお辞儀をした。静琳尼は挨拶を返しながらその老人に全く思い至るものはなかった。

「闇丸殿だ」

案内してきた修行僧が去るのを待って勧運が静琳尼に紹介した。

「闇丸様？　悲田院を陰で支えてくださっておられる、あの闇丸様でしょうか」

「左様、その闇丸殿だ」

勧運はゆっくりと首をたてにふる。闇丸は俯いたまま勧運の隣に座った。悲田院には闇丸の命に従って派遣された黒丸のように献身的な奉仕者が多かった。曲がりなりにも悲田院が存続し得たのは闇丸の陰ながらの援助であることを静琳尼は心にしみて感謝していた。その気持ちを伝えようと何度も黒丸に頼んで闇丸に会おうと試みたが、いつも黒丸を通じて断ってきた。その闇丸がどうしたことか勧運の手引きで初めて姿を現わしたのだ。

勧運は闇丸の出方を待っているようだった。だが闇丸は身を固くしてじっとしている。

「心が決まりましたかな」

勧運はこのままでは埒があかないと思ったのか闇丸を促した。闇丸はうつむいたまま頷いて静琳尼の方に向きを変えた。

「遵子《じゅんし》様、お久しゅうございます」

縁に両手をついた闇丸はくぐもった声を出した。

「今、なんと申されましたか」

勧運以外に昔の名を知っている者はいないと思っている静琳尼はわが耳を疑った。

「お気づきになりませぬか。小黒麿です」

闇丸の声がふるえている。静琳尼は驚愕の表情で闇丸を見つめた。かつての小黒麿は色白でやや小太りの優しい目をした男だったが、今は老いたこともあるが痩身色黒で眼光鋭く昔の面影を見いだす手がかりは全くなかった。

「まこと、小黒麿なのですか。父から小黒麿が四条邸を辞したと聞かされたのは入内して、ひと月後のこと。辞した訳が分からぬと父が申していたことが昨日のことのようです」

「ご恩になった頼忠様にも告げず四条邸を去ったこと、今でも申し訳なく思っております」

「父は邸の者を使って八方を探させたそうですが行方は分からないまま。行く先を告げずに姿を消したのには深い訳がある。そしてそれはわたくしの出産にある、そう思い至ったのです。小黒麿、姿を消したのはそれが因なのですね」

静琳尼は労るような視線を小黒麿に向けた。

「四条邸を去りましたのはわたくしの勝手、そう思し召され。御出産と関わりはございませぬ」

「そのような嘘がわたくしに通ずるとお思いですか。わたくしが物心ついたその時から小黒麿はまるで兄のようにわたくしのそばにいつも居りました。小黒麿を身内以上に慕っていたわたくしには小黒麿の胸の内が何でも分かるのですよ」

闇丸の頰に涙が伝い落ちた。

「そこまで遵子様に申して頂ける、それだけでこの小黒麿はなにやら晴れ晴れした心地です。四条邸を辞したのは、わたくしが為したあることに、けじめをつけなければならなかったのでございます」

「それを話して頂けませぬのか」

「さて」

小黒麿は逡巡して勧運を窺った。

「その話は後ほどと言うことにして小黒麿がこうして死にもせずに河原に住する者たちの支えとなっていることを喜んでやってくだされ」

小黒麿が打ち明ける決心のつかぬことを思いやった勧運の一言だった。

「ほんに勧運様の申されるとおりでございますな。生きて再び会えるなど望外の喜び。それにしてもわたくしが遵子だといつ気づかれましたのか」

「七年前、悲田院に初めて参られたその時から気づいておりました」

「その時、明かしてくだされば良かったものを」

「そうすればどんなにわたくしの心は穏やかでしたでしょう。しかし、遵子様があの修羅のような悲田院に長く留まれるはずがない、直ぐに退散なさるだろう、そう思いしばらく見守っておりました。だが遵子様は去るどころか荒れた悲田院を整え、そこに働く人々の心をたちまち捉え、皆から慕われるようにおなりになられた。二十年以上も経ってわたくしの前に現われたお方は四条邸で小黒麿、小黒麿といつもお声を掛けてくだされた遵子様でなく、わたくしの知らない尊厳に満ちた尼様でした。わたくしが声をお掛けできますお方は遵子様であって尼様ではありませんでした」

「あまりの変わりように驚いたでしょうね」

「遵子様は法皇御崩御の後、仏門に入られて法皇の御霊《みたま》を安んじ奉っておいでだと信じておりました」

「今でも毎日供養を続けておりますよ」

「それがなぜ悲田院に参られるようになったのか、わたくしには謎です」

「仏門に入ったわたくしがあるとき夜を徹して経を唱えていましたが、払暁に眠気に襲われてうとうとしていると法皇が現われたのです。そして、供養はもうしなくてよい、生前に十分に尽くしてもらった、これからは御身を労り御身が望むままに暮らせ、とそう申されました。夢か現かは未だもってはっきりしませぬ。しかしその時わたくしは襲芳舎に入ってより両肩にずっしりと重くのしかかっていた様々なものが霧散し軽くなっているのを感じたのです」

「御身が望むままのお暮らしが悲田院での献身であると申されますのか」

「献身などと大層なものではありませぬ。望むままに暮らせと告げられるまでは世俗から隔絶して法皇の菩提を弔い続けて一生を終えるつもりでした。法皇がお告げくだされた御身の望むままとは何か自問しました。わたくしに法皇の供養の他に望むものがあるのかと。するとかつて四条院で育った頃のことが彷彿と蘇って参ったのです。父頼忠、小黒麿、勧運和尚様、勝元様。わたくしにかかわった方々は誰ひとり楽しい日々を送った者はおりません。勝元様を失意に落とし、父は円融帝の御子を身籠らぬわたくしに悲しみ、小黒麿は何も告げずに四条邸を辞し、帝は御子を授からぬわたくしを皇后にしたばかりに詮子様や関白兼家様と何度も諍いを起こし帝の御位を投げ出された。そしてわたくしは勝元様の御子を生きて産むことが叶わなかった。その方々を思うとすまなさで心が張り裂けそうになります。わたくしは日夜自身の望むままの暮らしについて考えをめぐらせました。そうして一つだけ得た答えは遵子としてこれからも生きるなら望むままの暮らしなどないということでした」

遵子はその後ひと月ほどして四条邸を去った。四条邸からさほど遠くない姉小路沿いに長い間、無住になっている延喜寿院を弟の公任を通じて極秘のうちに買い取り、そこに移ったのだ。

「これでやっと遵子様と延喜寿院がつながりました。延喜寿院からさほど遠くない一角に建てられた静琳庵にしばしばお戻りになることは存じておりました。しかし、庵には老僕が一人いるだけで仏像も遵子様をお世話する尼達も見当たりません。どこかほかに大きな尼寺があるのではないかと配下の者に探させたのですが分からず仕舞い。まさかあの廃屋に近い館に遵子様が御住みになっていたとは」

「この勧運もそれは初耳。延喜寿院とは今を去ること百年前、醍醐天皇の御代の延喜年間に建てられた館。今となっては誰が建てたのか、またなぜ住まなくなったのか知る者は居ないだろう。持ち主も定かでないはず。その持ち主を探し出し極秘で買い受けた公任様の御苦労は並大抵のことではなかったはず。それにしてもなぜあのような大きな館に移り住まれましたのか」

「小さな館で別人となって暮らしたかったのですが太皇太后遵子を捨て去ることは許されませぬ。古来より皇太后が身罷った帝の御霊を弔うのは理非を問うまでもありませぬ。いくら払暁に円融法皇が現われて御身の望むままに暮らせと告げたとしても、おそらく宮中の公家百官、京人も太皇太后遵子以外の生き方を許す者はいないでしょう。万が一、四条邸にわたくしが居ないことが知れても延喜寿院に移って供養していることが分かれば許して頂けるのでないか、そう思い至ったのです。延喜寿院は太皇太后遵子としてなくてはならぬ館でした」

「四条邸にお残りになられてもよかったのではないのか。この広隆寺と変わらぬオンボロ館同様の延喜寿院での暮らしは何かと不如意ではないのかの」

勧運が労るように訊く。

「四条邸では二百人を越える家人、舎人、女官が居ります。衆人環視を逃れて望むままの暮らしなど叶いませぬ。法皇を供養するわたくしと望むままのわたくしが同じ人であることを秘すためには延喜寿院と静琳庵の二つの住居がどうしても欠かせなかったのです」

「なるほど、そのようなことでありましたのか。しかし悲田院での身をけずる奉仕をこの小黒麿は遠くからハラハラ、オロオロと見守るだけ。一体、どのような経緯で悲田院に参られるようになりましたのか」

「延喜寿院に住み始めて数日後、門前に赤子が置き去りにされておりました。加々女に抱えられて運ばれてきたお子を見てわが子の生まれ変わりではないかと思ったのです。対の屋で小黒麿と共にわたくしに仕えてくれたあの加々女です。延喜寿院では満刀自と名をかえて奥向きのこと一切を仕切ってくれています」

遵子は延喜寿院で育てようと加々女と話し合った。だが乳母を探す手立てもなく、やむを得ず悲田院に預けることにした。そこで密かに訪れた悲田院は荒れるにまかせて秩序もなく悪臭と腐臭にまみれ、捨て子を預かるどころではなかった。むなしく連れ帰った赤子はその夜、飲ませる乳もなく高熱を発して明け方に息を引き取った。

「その時、わたくしの望むままの暮らしが見つけられたように思いました。それは赤子の死によってでした。死して生れたわが児の霊が赤子に宿り、わたくしに捨て子の救済こそがわたくしの望むままの暮らしだと諭し導いてくれたのでしょう」

翌日、遵子は賀茂川に赤子を流すとその足で悲田院を訪れた。

「その後のこと、小黒麿はもう存じておりますね」

「存じておりますとも。なぜあそこまで困窮者や罹病者に献身なされるのか、今のお話で得心しました」

「献身などと思ったことは一度もありませぬ。悲田院で困窮した方達、病を得た者、そして親から見捨てられた赤子、その方達と接しているとわたくしが勇気づけられ生きていく力を与えて頂けるのです。いつか黄泉の国へ旅立ちわが児に会えたとき、少しは母親としての顔向けが叶うような気がします」

遵子は晴れ晴れとした顔で、

「さあ、わたくしは全て話しました。小黒麿、今度は小黒麿の番ですよ」

と覗き込むようにして微笑んだ。小黒麿はそれでも黙してうつむいたままであった。

「小黒麿、小黒麿の話を聞いてわたくしが悲しんだり傷ついたりすると思っているのでしょう。小黒麿が知っているようにわたくしは昔も今もそのように弱い心は持っておりませぬよ。さあ、話してくだされ」

小黒麿にとってそれは忘れがたい遵子の語り口であった。小黒麿に協力や無理な頼みを聞いてもらいたいとき、遵子は息の掛る近くまで寄ってきて、甘やかな声で小黒麿の心を懐柔してしまう。そんな時、小黒麿はわが娘の如く力いっぱい遵子を抱きしめたい衝動にかられながら、その頼みを一も二もなく受け入れてしまうのが常だった。四条邸での遵子との様々なやり取りが鮮やかに蘇った小黒麿は懐かしさと愛おしさで胸が熱くなった。しばらくたって顔をあげると、

「忘れもしませぬ、遵子様のお子をお預かりして四条邸を勧運和尚と密かに出たのは真夜中でした」

関白頼忠護衛の検非違使に遵子出産の秘密を握られ、やむなく殺害したことを仔細に話した後、

「看督長《かどのおさ》と火長の殺害をわたくしは今でも悔いておりませぬ。遵子様の行く末を妨げる者が居れば例え親でもそうしたでしょう。だが検非違使庁はそれほど甘い官衙ではありませぬ。同輩が殺害されれば、下手人を捕縛するまで何十年かかろうとも執拗に捜索を続ける、というのが検非違使庁の慣例です。そうしないと検非違使官人の意気と権威が失墜するからです。検非違使の探索は侮りがたく、必ずやわたくしが下手人であることを突きとめましょう。例え関白家の家人であろうとも下手人と分かれば捕縛を躊躇致しませぬ。わたくしが捕縛されれば関白頼忠様や遵子様、更には公任様の行く末に暗雲をもたらすは必定。遵子様の入内を見届けたのち、わたくしは四条邸を密かに去りました」

検非違使の探索を逃れるには京を離れるのが良策であったが遵子を身近で見守っていたい小黒麿は京に留まった。だが京内に身を潜める居場所はない。やむなく葦小屋の中に紛れて六条河原に住み始めた。検非違使の探索も葦小屋までには及ばないからだ。

「住み始めた当初はひどいものでした。およそ一万の河原の住人は三つの群れに別れ諍いを繰り返しておりました。わたくしはどの群れにも属さず、しばらく様子を見ておりました。そんな折、防鴨河使判官の蜂岡清成様が密かにわたくしを訪ねて参ったのです。蜂岡様とは勧運和尚を通して知遇を得ておりました」

そのころ賀茂川を管理する防鴨河使と河原に住する者、相容れぬ両者の諍いで河川管理はおろそかになり、賀茂川の氾濫による京内の水害は年々増加の一途を辿っていた。そこで清成は何とか河原の

住人と折合いをつけて河川管理が順調に行くように三つの集団の頭目に掛け合ったが相手にされなかった。

「蜂岡様はわたくしに三頭目の追い落としと河原の住人の統一を持ちかけました」

すでに小黒麿は河原に住み着いて一年近くが過ぎていた。住人の中には三集団に属さぬ者も多数おり、その幾人かは小黒麿の人となりに魅せられて彼のもとに集まってきていた。

「関白家の家司であった時、河原に住する者達は怠け者と咎人、地方からの逃亡者が巣くう暗黒の地で獣の如くと貶めた見方をしていましたが、いざわたくしがその中に入りますと、ここに集まってくる者達は為政者の過酷な税取立に耐えきれずにやむなく地方から逃れてきた者達で、ただひたすら生きんがため、いつかは再び地方に戻れることを夢見て今を生きている者がほとんど。彼等の切実な望郷や残してきた妻子、あるいは老父母への思いがあの小さな葦小屋の一つ一つに充満しておりました」

そんな彼等に三頭目は葦小屋に納銭（税）なるものを掛けて私腹を肥やすことに躍起となっていた。納銭はもちろん微々たるものだったが銭を稼ぐことが希にしかない河原の住人にとっては過酷であった。頭目等はどこにも属さぬ者達を捜しだし力ずくで己の集団に組み入れ、銭を取り立てた。地方で租（税）が納められずに京に逃げてきた人々は河原に居着くようになっても税から逃れることは難しかった。

「わたくしが三頭目を凌ぐ力を持てるようになったのは納銭を摂らなかったからです」

納銭を嫌って三集団に属さぬ人々は身の安全を求めて続々と小黒麿のもとに集まってきた。小黒麿を侮りがたい勢力と思った頭目三人はお互いの諍いをやめて一致協力して小黒麿の抹殺に力をそそぐ。

「三人の頭目を駆逐するのに三年かかりました。今でも無念なのは蜂岡様とわたくしが組んでいると睨んだ頭目の一人が下部を伴って巡回していた蜂岡様を襲って殺害したことでした」

小黒麿が駆けつけたときまだ清成の息があった。清成は今わの際に二つのことを言い残した。一つは襲われたことを口外せず、病死したことにすること、もう一つは四歳になる息子の行く末については勧運和尚に任せることであった。

「河原の住人が防鴨河使判官を殺害したとなれば官はますますわたくし達への取締りを厳しくするだろうことを憂慮して、蜂岡様が口外するなと申されたことは確かです」

三人の頭目を屠って一万余人を掌握した日を境に小黒麿は姿を消した。

「皆はわたくしを新しい頭目にしたかったようです。頭目に就くとは人に順位を付けること。頭目が居れば、必ずそれに準ずる者が傍に侍り、その傍には更に同じように準ずる者が連なる。せめて河原に住する者達だけはそうした順位や上下のない所にしようとわたくしは思い、葦小屋で皆と同じ暮らしをしようと試みました。だが思うほど安易なことではありませんでした。そこで顔を隠し、なるべく姿をみせぬよう務めました。おかしなものです。人は二人よれば知らず知らずのうちに上下が生まれ、三人よれば三人の上下、四人よれば四人の順位が生まれます」

そうした上下、順位が河原に住む者同士で極力生まれぬよう小黒麿は陰から強力に監視し、時には違反者を放逐し殺害したこともあった。

「それが功を奏したのか河原に住まう者同士の諍いはほとんどなくなりました。いつの頃からか、わたくしは闇丸と呼ばれ、あたかも河原に住まう者達を束ね君臨している者として畏れられるようになりました」

闇丸の名は畏敬の念をもって京中に知れ渡った。闇丸が存在する限り河原に住する人々は貧しさと病を除けば平穏であった。

「遵子様とおなじようにわたくしも今では河原に住まう者達によって生かされている心地が致します。四条邸を去らずに頼忠様にお仕えしていれば、それ相応の栄達を手に入れることは叶ったかもしれませぬ。しかし頼忠様が身罷り、遵子様が出家なさってしまった今、そのような栄達はわたくしにとって喜びでなくむなしさだけが残る、そう思われてしかたありませぬ。それに引き替え今は日々が矢のように過ぎ去るのみ、何も考えず、何も後悔せず、ひたすら生きているだけ。それで満ち足りております」

「そうですか。わたくしの為に二人を殺め、さらに河原の住人となり、小黒麿を捨てて闇丸様におなりになった。小黒麿の己を捨てた忠誠に応えるだけのものをわたくしは身につけておりませぬがせめて殺めたお二人のことはわたくしの心に深く刻んで供養させて頂きます」

遵子は小黒麿の手を取って優しく包み込んだ。

「わたくしはわたくしの勝手からした苦労。小黒麿はわたくしの勝手から生じた難儀。主従の間柄とはいえほんに済まぬことを致しました」

手を握ったまま遵子は深々と頭を垂れ、それから、

「蜂岡様が殺害された時、四歳であった御子とは清経様ですね」

と尋ねた。

「確かに清成様の子息でございます。その清経殿は延喜寿院から五個の庭石を頂いたそうですが、もちろんそれが、すがねであること遵子様はご承知なされていたのですね」

「公任が非常時に役立つように運び込んでおいてくれたもの。小黒麿なら存じていると思いますが、あれは四条邸に収蔵されていたもの。加々女といかにしてあの鉄の塊を清経様に受け取ってもらえるか話し合いました」

そこで初めて遵子は明るい顔をして小黒麿を見返した。うるんだ目から今にも涙が落ちそうな小黒麿の表情は悲しいのかうれしいのか遵子には定かでなかった。

「清経殿が鉄を欲していること、存じておりましたのか」

「広隆寺にて静養していた折、清経様が鉄物《くがねもの》を用いて龍の岩を砕きたいがその鉄が手に入らぬ、と途方にくれている姿が心に残っておりました」

「そうであっても延喜寿院の貰い火を防いだお礼としてはあまりに高価なもの」

「清経様がそのような高価な鉄を受け取らぬのは分かっておりました。清経様が気兼ねなく受け取れるように加々女と苦労して立てた筋書きでした。今になってみれば鉄の塊を庭石と言いくるめるなど策のないことのように思えますが、それを考えている時はとても楽しかった。もし小黒麿が加わっていればもっと楽しい案が作れたかもしれませぬな」

「そのお言葉使い、昔、対の屋でわたくしを困らせた遵子様そのもの。なつかしゅうございます」

胸を詰まらせた小黒麿の頰に涙が伝い落ちた。

「小黒麿は昔から涙もろかった。その癖は今も直らないのですね」

言いながら遵子の目にも涙が盛り上がっていく。

「すがねは龍の岩を砕いた後、わたくしが頂くことになっております」

「庭石として清経様にお渡ししたもの。清経様が承諾なされたのなら異存はありませぬ」

「いつか葦や茅でなく檜や様々な木材で悲田院を建て替える折に、貴重で欠くことのできぬ釘やかすがいに使いたいのです」

「そのような日が参るのでしょうか」

「黒丸や清経殿のような若者が居るかぎり、その日は必ず参りましょう」

「清経様は不思議なお方です。あのお方とお会いしていますと何か胸のうちに蘇ってくるものがあるのです。それが未だもって何であるのか定かでありませぬが」

「ほう、蘇るもの、ですか」

今まで耳を傾けていた勧運が興味深げに訊いた。

「所作は今風の若者ですが、時としてわたくしの心をえぐるようなお顔をなさる」

遵子はそこで言葉を切ると目を細めて庭の欅の梢を眺めやった。

「一つだけ聞かせてほしいことがあります」

再び勧運に向きなおった遵子の表情は硬かった。

「死して生まれたわが児。お二人が四条邸から運んでくだされたのでしたね」

「左様、この勧運がお子を懐に入れてさるところに運びました」

「そのさるところとはこの広隆寺では？　わが児の墓はここ広隆寺にあるのですか」

「いえ、ありませぬ」

勧運は昔を思い出す口振りだった。

「そうでした、わが児の墓があるわけはありませぬな」

遵子は誰に言うとなく呟いた。一才に満たずに死んだ子供は墓を作ることもなく供養もしない習わしになっている。富貴の家では檜で作った小さな桶に骸を入れて賀茂川に流すが、京人は桶にも入れずに夜陰に密かに流れに押し出す。そうすればカラスや犬に食い荒らされることもなく黄泉にいけると考えられていた。

そうした習わしを承知の上で墓があるかと問う遵子が勧運は不憫でならなかった。

「墓はありませぬ。あるはずがないのです」

苦しげに首を横に振った小黒麿の顔は涙で濡れていた。

「御子は生きております。立派に成人なされております」

遵子は息を飲み目を見開いた。

「生きている？　まことか」

遵子は真意を確かめようと勧運を窺った。

「生きて産まれたのです」

勧運は深く静かに頷いた。

「いいえ、わたくしは出産の折、正気でした。産声をあげませんでした」

「拙僧が控えている部屋に小黒麿が加々女殿から渡された赤子を抱えてきました。なんとかしてくれ、という小黒麿に拙僧はとっさに赤子の両足を持って逆さに振ったのです。すると力弱いながらも産声をあげたのです」

「ああ」

遵子は目をつぶると顔を仰向けた。

「ありがとう、ありがとうございます」

目を開くと勧運と小黒麿に代わる代わる深々と頭を下げた。

「今まで真相を明かさなかったこと、お察しくだされ」

「生きて産まれたわが子を腕に抱いたら、入内しなかったでしょう。いえ、したとしてもわが児に逢いたくて仕方なかったに違いありませぬ。胸に秘めおけず、真相が露見したでしょう。そうなれば関白である父をはじめとする一門はどうなったことか。これでよかったのです」

「だが、遵子様は帝の御子をお授かりにならなかった。京人が遵子様を『素腹の后』と呼んでいるのを耳にするにつけても心が痛みました」

涙声で語る小黒麿は京人や河原の住人から恐れられている闇丸ではなく、どこにでもいる好々爺にしか見えなかった。

「入内したとき帝はすでに病んでおられました。二十歳の君は仏法以外のものに御心を向けられませんでした。わたくしのもとにお渡りになられても、共臥もなさらず夜通し法経のお話をなされておりました。わたくしも赤子を失ったばかり、帝のお言葉が身にしみて涙を流して朝を迎えたものでした」

遵子は合掌するとしばらくそのままじっとしていた。

「あの夜、小黒麿と別れた拙僧は懐に御子を抱いて蜂岡清成殿の館に走った」

「そうだったのですね。胸中に蘇るものがなんであるのか、やっと分かりました」

両手を解いた遵子は深く肯いた。

「そう清経は遵子殿の御子。清経は清成殿の子息として育てられました。名も清成の一字をとって清経と名付けられました」

「清経様は御身の出生をご存じなのでしょうか」

「清経は蜂岡の息であることを一度も疑ったことはないはずだ。遵子殿には言い難いことだが、それでよいと拙僧は思っている」

二昔前に思いを馳せているのか遵子は無言であった。

「このこと勝元様はご存知なのでしょうか。勝元様のこと今でも気にかかっております」

遵子が止まった時を動かすように呟いた。

「いや、勝元には何も報せてない。だが勝元は勝元なりに苦しんだのだ」

勧運は遵子を柔らかく包み込むような表情になった。

「お許し頂ければ少し勝元様のことお話しくださいませ」

遵子は思い貯めていた思慕に耐えきれなくなったのか、勧運に懇願するように顔を近づけた。

「忘れもしない、遵子殿が四条邸に連れ戻された翌日、拙僧が庫裏で読経をしていると勝元が不意に参り、坊主になりたいと言いだした。もちろん拙僧は異を唱えた。だが勝元はすでに心に深く決めているようだった」

決心がかたいことを知った勧運は東大寺の高僧、奝然《ちょうねん》に勝元を託すことにした。後に東大寺の別当となる奝然はこの時四十一歳、勧運より九つ歳下であった。

奝然と勧運は修行時代を共に東大寺で送った旧知の友である。

「勝元は名も嘉因《かいん》と改め東大寺で寝食を忘れ修行をしたらしい。長い間、勝元からはなんの便りもなかった。それが、ある春の夜、ひょっこり拙僧を尋ねてきた。東大寺に行ってから五年も過ぎていた。落ち着いて思慮深い、いい面構えをしておった」

勧運はその頃のことを思い出したのか穏やかな表情のなかに一抹の寂しさを漂わせた。

嘉因と名を改めた勝元は勧運に、今夜訪れたのは暇乞いに来たのだと告げた。奝然の供をして数日後、太宰府に下るという。そこから舟に乗り宋に渡るとのことだった。

「穏やかな春宵じゃった。別れしなに勝元は拙僧に、遵子様のこと今でも胸のなかで生きております。そう呟きおった」

しかし勝元の顔に寂しさはなく、むしろ清々しさに溢れていたと勧運は付け加えた。

（三）

永観元年（九八三）八月、奝然、弟子の嘉因、定縁、康城、盛算ら一行は台州商人の舟に便乗して宋に向かった。舟は済州島の南を通り、十七日後に台州（臨海）の湊に着く。一行はしばらく台州の開元寺で疲れを癒して後、天台山に向かった。天台山の巡礼におよそ一ヶ月を費やし、入京の途についた。越州、杭州から長江の河口地帯を北上、揚州、泗州から南京応天府を通過して首都の汴京《べんけい》（中国河南省開封）に入った。杭州から汴京までおよそ二百五十里（千キロ）におよぶ旅であったという。汴京到着の翌々日、一行は崇政殿において宋の太宗に謁見した。奝然は携えてきた『王年代記』『職員令』などの書物と銅器を献上した。

三年間、滞宋して後、台州商人の舟に乗り、太宰府に帰港したのは寛和二年（九八六）だった。

嘉因が入宋していた三年の間に御代は円融帝から花山帝、さらに一条帝へと代わり、関白も頼忠から藤原兼家へと移った。奝然一行は残暑が厳しい八月に帰京する。京人をはじめ公家百官が一目でも見ようとして沿道は人の波で埋まったという。

「勝元が帰朝の報告に参ったのは帰国した翌年の永延元年じゃった。そう言えば頼忠様が亡くなったのもこの年だったと思うが」

「六十六歳でした。もう十五年も前になります」

抑揚のない言い方がかえって遵子の寂しさを現わしていた。

「勝元は変わっていなかった。拙僧に逢うなり、遵子殿の消息を訊ねた。分からぬと答えると、わたくしは修行が足りませぬ、そう勝元は言いおった。仏道修行は過不足を問うのではない。そのことは僧嘉因となった勝元が十分に承知しているはず」

多分、修行が足りないと言ったのは、いまだに遵子のことを忘れられないからだろうと勧運は言った。

翌、永延二年（九八八）、嘉因は再び宋に渡り、十四年経った今も帰朝していない。

「あの男は逃げ出したのではない。遵子殿のことを必死で忘れようとしたのだ。すすんで出家したのも、読経三昧に明け暮れたのも、入宋したのも全て遵子殿を忘れるためのものだった。それほど勝元にとって遵子殿との出会いは大きかったのだ」

勧運はそこで言葉を切って遵子に顔を向けた。

「さて勝元のことをもう少し詳しく話さねばならぬ。勝元は清成殿と四つ違いの弟であった。清成殿が拙僧の姪と一緒になったのを機に、それまで兄弟が共に暮らしていた七条坊門小路の館から勝元は飛び出して広隆寺に移ってきた。また蜂岡の姓を捨てて秦と名乗ったのはこの広隆寺が秦寺とも呼ばれていたからだ。だが蜂岡もまた広隆寺の古い呼び名、蜂岡寺であったことを考えると、わざわざ秦姓に変えることはなかったと思われる。清成殿と勝元の間には拙僧には分からぬ感情のもつれがあったのであろう。十六歳で広隆寺に参った勝元は寺の蔵書をことごとく読破した。知力に優れてもいたのだろう二十歳に達すると拙僧も及ばぬほどの知識者となっていた。また当寺の修行僧で勝れた武略の持ち主から弓、太刀、錫杖の使い方を学び武者としても他を圧していた。今となってはなぜ勝元が秦姓を名乗りまたなぜ知識と武略を身につけることを望んだのか定かでない。再び宋から戻るようなことがあれば拙僧はそのことを質してみたいが戻る気配もない」

勧運はそこで一息入れると二十数年前のことを懐かしむように白い顎髭を片方の手でしごいた。遵子は目を閉じて表情一つ変えない。おそらく勧運と同様二昔前に思いを馳せているのかもしれない。

勧運から勝元の子を託された清成と妻女は喜んで引き受けた。二人の間には六年経た今に至っても子供はいなかった。

「御子が勝元の子、すなわち清成殿と妻女にとっては甥であることは打ち明けたが生母については告げずにいた。二人は甥としてでなく実子として育てることにした」

預けて四年後、清成が殺害されたことを勧運のもとに報せたのは小黒麿と亮斉だった。

「亮斉もその時はまだ五十を幾つか越えた歳で防鴨河使下部達を束ねて意気盛んだった。だが清成殿を失った落胆は亮斉を一気に老けさせた。よほどの落胆傷心であったのだろう。さらに三年後、清成殿の妻女が流行り病で亡くなった。清成殿のいまわの際の言づてもあって、拙僧は清経を広隆寺に引き取った。思えば勝元、清経親子はこの広隆寺で育ったことになる。亮斉は時々寺に参り、清経の成長を見届けるまでヨボヨボになっても生き続ける、と拙僧に何度も申していたことを昨日のことのように思い出す。もちろん亮斉には清経出生の秘密は明かしてない。遵子殿の弟公任様にでさえ知られていないこのことは、ここに居る三人のみが黄泉の国まで秘して持っていかなくてはならぬ」

「清経殿は頼忠様を祖父とし、公任様を伯父となさったまさしく藤原北家の血筋を受けたお方。だが血縁などに縛られずに清経殿にはこれからも生きて欲しい気が致します」

嘗ては関白家の家司、権力の中枢に身を置いた小黒麿であってみれば心からそう思うのかもしれなかった。

「公任様のお名がでたのでついでに申すが、清経に官位を与えるよう取り計らってくだされたのは公任様」

「公任に真相を打ち明けたのですか」

遵子は首をかしげた。

「もちろん打ち明けてなどおりませぬ。清経が加冠の年に達した十六歳の時、拙僧は公任様を四条邸にお訪ねした」

勧運が四条邸を訪れたのは実に十六年ぶりであった。公任はこのとき大納言の地位にあり右大臣藤原道長と最も親しい間柄であった。

公任は勧運のことをはっきり覚えていて邸内へ快く迎えてくれた。父頼忠の病気平癒に尽力してくれたことの謝意を述べた公任は勧運にあらためて訪れた目的を質した。勧運は頼忠の病気平癒の折、礼として関白家所有の丹後にある荘園の一部を寄進するとの申出を断ったことを、それとなく公任に話した後、今更、あの折の返礼を呉れ、と申すのではないが、と前置きして、次のように切り出した。

「十六年前、あるお方がさるお方のお子をご出産なされました。お子は親元を離れ蜂岡家に引き取られ七歳まで育てられ、蜂岡夫婦の死後拙僧が十六の歳になる今日まで広隆寺で育てました。蜂岡家は代々防鴨河使判官、従六位下の家格、そこで加冠を機に蜂岡と同じ官位を授けて欲しい、とお頼み申したのだ。公任様は、あるお方がさるお方のお子を産んだ、その子に従六位下を授ける、と繰り返して拙僧の持って回った言い方の真意を探るような鋭い目で見られた。しばらくして公任様は、お子を出産なされたあるお方の為にその頼みを引き受けよう、と肯かれ口の端をゆがめてかすかに笑われた。拙僧は今でもあの時の公任様のなぞめいた笑いが気にかかっている。京一番の賢者と言われている公任様であってみれば、あるお方の正体を見抜いてしまったのかもしれぬ。明くる年の除目に清経は従六位下を授かった。公任様はその後何も言ってきておらぬ」

「弟はおそらく何もかも存じていたのではないかとこの頃思うようになりました。西の対の屋で過ごした折に一度も訪れることもなく無関心を装っておりましたが帝のもとに入内する折、一人の選りすぐった女子を付けて寄こしました。それがいまは薬王尼と名を変えた梅女でした。梅女は加々女ともに何もかもわたくしの状況を飲み込んで陰で支えてくれました。公任から何を託されてわたくしの世話をするようになったか尋ねたことがありますが、梅女は笑って答えてくれませんでした。しかしそれももう昔の話、梅女、いえ薬王尼は昔も今もわたくしにとってなくてはならない大事な人です」

「梅女がお役にたってこの小黒麿もうれしい限りでございます。実は梅女はこの小黒麿の女《むすめ》です。梅女に遵子様に仕える橋渡しを公任様に頼んだのはこのわたくしでございます」

小黒麿は恥じ入るような顔で打ち明けた。

「まさか小黒麿に女《むすめ》がいたとは。小黒麿は一度もそのような話をしてくれませんでしたね」

「若い頃、街の女性《にょしょう》のもとに通ったおり設けた女。その後わたくしは頼忠様の家司に引き上げられ繁多の身、いつの間にかその女性の元に通わなくなりました。女性はその後、求める男が現われて共に暮らすようになり、わたくしとの間に生まれた梅女もその男の元で育てられ、わたくしとは疎遠になりました。風の噂で梅女の成長を聞きましたがあまりよい暮らしをしていないらしく気にかかっておりました。わたくしが頼忠様の家司でいるならば陰ながらでも梅女を支えることは叶いますが、いよいよ家司を捨てて姿を消すと決めた時、一番の気がかりが梅女でした。そこで公任様にお願いして遵子様の世話をするよう頼み込んだのです。宮中の作法など全く知らぬ梅女に果たして遵子様のお世話など出来るのかと懸念しましたが、薬王尼と名を変えた梅女を遠くから見るとそれなりに遵子様の役にたっているようで安堵しております」

「とても聡い方です。そうですか薬王尼の父親は小黒麿、聡いのも頷けます。それにしても薬王尼は父親が小黒麿であることをなぜ打ち明けてくださらなかったのでしょう」

「打ち明けるも何も、梅女はこの小黒麿が父であることを知らされておりませぬ。公任様に遵子様のお世話をする女房として梅女を推挙したおり、公任様には打ち明けましたが遵子様にも梅女にもこのこと伏せておいて欲しいと頼んだのです。いつ検非違使殺しが露見するかもしれぬと考えてのことでございます。このことどうか遵子様の胸の内に秘めて決して梅女にお漏らしになさりませぬよう、小黒麿からお願い致します」

「清経、梅女、それぞれ親を知らされぬ謂れを背負って生きていかねばならぬようだが、所詮親など子から見れば厄介な存在。親があろうがなかろうが、また生きていようが死んでいようが、子は己の力で生きていくしかない。いつか清経にもまた梅女にも真の親を知るときが来よう、しかしそれによって新たな生き方などあるはずもない。清経は清経の心の赴くままに生きてゆけばよいのだ。拙僧をはじめ、勝元、小黒麿、清成殿、そして遵子殿、みな何かに縛られて生きてきた。それから解き放なされて生きるのは困難かもしれぬ。だが清経にはそうしたしがらみを押しつけたくない。そう思わぬか」

勧運は二人を代わる代わる見てそれから庭奥の欅の梢に目をやった。

第十章　暁の賀茂河原

（一）

広隆寺の庫裏に勧運、亮斉、闇丸、繁雄、清経の五人が集まっていた。

「この図をご覧くだされ」

そう言って繁雄が先を尖らせた鉄の棒と鎚、それに楔を描いた図面を皆の前に開いて置いた。四人にとって初めて見る形である。

「これで龍の岩を砕けるのか」

亮斉は大岩に比してあまりに貧弱な岩石破砕道具の図に心許ない思いがしている。

「すがね五個から何組程が造れるのだ」

闇丸の問いに、

「およそ二百組。千組には及びませぬがこれでなんとか砕けましょう」

繁雄が答える。

「となれば次は神仏を恐れぬ工人二百名を探さなければならぬ」

勧運は愉快そうに顎髭をしごく。

「わたくしが引き受けますが、工人等に龍の岩に神仏など宿って居らぬと勧運和尚に説得してもらわねばなりませんぞ」

闇丸が明るく応じる。

「それは難事」

勧運が大仰に顔をしかめてみせる。

「難事と言えばもう一つ。これだけ大きなすがねを溶かすには火力の強い大炉が不可欠」

繁雄が難しい顔する。

「案ずるな。今朝から近在の粘土を掻き集め、六条河原に炉を作り始めている」

闇丸が砕顔する。

「河原に住する者は宝の山とはよく言ったもの、炉を造れる者までいるとはの」

亮斉はほとんど叫び出さんばかりだ。

「だが大火以来どの山も管理が厳しく木材が手に入らぬ」

闇丸が初めて困惑した顔をした。

「賀茂川沿いには竹が密生しております。その竹を炭にすればよいのです。雑木よりずっと強い火力を得られます。ただし防鴨河使が見逃してくれるか否かですが」

繁雄は清経と亮斉を恐る恐る見た。

賀茂川縁の木々の伐採は防鴨河使定めによって厳しく規制されている。違法者は防鴨河使によって捉えられ、京職に引き渡されてのち法に基づいて京より追放されることになっていた。しかし防鴨河使自らが賀茂川整備に木材や竹等を使用するか、もしくは河川整備に支障となる場合は伐採して良いことになっていた。その裁量権は防鴨河使主典、すなわち清経に与えられている。

「亮斉、流れを阻害する竹林を調べて直ちに伐採してくれ」

清経はしたり顔で亮斉に命じた。

「分かりました。繁雄殿、これで、龍の岩は砕けますな」

亮斉が晴れ晴れとした声で念をおす。

「いや、もう一つ難題が控えております」

繁雄はすまなさそうな顔を亮斉に向けた。

「次から次へと難題を出す男だ。それが最後であろうな。で、その難題とはいかようなものだ」

亮斉は口元に皺を寄せ、繁雄を睨む。

「工人達が岩肌に取りつかなくては岩を砕くこと叶いませぬ。そこで岩の周囲を楼で囲みます」

「それの何が難題なのだ。楼を建てればよいではないか」

河川内作業に慣れた防鴨河使であってみれば川中に楼を建てることなど亮斉には難題とは思えなかったのだろう。

「楼は川底から立ち上げます。ところが水面下の岩の形が全く分からないのです。広がっているのか、狭まっているのか、また水深がどれほどなのか。それが分からなければ楼は建てられませぬ」

「なるほど、防鴨河使でも龍の岩周辺の川底状態を把握出来ぬほどあの辺は流れが速く、水深もある」

亮斉は渋い顔になった。

「こんな時がくるかもしれぬと思って龍の岩周りの川底は調べてある」

そう言って清経は懐から一枚の絵図面を取り出し、床に広げた。繁雄はそれを食い入るように見る。

「なるほど、川底はこのようになっておりましたか。これなら楼を建てられそうですな。それにしてもあの流れの速い川底をよくここまで調べましたな」

繁雄は安堵の声をあげた。すると亮斉が、したり顔で、

「暑くなると清経殿はしばしば川中に入り、川底まで潜っておりましたな。暑さに耐えられず涼をとっているとばかり思ってこの亮斉は苦々しく見ていましたが、川底の形を調べるためであったのですな」

と清経に笑いかけた。

「調べるなどと大層なものではない。涼をとるために潜っていたようなものだ。繁雄殿、楼を建てるのは吾等防鴨河使に任せてくれ。防鴨河使船も大いに役立つだろう」

「これで繁雄殿の難題はもう残っておらぬ。そうですな」

亮斉は目を細めて繁雄に語りかける。

清経は一年前の夏、龍の岩周辺を探るため賀茂川に向かった時のことが蘇ってきた。五条河原への途中で捨て子を拾い、その捨て子を川に流すのではないかと尼僧に誤解され、捨て子を川辺に置いて

龍の岩の川底を調べ、それから悲田院に捨て子を預けに行った。それがきっかけで黒丸や闇丸、更には静琳尼を知ることとなった。すべては赤子を拾ったことから始まったのだ、と清経は今更ながら思った。

この日から六条河原に大炉と竹炭を焼く窯が造られ、河原はさらに活気づいた。勧運は遠路ものともせず毎日広隆寺から河原に通ってきた。

繁雄は闇丸が与えた葦小屋に寝泊まりし、そこから六条河原に通う。

この頃、京の南端、羅城門から続く東山道は粟田口付近に岩が多く、道幅が狭うえ路面も整備されていないため車馬の往来に難渋を極めていた。この三年後、すなわち寛弘二年（一〇〇五）皮聖《かわのひじり》行円《ぎょうえん》はこれを見かねて時の右大臣藤原実資に先を尖らせた鉄の棒と鎚の製造を依頼し、これによって粟田口付近の東山道を整備した。このとき行円の片腕となって岩石粉砕に一役買ったのは繁雄であった。繁雄は行円の弟子となって後に『岩砕きの行心』と呼ばれて人々から尊崇の念をもって受け入れられるのだが晩年については詳らかでない。

（二）

五条堤頂で勧運和尚と亮斉が清経に手を振っていた。河原で用を終えた溶鉱炉の取り壊しを指揮していた清経は二人に気づいて駆け出し、一気に堤を上った。

「おまえはいつも駆けているか、怒っているかだな」

待ち構えていた勧運は嬉しそうだ。

「毎日ここばかりに来ていると勧進が疎かになります。寺は貧乏になるばかりですぞ」

清経が笑顔で嫌味を言う。

「穏やかな賀茂川はなんと美しいのだ。今年は秋の野分でも賀茂の水は堤防内に収まるかもしれぬ。そうなればこの亮斉、防鴨河使下部を辞しても心残りはない」

亮斉が撫でるような声で川に語りかける。広い河原の中ほどを流れ下る川面が陽光に輝いている。その川面を割って突き出る岩の周りに竹で組んだ何段もの楼（足場）が遠望できた。それぞれの段にびっしりと男達が並び、岩の節理にそって鉄棒を突き立てコンコン、カンカンと鎚で打ち込んでいる。最上段の楼に立った繁雄が腕を振り回し大声を張り上げてなにやら指示していた。

五条堤下には防鴨河使の下部達が群れていて、堤上の三人を見つけると大声をあげて手を振る。堤裾にはたくさんの青竹が束ねられ、積み上げてあった。それに腰掛けた下部達は青竹を刀子《とうす》で切り割き、帯片にする作業をしているところだった。下部達が繰る刀子は生き物のように動き、青竹を割り込んで幾条ものしなやかな帯片に仕上げていく。それを巧みな技で長い籠に編み上げる。蛇籠と呼ばれ籠の長さは二丈から四丈（約六から十二メートル）、径は一尺五寸から二尺（四十五から六十センチ）程度である。下部達は堤防の決壊あるいは洗掘された大きさ、深さ、水勢等で蛇籠の形状と数を的確に割り出し、そこに編み上げた蛇籠を敷き並べ、赤子の頭ほどの河原石を詰め込んでいく。

れている。

蛇籠は中国四川省で紀元前から作られ朝鮮半島を経由して日本には三八〇年頃に入ってきたといわ

「やはりここだったか」

いつ現われたのか清経のそばに紀武貞が立っていた。

「これは判官殿」

清経は突然の出現に警戒の色を隠せない。長官にも判官にも龍の岩破砕については知らせておらず従って承諾も得ていなかった。無視したのでなく報せれば中止を命じられることは分かっていた。上官の中止命令を防鴨河使主典としては受け入れるしかない。砕いた後で報告し、その結果、防鴨河使主典の地位を追われるならばそれでもよいと腹をくくっていた。

「思い起こして欲しいことがある。二十数年前のことだ。綾小路と宇多小路が交わる辻で一人の男が殺されていた」

龍の岩粉砕を咎められるとばかり思っていた清経には武貞の唐突な問いは意外であった。

「二十数年前？　吾は生まれたばかり」

「いや、わたくしは勧運和尚に尋ねているのだ」

そう言って武貞は勧運に向き直った。そのとき堤下から亮斉と清経を呼ぶ声が届いた。

「皆が呼んでおる。両名とも行ってやれ」

武貞は蠅を追い払うようにひらひらと手を振った。武貞が勧運と二人きりになりたがっていると察した清経は後味の悪い思いを抱きながら亮斉と堤を下っていった。

「はて、ふた昔、なにもかも夢の彼方のこと。覚えていますかな」

勧運は二人が堤下まで下りきるのを待って顎の白ひげを片手でしごいた。

「辻で殺されていた男の名は紀貞盛。わたくしの父だ。検非違使庁の看督長だった。父は当時、時の関白頼忠様の警護にあたっていた。関白様の邸は四条、それが半里（約二キロ）も離れた辻でなぜ殺されていたか。未だもって下手人は挙がっておらぬ」

「二十数年も前ならば下手人はとうの昔に地方へ逃亡したか、あるいはすでに命果てているかもしれぬ。で、拙僧に何を思い出せと申すのだ」

「父が殺害された日のことだ」

「なぜ拙僧がその日のことを思い起こさねばならぬのだ」

「わたくしが検非違使に就いたのは父が殺された翌年であった。父の死は極秘にされていた。確かに関白四条邸の警護に当たりながら邸より離れた辻で殺害されたとなれば警護をおろそかにして出歩いていたという誹りは免れまい。それ故、父の殺害は公にされなかったと聞いている。しかし、なにゆえ辻で殺されねばならなかったのか不明のまま葬られた。就任したその日にわたくしは検非違使大尉《だいじょう》に呼ばれた」

そこで武貞は父殺しの下手人を捜し出すよう命じられた。調べるに当たるのは一人でしかも極秘に行動すること。期限は十五年間。その間に捜し出せなかったら以後は打ち切り本来の検非違使の任務に就くこと、と言い渡された。

「下手人は必ずや京のどこかに潜んでいる。そう信じて与えられた十五年間、京内の隅々まで必死に探索した」

「で、下手人を捜し当てましたのか」

「手がかりがないまま歳月は過ぎていった。当時四条邸に父と共に詰めていた検非違使官人に何度も訊いたが何一つ下手人に結びつくものは得られなかった。雨の日も風の日も狂うような酷暑の夏も凍てつく冬も、京の隅々を泥ネズミのようにはい回って下手人とおぼしき者を探し回った」

激してくる感情を必死で押さえようとするのか武貞は口を真一文字に結んで言葉を切った。勧運は表情を変えずに武貞の言葉を待った。

「そして十五年がすぎた」

やや経って発した武貞の声は低く、どこかもの悲しげに勧運には響いた。

「十五年、長かったであろう」

勧運は抑揚のない声で自問するように呟く。

「いや、アッと言う間であった。だから十五年過ぎた日に探索の期間を猶予して欲しいと別当(長官)に懇請した。その時の別当はかつてわたくしが初めて検非違使になったおり呼びつけて父親殺しの下手人を捜せと命じた大尉だった。別当は、わたくしに火長の職を解いて案主《あんじゅ》の職に遷るよう命じた」

「案主なら火長より職層は上位、筆の立つ者しかなれぬと聞いた。不服はあるまい」

案主は検非違使蔵書庫で書類の作成、浄書及び管理と整理を手がける部署である。

「検非違使庁で無能と烙印を押された者が行き着くところだ。まだか、まだか、と下手人の捕縛を楽しみにしていた母はその三年前に病で亡くなり、わたくしは独り身で通してきたので誰も悲しむ者は居なかった。それだけが救いだった。蔵書庫でわたくしは毎日書類の整理に没頭した」

「下手人捜しを止めるには良い居場所だったということか」

「そうではない。没頭したのは膨大な書類から父親殺しの下手人に繋がる手がかりを見つけだすためだ。そこでとうとう下手人に繋がる書類を見つけだした」

「検非違使庁に納められている書類とは人の裁きや捕縛、そうした埒もない記述ばかりを書き連ねた書ではないのか。そのような書類から下手人を見つけだせるなら、武貞殿が探すまでもなくとうに他の検非違使によって捕縛されていよう」

「殺された父親の息であってみればこその執念だ。わたくし以外の検非違使では見つけだせなかっただろう。蔵書の多くは和尚の申されるごとく咎人の罪科に関するものがほとんどだがそれとは別に検非違使庁では代々ある任務に対しての詳細な記録を綴った書類が保管されている」

「任務？　検非違使に咎人を捕縛する以外どのような任務があるのだ」

「今から百十年余り前、藤原基経様が最初の関白になられたが、それから今日まで検非違使庁では関白警護を任務としてきたのだ。そのおりおりの警護についての細々したことを書き記した書類が一つ残らず蔵書庫に保管されている。関白家警護録なるものだ。案主に追いやられなければ目にすることのない書類だ。もしやと思い父が警護していた頼忠様の警護録がないか探した。そして思惑通り関白頼忠警護録なるものを見つけだした。その警護録を来る日も来る日も仔細に読み解いた。そうしてとうとう父殺しの下手人あるいは下手人と関わりがあると思われる男を突き止めた」

武貞は挑むように勧運に目を向けた。

「それが拙僧であるとでも申されるのか」

「それは勧運和尚自身がよくご存じのはず」

「拙僧は人の命を救ったことは多々あるが殺めたことはない。何故拙僧を疑うのだ」

「警護録には四条邸入出者の名が詳細に記されてあった。その中に勧運和尚も来訪者として記されていた」

「ふた昔も前のこと、茫々として彼方に飛び去り、今更思い出せもしないがそう記載されているならその時期に四条邸を訪れているのであろう。なんの不思議もあるまい」

「勧運和尚の名は父が殺害される二日前にたった一行だけ、広隆寺、寺主勧運殿来訪、と記載されているのみ。全く不思議ではない」

武貞はそこで大きく息を吸ってさらに続ける。

「関白家警護録には来訪者の来訪日時と退出時刻が正確に記載されていた。さすが関白家、来訪者の数はおびただしいものだった。その来訪者の名と退出した者の名を一人一人突き合わせて照査した。来訪者の名は必ず退出者の欄にも記されていた。ただ一人を除いて……」

「それが拙僧と申されるか？」

「いかにも。だがもう一つ、今まで気づかなかったことを警護録の中から見つけ出したことも言わねばならぬ。警護録には父が殺害されたにも関わらず父の死因について全く記載されていない。その一方で父が殺害された翌日の警護録から小黒麿様の名が記載されるようになった。それまで全く小黒麿様の名などなかったのがほぼ毎日四条邸の一角に建てられた検非違使警護用の官人宿泊兼休憩所に顔を見せていると記載されている。わたくしは父の死直後からの小黒麿様のたびたびの休憩所来訪が決して父の死と無縁でないと考えたのだ。そしてその考えが間違いないと思ったのは父と共に警護していた検非違使火長が父の殺害された数日後失踪した日を境に小黒麿様の名が警護録から消えた。すなわち父が殺害された日から火長失踪の数日間の勧運和尚と小黒麿様の行動は父の殺害と火長失踪に密接に関わっていると思い至った」

「なるほど検非違使の官人が考えそうなことだ。それをもって拙僧と小黒麿殿を下手人の容疑者であると割り出したと申すのだな」

「勧運和尚を疑ったことは後ほど間違いだったと分かった。だが関白頼忠様の知恵袋、勇猛果敢で関白家数百人を束ねる能吏で知られた小黒麿様への容疑は今でも消えぬ。なおも警護録を読み進めていくと、再び小黒麿様の名が記述されている一文がみつかった。それもたった一行、関白家家司藤原小黒麿様失踪、そう記述されていた。日付は天元元年四月十六日、その前日の十五日に頼忠様の姫君遵子様が入内している。目出度い祝宴が続く最中に関白家の家司である小黒麿様が失踪したのだ。以後頼忠様が関白を退く数年間、すなわち検非違使の警護を解かれる日まで警護録には一切小黒麿様の名は見あたらぬ」

「我田引水、こじつけにしか聞こえぬ」

「そうではない、十五年間なんの手がかりもなく捜し回った身にすれば、初めておぼろげながら見えた光明。今度こその的を絞った探索が叶うと蔵書庫の中で意をあらたにした。だが、探索として与えられた期限は過ぎて蔵書庫に縛り付けられた身では再び捜し回ることが叶わぬ。そこでわたくしはもう一度別当にもとの部署に戻してくれるよう何度も頼み込んだ。すると別当は、『十五年も探し続けさせた温情に報いることなく下手人の手がかりさえ掴めぬのにさらに猶予を欲しいとは開いた口がふさがらぬ。己の能の無さを悟れ。どうしても続けたいなら京職に遷してやる。あそこなら任務のかたわらでも下手人捜しを続けられる』と怒りを露わにしたのだ。あのような屈辱を受けたことはいまだかつてない」

武貞はその時のことを思い出したのか口を堅く結んだ。勧運はその口元がかすかにふるえているのを見のがさなかった。

「京職へ遷ることを鄭重に断った」

やや経って武貞は落ち着いた声で言った。

「だが検非違使庁に居残る気持ちはさらさらなかった。そこで防鴨河使庁へ遷ることを望んだのだ」

検非違使庁から防鴨河使庁への異動は珍しいことではなく、この頃は検非違使庁の官人が防鴨河使高官として栄転してゆくことが常態化していた。

「別当はわたくしが父親殺しの下手人捜しを諦めて防鴨河使庁での出世を求めたのだろうと思ったのだろう。恩着せがましく防鴨河使主典としてわたくしを検非違使庁から追い出した」

「栄達を求めての防鴨河使ではないのか」

「栄達？　そうではない。葦小屋が河原にあるからだ」

「葦小屋？」

「小黒麿様が失踪されたとなれば必ずや京のどこかに潜んでいる。潜んでいる所は河原の葦小屋、それしかない」

「違法をはたらいた者が河原の葦小屋に逃げ込むことはしばしばあると聞いている。あそこに逃げ込めば検非違使も京職の官人も足を踏み入れることは難しいからの。だが仮にも関白家の家司であった小黒麿殿がなぜ葦小屋に潜まねばならぬのだ」

「十五年の間京内を隈無く捜し回ったが一カ所だけ探索叶わぬ地が残っていた。それが賀茂河原の葦小屋」

「関白家の家司が葦小屋に住まうほど零落したと申すのか。それよりも遠国の国司の補佐役として地方へ下ったと思う方が理にかなっている」

「関白家の家司ですぞ、国司ならいざ知らず、その補佐役として遠国へ下るなどあり得ぬ。それに警護録にははっきりと小黒麿様失踪と記してあるのですぞ。小黒麿様が生きていれば必ずや京内のどこかに潜んでいる。潜伏先は葦小屋だ」

「拙僧にはなんの根拠もないように思われてならぬ」

「闇丸の名が京中に知られるようになったのは小黒麿様失踪の二年後。かの男なら二年あれば河原に住する者全てを束ねるに十分な日数。また一万有余人を束ねる力量と知力を持っている男は小黒麿様以外に居らぬ。そう思い至ったのだ」

「河原に住する者には異能者も数多いると聞く。その中には俊才で人望のある者が必ず居るはずだ」

「いや闇丸が小黒麿様であるとの念を更に強めた一件が今から半年ばかり前にあった。河原に住する者は地方から逃亡してきた者がほとんど。それ故彼等にはそれぞれのお地方《くに》訛がある」

「それがどうかしたのか」

「半年ばかり前、検非違使が賀茂河原清掃令の妨げになるとして河原に住する者達と対峙したことは和尚もご存じのはず。そのおり検非違使一行に随行した清経によれば検非違使別当とやりとりした闇丸と名乗り出た数多の老人の中によどみない京言葉で応じた威厳のある者が居たとのこと」

「それが闇丸と名を変えた小黒麿殿だと申すのですな」

「それもこれも検非違使から防鴨河使に転出したおかげ」

「なるほどの」

勧運は呟きながら武貞の探索力と執念に舌を巻いた。

「河原に住する者は検非違使と聞いただけで敵意をむき出しにする。まあ、かれ等を厳しく取り締まったのは京職や検非違使、それも仕方ないこと。それに反して、防鴨河使と河原に住する者達はそれなりに近しい関わりを持っている」

「だが防鴨河使とておいそれとは葦小屋に近づけぬ」

「確かに検非違使あがりのわたくしでは葦小屋に近づくことは難しい。そこで亮斉を伴い葦小屋が散在する六条河原をつぶさに検分した。それを亮斉はわたくしが防鴨河使の職分を一日でも早く修得するためと思ったらしい。一年近くも供をした亮斉がある日、供を拒んだ。検非違使庁で河原を探索しなくてはならぬ事柄が起こり、それでわたくしを急拠防鴨河使庁に送り込み、探索に当たらせている、と亮斉は疑ったのだろう。根っからの防鴨河使である亮斉であってみれば、わたくしの所行に我慢ならなかったにちがいない」

「なるほど二人の仲違いにはそうした諍いがあったのか」

「亮斉を伴わぬ葦小屋探索は思うように進まなかった。そこでわたくしは亮斉と河原を検分しているおり、交わした話の中に闇丸をおびき出す手がかりがあることに気づき、それを実行した」

「おびき出すとは穏やかならぬ物言いだが何を致したのだ」

「五条堤頂に蛇篭を置いたのだ」

二人で河原を検分していたおり、亮斉は五条堤を指さして堤高を決めた経緯を話した後、もし堤高を変更すれば河原に住んでいる者達に多大な悪影響を及ぼすことになる。そんなことになれば必ず闇丸が何らかの手を打つために姿を現わすだろう、と述べたという。

「それまで亮斉は闇丸に関して一切触れたことはなかった。わたくしも気取られぬように闇丸の名を口にしなかった。闇丸が手を打つとはどういうことなのか分からなかったが、わたくしに接触を求めてくるかもしれぬ。そこで、ためらうことなく五条堤の嵩上げを下部達に命じた。下部達の反発は激しかった。特に亮斉は病気と称して庁に顔も見せなかった」

「嵩上げに従わぬ者は役を免ずるとまで申したそうだが、それで闇丸殿は姿を現わしたのか」

「いや、未だその姿を見ておらぬ」

「望み通り闇丸殿に邂逅したらなんとする」

「勧運和尚に闇丸が小黒麿様であることを確かめて頂く」

「拙僧でなくとも小黒麿殿を特定できるお方は他にいくらでも居ろう。小黒麿殿が家司であった頃、関白家には二百人を超える舎人や下婢、童、女房などが居たはずだ」

「ところが今の四条邸には小黒麿様の顔を覚えている者はおろか、小黒麿なる人物を知っている者さえ残っておらぬ。当時奉公していた舎人達を探しだし、問いただしたが二十年も前のこと誰一人、小黒麿様を見分けられぬと申すばかり」

「ならば今の四条邸の主、大納言藤原公任様が居ろう。あの方はその昔、小黒麿殿と兄弟のような仲であったと聞いている」

「大納言様に私怨にも似た探索の一助をお頼みできるとお思いか」

「で、拙僧に白羽の矢を立てた。そういうことか」

「和尚は清経の後ろ盾でもある、わたくしに少しばかり力を貸しても良いと思わぬか」

「拙僧が武貞殿に力を貸さねばならぬ恩義があるとは思えぬ」

「さて、あるかもしれませぬな。と申すのも、蛇篭騒ぎが一段落した翌年、亮斉や蓼平等が神妙な面もちで長官とわたくしにあることを陳情してきたからだ」

陳情の内容は半年前に従六位下の官位を授けられた蜂岡清経なる若者を次回の除目（人事）で防鴨河使の一員に加えてもらうよう太政官に申文《もうしぶみ》を出して欲しいということだった。長官と武貞は即座にその要望を拒否した。省庁の四等官任免に口をはさめるのは中納言以上の貴人のみ。防鴨河使長官ごときの申文など取り上げぬばかりか越権として太政官の心証を害することは目に見えていたからだ。あきらめ切れぬ亮斉等は、清経が十数年前に亡くなった蜂岡清成という防鴨河使判官の嫡男であることを理由に懇請を繰り返したという。

その熱意に押されて長官が清経に強力な後ろ盾が居るならば太政官で少しは考えてくれるかもしれ

ぬと漏らした。それを聞いた亮斉は広隆寺の勧運が育ての親、京では誰一人知らぬ者がない高僧、と述べたという。

「勧運和尚の名がよもや亮斉等の口から聞けるとは思いもよらなかった。父親殺しの手がかりとなる人物として勧運和尚の名がわたくしの頭から消えることは一度もなかった。清経を防鴨河使として傍に置いておけばそこから勧運和尚の動静を探ることは容易いと考えた。わたくしは嫌がる長官を説き伏せて清経採用の申文を作成するように頼んだ。それが功を奏したのだろう、清経は防鴨河使主典としてわたくしの後釜に就いた」

「なるほどの清経が何故、防鴨河使庁に採用されたのか常々疑問に思っていたが、そうした経緯があったのか。で、清経を通して見た拙僧から何か手がかりでも得ましたのか」

「清経は竹を割ったように表裏がなく豪放磊落、曲がったことが嫌いな性格。清経に接して勧運和尚への疑いは霧消した。あのような若者に育て上げた勧運和尚が下手人に係わりがあったり人を殺めたり陥れることはできぬと」

勧運は複雑な思いで武貞の言葉を聞いた。己が清経を育て上げたとはどうしても思えない。広隆寺の寺主として数十人の修行僧を抱え、その食い扶持を賄うために京中を喜捨に走り回った。寺にほったらかした清経に何一つ手をとって教えたものなどない。清経は勝手に大きくなり己の元を巣立っていったのだ。

「つまり清経を防鴨河使にひきあげたのは武貞殿。だから育ての親である拙僧に貸しがある、そう申したいのだな」

「違いますかな」

「ならば今すぐ闇丸殿を拙僧の前に連れてきなされ。拙僧は齢八十を越えている。明日にでも彼岸に旅立つかもしれぬ。だが闇丸殿が小黒麿殿であると決めつけるのはやはり武貞殿の願望が強引に導いているように拙僧には思えてならぬ。殺害されたのはふた昔前、昨日のことは千年の悠久に等しい。今更ことの真相を暴いたとて武貞殿にはなんの益にもならぬと思われる」

「生憎父と子であってみれば益があろうがなかろうが、これはわたくしに課せられた使命だと心得ておる」

「検非違使庁で探索は十五年と区切ったのだ。その期限を五年近く過ぎている。もうよいのではないのか」

「わたくしの中には期限などない」

「そう申される武貞殿の顔は実につまらなそうだ。おぬし、心より笑ったことがあるのか?」

「父殺害の下手人を捕縛した暁にわたくしは心より笑うつもり。それまで笑い顔は見せぬ覚悟で今日まで生きてきた」

「二十数年をそのような顔で生きてきたのか、哀れなことだ。そなたは父親殺しの下手人を捜すためにこの世に生を受けたわけではない。笑いさんざめき、人を恋し敬い共に語る、そのために生まれてきたのだぞ。拙僧の腹は決まっている。闇丸殿は小黒麿殿とは同一人物でない、そう断ずるだけじゃ。それでもあきらめずに今の暮らしを続けるのか。そうして下手人を捕縛できぬまま一生を終えたならそなたの生はなんであったのか。人はそれぞれ様々な哀しみを抱いて生きている。志半ば、裳瘡で命絶えた者は数え切れぬほど居る。また同じように最愛の者や親を賀茂の洪水や飢えで失った者も数え切れぬ。それを思えば武貞殿の哀しみが飛び抜けて大きいわけではない。人の哀しみと喜びの量は等しいと言われている。武貞殿が今まで何一つ報われなかったのならこれから哀しみの量に匹敵する楽しみが訪れるかもしれぬ。その楽しみを得るか否かは武貞殿のこれからの心がけ一つだ」

「心がける気は毛頭ない。このまま、理不尽に殺された父のことを投げ出して笑いさんざめくとすればそれは偽りの笑い」

「ほれ、堤下に居る亮斉や清経、蓼平それに数多の下部達を見てみなされ。同胞《はら》から笑い、怒鳴り合い、敬い合って賀茂川を守ろうと必死で日々生きている。彼等は賀茂川を守ることを使命だなどと考えておらぬ。賀茂川そのものが彼等の一部となって心となり肉となり渾然一体となっている。おぬしはそれらの者を束ねる地位に居る。父の死から離れて、下部達と共に考え共に怒り、共に泣いて心より笑ってみたらどうじゃ。今からでも遅くないぞ。おぬしは検非違使でなく今は防鴨河使の判官だ。賀茂川のことだけを考えなされ」

「申されるように変われたら、どんなに楽しかろうと思わぬではない。父はまだ小さかったわたくしを抱いて河原によく連れてきてくれた。ゴリ漁の男達が川中にフンドシ一つで立っている姿が今でも瞼に焼き付いている。あの時の賀茂川は美しく、川面を吹き渡る風は優しかった。ところが防鴨河使になってつぶさに賀茂川を検分すると死者と人がひりだす糞の臭いで覆われた醜い河原ばかりが目につく」

「二十年前、さらにずうっと前からゴリを捕る男の姿も、河原を過ぎる風も、なに一つ変わっておらん。上流は帝も幸行する神々の地、命を生みだす流れ。中流は四季折々を楽しむ地、命を育くむ流れ。下流は滅びの地、終わった命を黄泉へ誘う流れ。水は生死清濁を合わせて流れ下る。それが賀茂川じゃ」

勧運は顎鬚をさすりながら賀茂川を上流から下流へと視線を移していった。

「いま目の前に闇丸があの葦小屋のどこかに潜んでいると思うとその正体を突き止めずにいられないのだ。いつか闇丸を捉えて勧運殿に小黒麿様であることを断じてもらえる日が来ることをわたくしは願っている」

「水辺に牛を連れていくことはできる。だが牛に水を飲ますことはできぬ。水を飲むか飲まぬかを決めるのは牛そのものの意志であるからの。ただ一つ、おぬしに尋ねたいことがある。父親が殺害された因は下手人が邪悪であったからと考えているのか?」

「殺害される因が父にあったような申されよう。わたくしは検非違使の父に寸分ほどの非があったとは思わぬ」

「そなたの父が全て正しく、下手人が全て不正義。なるほどの」

勧運はそう呟いて悲しげな表情をしたが深い皺に覆われた顔から武貞は何も読みとることができなかった。

「お二人とも、下りてきなされ」

堤下から不意に明るい亮斉の声が届いた。眺めやると嬉しそうな亮斉の右手にクネクネと細長い生き物がしっかり握られていた。

「古い蛇籠の中にこんな大きな鰻じゃ。まだまだたくさんおるぞ」

亮斉はさらに二人に呼びかける。

「造作を掛けた。今まで誰にもわたくしの心中を吐露したことはなかった。それがどうしたことか勧運和尚を前にすると、まるで心にわだかまっていた様々なものが縄に縛られてぞろぞろと口の中から出てきたような気がしている。なぜだか知らぬが今までに味わったことがないほどの軽やかさを身に感じている」

「人は苦渋と安穏の危うい均衡の上で生きている。ちょっと右足に力を入れれば苦渋に陥り、わずかに左足を踏み込めば安穏に傾く、その微妙な均衡を会得するのは至難のことだ。父親殺しの下手人がもしまだ存命ならば交互の足を引きずりながらどこかの空の下で暮らしているだろう。また仮に小黒麿殿が下手人であったなら、その罪を購うために栄誉と出世を約束された地位を捨てたとは思わぬか。もし武貞殿が左足に力を入れたくなったらいつでも拙僧のもとを訪ねるがよい。拙僧は武貞殿が参られるのを心より待っている」

「両の足でうまく歩きたいと願うようになったらお訪ねしよう。さてわたくしは防鴨河使庁舎に戻らねばならぬ」

「よいではないか、皆がおぬしを迎え入れようとしているのだ。下部達と一緒に酒を飲むのもたまにはいいものですぞ」

「下部達はわたくしが加われれば冗談の一つも言えず、酒も楽しめまい。せっかくのうまい酒を敢えてわたくしが加わることで不味くすることはない」

武貞は勧運に丁寧に礼をすると踵を返して京内へと歩きかけ、

「ああ、それから清経に龍の岩を砕けるか否か楽しみにしていると、伝えてくだされ。その上で岩を破砕する大量の鉄の鎚や楔などが、どこからもたらされたのかはこの武貞の知るところではない、とも伝えて欲しい」

そう付け加えると堤外斜面を一気に駆け下りた。その後ろ姿を勧運は見えなくなるまで見送ると河原におりて亮斉等のもとへと急いだ。

「おや、判官様は?」

亮斉が堤上を見上げる。

「庁舎に戻られるとのこと」

「判官殿は和尚にどんな話をされたのか」

清経がそれとなく訊いてくる。

「武貞殿はうまく歩くことができぬとこぼしておった。不器用で偏屈で人と交わろうとしないが武貞殿には武貞殿なりの思いがあるようだ。武貞殿が両足を交互に出してうまく歩けるようになったら清経や亮斉達は敬して遠ざけるような態度を改めねばならんぞ」

「和尚、何を申しておるのかさっぱり分からぬ。亮斉、和尚の戯言が分かるか」

清経はなんの屈託もなく言い放つ。亮斉は分かるとも分からぬとも言わずにかすかに口元をゆがめた。

「おお、武貞殿が去り際に龍の岩を砕くこと楽しみにしていると申されたぞ」

「ほう、判官様が」

蓼平が驚き、それから満面に笑みを浮かべた。

「いつかは判官様と一緒に酒が飲めるようになるかもしれませぬ。とは申しても吾等下部にとっては判官様や長官様に親しくされても一緒に酒を飲むのは願い下げ、お二方を前にしては酒が喉を通らぬ」

下部の一人が相好崩して同意を求めると皆は等しく頷く。

「堤の上は吹きっ晒し、さぞや身体が冷えたでしょう。和尚様こちらに来て暖まりなされ」

手を取るようにして蓼平が勧運をたき火の近くに誘う。蛇籠作りで出た屑竹が威勢よく燃え、下部達がその回りに座り込んで暖をとっている。そのそばに生簀が掘られ、数匹の鰻とたくさんのゴリが入っていた。

「久し振りに旨い酒が飲めますな」

亮斉が生簀を指さして勧運に笑いかける。

「殺生はいかんぞ」

勧運が真顔で戒めた。

「それでは勧運様にはご遠慮願って、吾らだけで酒盛りを致しますかな」

亮斉がヒッヒッヒと笑った。その間にも下部達が古い蛇籠の石の中で冬をじっとやり過ごしているゴリや鰻、さらに鯉までも素手でつかんで生簀に放り入れる。

「殺生はいかん。仏罰が当たるぞ」

どこか真剣さに欠ける勧運の目は生簀のゴリに吸い寄せられている。勧運の飛び出た喉仏が上下に動くのを亮斉は見逃さない。

「なに疫病から比べたら仏罰など恐るるに足らぬ。こうして捕らえられた魚達もなにかの仏縁じゃ。勧運様、そうお思いにならんかね」

勧運がゴリに目がないことを亮斉は知っている。下部達は刀子ですでに幾本もの竹串を作り、生簀のそばに並べていた。燃えた屑竹が勢いよくはぜる。どの顔もゆったりと楽しげである。亮斉は細身の竹に小穴をあけ、そこから酒を入れて焚き火のそばに突き立てた。

「酒もいかん。特に暖めた竹酒など身にも目にも毒じゃ」

勧運は鼻を上向けて思いきり息を吸った。その鼻先に下部の一人が竹で作ったばかりの杯を差し出した。勧運は待っていたように受け取ると亮斉に笑いかけた。

「みなに仏罰が当たるのは忍びない。どれ、気の毒な魚達に引導をわたして進ぜよう」

一斉に喚声と拍手が起こった。勧運は生簀のそばに行き、真面目くさった顔でなにやら経を唱えた。下部たちも立ち上がり頭を垂れて勧運の経に神妙な面持ちで耳を傾ける。

河道を伝わってカンカン、コンコンと龍の岩を打ち砕く鎚の打つ音が五条河原に響き渡っていった。

完

あとがき

防鴨河使の鴨河とは賀茂川（鴨川）のことである。

京都市街東部を貫流するこの川は平安時代、決壊、氾濫を繰り返し、人々を苦しめ続けた。それを防ぐために設けられた臨時の小組織が防鴨河使である。平安期四百年の間、ほぼ存続するのだが歴史上顕著な業績を記した資料は残されていない。

往時の賀茂河原は栄枯転変、貧富、生老病死などの世相を映し出す場で京の人々と密接に結びついていた。それゆえ防鴨河使ほど彼等の暮らしに深く係わり続けた官庁は外にない。

日本の河川の堤防が連続して築かれるようになるのはおもに明治以降のことで、その千年も前に賀茂川西岸では五キロに及ぶ堤が築かれていた。これは希有なことで渡来人が持ち込んだ土木技術によるところが大きかった。この技術の粋を集め国力を傾けた賀茂川堤でも氾濫は防げなかった。

わたしが賀茂堤に興味を持ったのは氾濫の要因が堤の構造的欠陥によるものなのか、それとも補修管理の怠慢に因があるのか、という疑問からだった。

資料を探したが前者についての具体的な記述はなかった。後者は平安当初から「防鴨河使」という官庁が設置されていることが分かった。「ぼうがし」と鴨の字を読まないのもその時知った。

古来より賀茂川は山背《やましろ》（旧地名）の谷口扇状地を網の目のように縦横に流れていた。大地を刻みつづけた流路はいわばこの川のＤＮＡのようなものだ。縄文期からこの地に住み着いた人々は川を恐れ敬いつつ共生してきた。

しかし、都をこの地に定めるにあたって、中国の長安に模した都造りに固執するあまり、氾濫の猛威を軽視し、流路を東端に堤防で押し込めた。降雨で増水すると賀茂川は元の流路に戻ろうとする。ために平安京では遷都直後から人と川の共生は難しいものとなった。もし防鴨河使達の地道な河川管理がなされなかったら、京の人々の生活は一層困難なものとなったであろう。

今日、往時の流れを彷彿させるものは何一見当たらない。今見る堤は高度の土木技術によって賀茂川のＤＮＡを根こそぎ封じ込めてしまった。このことは賀茂川に限らず、現代人が川とどう関わろうとしているのかの一つの答でもある。

現在では、高野川と合流するまでを賀茂川、それ以降を鴨川と呼ぶのが通例となっているが、平安期には定まっておらず、本作では賀茂川と鴨川を区別せず賀茂川に統一した。

最後に歴史浪漫文学賞選考委員の方々、並びに出版にあたって懇切なるお世話を頂いた郁朋社社長の佐藤聡氏、編集者の三井香緒里氏、宮田麻希氏に深く感謝します。

おもな参考文献

・林屋辰三郎「京都」岩波新書　一九六二年
・池田亀鑑「平安朝の生活と文学」角川書店　一九六四年
・林屋辰三郎・加藤秀俊・CDI編「京童から町衆へ」講談社現代新書　一九七四年
・立川昭二「日本人の病歴」中公新書　一九七六年
・和田秀松（所功校訂）「新訂　官職要解」講談社　一九八三年
・永原慶二・山口啓二他「講座・日本技術の社会史6　土木」日本評論社　一九八四年
・浅井虎夫（所京子校訂）「新訂　女官通解」講談社　一九八五年
・近藤喬一「瓦からみた平安京」教育社歴史新書　一九八五年
・棚橋光男「日本の歴史4　王朝の社会」小学館ライブラリー　一九九二年

【著者経歴】

西野　喬（にしの　たかし）

一九四三年、東京都生まれ。

一九六六年、大学卒業後、都庁に勤める。

二〇〇四年、都庁を定年退職。

防鴨河使異聞《ぼうがしいぶん》

平成二十五年九月十四日　第一刷発行

著　者　西野《にしの》　喬《たかし》

発行者　佐藤聡

発行所　株式会社　郁朋社《いくほうしゃ》

東京都千代田区三崎町二―二〇―四
郵便番号　一〇一―〇〇六一
電　話　〇三（三二三四）八九二三（代表）
ＦＡＸ　〇三（三二三四）三九四八
振　替　〇〇一六〇―五―一〇〇三二八

印　刷
製　本　日本ハイコム株式会社

落丁、乱丁本はお取替え致します。
郁朋社ホームページアドレス　http://www.ikuhousha.com
この本に関するご意見・ご感想をメールでお寄せいただく際は、
comment@ikuhousha.com までお願い致します。

ISBN978-4-87302-568-1 C0093